FELIX THIJSSEN

Esperanza

Een Max Winter mysterie

SIJTHOFF

© 2008 Felix Thijssen en
Uitgeverij Luitingh~Sijthoff B.V., Amsterdam
Auteursfoto: Klaas Koppe
Omslagontwerp: Studio Jan de Boer
Omslagfotografie: Karen Kasmauski/Corbis

ISBN 978 90 218 0234 3
NUR 305

www.boekenwereld.com

Met speciale dank aan
HENK BOS EN DIRK DE LOOR.

Opnieuw heb ik rijkelijk geprofiteerd van de ervaring en kennis van vrienden en gasten op tal van gebieden. Mijn dank aan Jan Peter Sengers, Gerda Wiermans en Jos, Leo Rensen en Carlien, Roland en Yvette van Galen, Ineke en Frans van Loon in Sint-Annaland. Dank ook aan Heleen Stoutjesdijk, politiepost Wissenkerke.
Ik ben veel dank verschuldigd aan Irma van Unen, van hotel Het Veerse Meer in Kortgene.

Voor Esperanza Magan-Sagra

*Het besturen van een compleet koninkrijk is
nauwelijks lastiger dan het bewaren van eenheid
en vrede in een gewone familie.*

M ONTAIGNE

I

JOZEF GERARDUS WEERMAN LAG IN DE GOEDKOOPSTE
kist die zijn dochter in de catalogus van de uitvaartonderne-
ming had kunnen vinden. Een specialist van dezelfde firma
had z'n best gedaan om hem eruit te laten zien als een tevreden ingeslapen oude boer, maar omdat Jozef in plaats daarvan was doodgemangeld door zijn eigen tractor, en bovendien in leven ook zelden vriendelijk had gekeken, leek zijn
slaap ongezond en zijn glimlach nogal geforceerd. Boven de
kist wolkten onaangename geuren van schimmel en vergan-
kelijkheid uit Jozefs donkerblauwe pak, dat sinds de begrafenis van zijn vrouw zestien jaar lang in een papieren veevoe-
derzak op de lekkende zolder van zijn boerderij had gelegen.

Josée had zo lang naar dat pak moeten zoeken dat ze er na
aan toe was geweest om Jozef dan maar te laten begraven in
zijn linnen nachthemd dat ze desnoods kon wassen en strijken, want veel ander bruikbaars was er niet te vinden. Een wit
overhemd van haar echtgenoot was tot daaraan toe, maar ze
mocht doodvallen als ze ook nog een van Bertus' pakken met
Jozef mee onder de grond liet verdwijnen.

Dat alles zou natuurlijk anders zijn als Jozef hun aller innig
geliefde vader en grootvader was geweest, zoals men wel op

grafstenen zag staan, maar Josée verafschuwde haar vader, en zijn dood veranderde daar weinig aan. De jonge kapelaan aan wie ze sommige van haar problemen toevertrouwde, sprak van een pijnlijk verstoorde relatie, maar Josée herinnerde zich haar vader als een tiran die meer op Jozef Stalin leek dan op de discrete timmerman uit Nazareth naar wie hij was vernoemd omdat ouders zich nu eenmaal in de luren laten leggen door baby's en er dingen in zien die er niet zijn. Josée vroeg zich nog steeds af hoe haar moeder het zo lang met de man had uitgehouden zonder Roundup in zijn soep te doen, maar ze was natuurlijk niet voor niks weggeteerd door de tbc, terwijl haar vader erbij stond en toekeek. Zelf was Josée aan zijn Siberische strafkamp ontsnapt door te jong en overhaast en vooral zonder haar verstand te gebruiken met Bertus te trouwen. Daar zat ze nu dus mee.

Josée moest de begrafenis regelen omdat ze maar drie middagen per week bij de Aldi werkte en dus meer tijd had dan Thomas, die ambtenaar was bij de burgerlijke stand. Haar jongste broer Emiel kwam ook niet in aanmerking, dat was een warhoofd met zoveel door zijn vaders broekriem opgelopen trauma's dat hij in staat was om uit vreugde en dronkemansbaldadigheid tien koetsen plus de plaatselijke fanfare voor de uittocht te bestellen. Het was al lastig genoeg om de begrafenisfirma zover te krijgen dat ze zelfs die ene, min of meer verplichte, volgwagen in de garage lieten.

Jozef had geen begrafenisverzekering, daar kon ze nijdig om zijn, maar ze had er zelf ook geen. Dat kwam natuurlijk omdat mensen pas aan doodgaan dachten als ze erdoor werden overvallen, en dan zat de familie met de rekening. Die kon in Jozefs geval wel oplopen tot vierduizend euro. Thomas zou dat moeten voorschieten, tenzij de uitvaartfirma bereid was om te wachten tot ze de boerderij hadden verkocht.

Dat het zo duur werd om hun vader onder de grond te krijgen kwam eigenlijk door de autopsie. De kinderen hadden

daar beslist niet om gevraagd en hoefden dat dus ook niet te betalen, maar zonder die autopsie zou Jozef gewoon thuis in een kist zijn gelegd en vandaar zonder ophef naar de kerk en het kerkhof zijn gebracht. Nu moest hij eerst naar het koelhuis en heen en weer naar Rijswijk, en daarna kon de begrafenisfirma hem moeilijk terugleggen in de boerderij. Niet in die van Jozef tenminste. Dus brachten ze hem naar het uitvaartcentrum, waar de rekening als een aangeschoten patrijs omhoogvloog omdat Jozef moest worden opgeknapt en opgebaard, compleet met gelegenheid tot afscheid nemen, plus de kaarten, het register, een advertentie, een krans, het zaaltje van café Huijbers voor de condoleances met gratis koffie en saucijzenbroodjes of appeltaart; alleen de sterke drank was voor eigen rekening. Ze hadden daar met z'n drieën over gepraat, op de stoep voor het politiebureau, en Thomas had beslist dat ze die kosten moesten maken, om praatjes te voorkomen en natuurlijk ook vanwege het Vijfde Gebod.

Thomas stond van vijf tot zes namens de familie met een zwarte band om z'n arm bij de ingang van de rouwkamer. Josefien vertrok al na vijf minuten, met de doorzichtige smoes dat ze kleren van Bertus en de tweeling moest gaan strijken, voor morgen in de kerk. Miel liet zich helemaal niet zien. Zestien jaar geleden, toen hun moeder werd begraven, liep het hele dorp uit. Voor Jozef kwamen er in totaal zes mensen.

De kist stond tussen twee potpalmen op een met groen fluweel bedekte schraagtafel. Thomas keek ernaar. Hij voelde geen verdriet, eerder het tegendeel. De dood van zijn vader was het einde van een tijdperk van ergernis en roddel, en wat hem betrof voornamelijk een aangename onderbreking van de dagelijkse sleur. Bovendien was hij nu ook officieel het hoofd van de familie. De mensen keken naar hem, dat was een aangename gewaarwording.

Thomas had zich nooit bekommerd om zijn broer en zus en

geen mens kon hun familie een familie noemen, maar in theorie was hij er als oudste zoon al zestien jaar lang het hoofd van, aangezien Jozef direct na de begrafenis van zijn vrouw had besloten om kluizenaar te worden. De man die volgens Miel en Josée als een maniak met orde en regels over zijn huishouden had geheerst en in gevaarlijke razernij kon ontsteken bij elke kleinigheid die die twee in zijn ogen verkeerd deden, begon van de ene dag op de andere zijn boerderij te verwaarlozen en er zelf in minder dan geen tijd als een zwerver uit te zien. Miel en Josée lieten hem zonder wroeging links liggen. Thomas probeerde hem uit een vaag soort plichtsbesef een paar keer op te zoeken, maar kreeg beide keren te verstaan dat hij zijn tijd beter aan iets anders kon verknoeien. 'Dat geldt ook voor jou, al ben je mijn zoon,' had hij gezegd. Thomas wilde zeggen dat hij een broer en een zus had, maar Jozef gooide de deur dicht voordat hij er een woord uit kon krijgen. Zijn vader had niemand nodig, en het grootste genoegen dat de mensheid in het algemeen en zijn kinderen in het bijzonder hem konden doen, was uit zijn buurt blijven.

Rechercheur Mierik was de eerste van de zes mensen die afscheid kwamen nemen van de overledene. Hij slenterde op zijn gemak over de plavuizen naar de kist en boog zich eroverheen. Thomas, die bij de ingang bleef staan, zag hem snuiven en naar Jozef knikken en toen kwam hij terug en gaf Thomas een hand.

'Hij ruikt een beetje muf,' zei hij. 'Maar ze hebben hem netjes opgeknapt.'

'Dank u voor de belangstelling,' zei Thomas.

'Ik was op weg naar huis.' Mierik nam een zakdoek en snoot de graflucht uit zijn neus. 'Dat viel me die ochtend trouwens ook op, dat z'n gezicht zo schoon was en netjes geschoren.'

'Je hoeft geen viezerik te zijn, al zie je er niet uit,' zei Thomas een tikje gekrenkt. 'Een huis verslonst als een man daar

maar lang genoeg in z'n eentje woont, dat zou u ook overkomen. Hij gaf niet om kleren, dat is alles.'

'Ik bedoel er niks mee. Het verbaasde me omdat het niet klopte met wat andere mensen beweerden. Er hing zelfs wasgoed aan de lijn, sokken, ondergoed.' Mierik glimlachte. 'Ons werk is nou eenmaal dat je overal op let, kleine dingen kunnen iets betekenen. Iemand die van plan is om zelfmoord te plegen, gaat bijvoorbeeld meestal niet eerst de was doen en die netjes te drogen hangen.'

Thomas knikte. 'Is er al iets bekend van de autopsie?'

'Er was veel gebroken, maar om dat vast te stellen hoefde hij niet naar Rijswijk.'

'Waarom dan wel?'

Mierik bewoog zijn schouders. 'Het is de wet. Je kunt ingewikkeld gaan redeneren, bijvoorbeeld dat een moordenaar wurging of doodslag probeerde te verdoezelen met die tractor. Wurging zouden ze kunnen zien. En het lab is nog bezig, voor het geval we aan vergiftiging moeten denken.'

Mierik zou in normale gevallen tactvoller met nabestaanden praten, maar hier was vanaf de eerste dag duidelijk dat de kinderen geen traan om hun vader lieten. Dat kon verdacht lijken, maar hij had weinig concreets kunnen ontdekken. Wat hij voornamelijk vond was onverschilligheid. Hij had vooral aandacht besteed aan de jongste zoon, die in een verbouwde schuur van de steun leefde en de minste moeite deed om zijn afkeer voor zijn vader te verbergen. Maar Emiel had een waterdicht alibi, hij was met een vriend in diens vrachtwagen in Krefeld om een lading veevoer te bezorgen.

'Het hele idee van moord is onzin,' zei Thomas.

'Soms denken we aan de erfenis.'

Thomas keek geïrriteerd opzij. 'Als we na de belasting en de kosten met z'n drieën anderhalve ton overhouden is het veel. Ik zou geen vijftien jaar gevangenis wegens moord riskeren voor vijftigduizend euro.'

Mierik glimlachte, alsof hij dat wel wilde toegeven. 'We hopen op een aannemelijke verklaring uit het technische onderzoek.'

'De verklaring is dat je daar niet tussen gaat staan,' zei Thomas. 'Die waarschuwing staat op elke tractor. En als je het toch doet blijf je met je vingers van de hefinrichting.' Ze waren alle drie verhoord, maar het was allang duidelijk dat de politie er niet méér in zag dan een absurd ongeluk. Jozef wurgen of de hersens inslaan, het lijk op dat ijzer hijsen en hem met de hefinrichting in elkaar laten mangelen? En dat het eruitzag alsof hij alles zélf had gedaan?

'Het was een stom ongeluk.'

'Right.' De rechercheur stak een hand uit. 'Hoe dan ook, het beste ermee.'

Nummer twee was Johan Vaessen, een collega van het stadhuis, die naar de kist knikte zonder erheen te gaan. 'Gaat het een beetje?'

Thomas haalde zijn schouders op. 'We hadden geen contact, maar het is m'n vader.'

'Er moet een krans van de secretarie bezorgd zijn?'

'Dat had echt niet gehoeven.'

'De meisjes vonden van wel, voor jou. Zag ik Mierik wegrijden? Weten ze al meer?'

'Wat valt er te weten?' Thomas haalde zijn schouders op. 'Dat monster kwam uit het stenen tijdperk. Hij gaf er geen geld aan uit, hij gaf nergens geld aan uit. Misschien wou hij een stuk heining repareren, er lagen palen in de bak.' Thomas dacht na en zei toen: 'Hij was een eenzame man.'

Eenzame man klonk wel goed, bedacht hij. Beter dan dorpsgek of gevaarlijke zonderling.

'Het dorp staat zo te zien niet te dringen om hem vaarwel te zeggen,' zei Vaessen. 'Ik heb mijn plicht gedaan.'

'Er is koffie in de hal. Teken het register maar, dan staat er tenminste iemand in.'

Vaessen aarzelde. 'Er wordt een boel geroddeld, ik waarschuw je maar vast. Je weet hoe dat gaat, dat hij geld in huis had?'

Thomas gaf een schamper geluidje. 'Wat mijn vader in huis had was de laatste zwart-wittelevisie van Nederland.'

'Het leek me al sterk.' Vaessen klopte op Thomas' arm. 'Ik ben in de Kroon, kom een biljartje leggen, hier komt toch geen hond, anders zie ik je maandag?'

De derde bezoeker was een man in een onopvallend grijs pak met een blauw streepjeshemd eronder, hij had een flets gezicht en een ringetje in zijn linkeroor. Thomas wist zeker dat hij hem nooit eerder had gezien. Er staken pennen uit de borstzak van zijn colbert. Hij gebaarde naar de kist. 'Jozef Weerman?'

Thomas stak een hand uit om zich voor te stellen, maar de man knikte naar hem alsof hij een hotelportier was en liep door. De balpennen deden aan een journalist denken, er hadden berichten over het ongeluk in de kranten gestaan, maar Thomas kon zich niet voorstellen dat de media interesse voor de begrafenis zouden hebben. Bovendien zou een journalist vragen stellen en beleefder omgaan met een informatiebron.

De man hield stil bij de kist, nam iets uit zijn binnenzak en hield dat in zijn hand terwijl hij naar de dode keek. Na vijf seconden knikte hij als een douanebeambte die een paspoort in orde bevindt, stak wat hij in zijn hand hield terug in z'n binnenzak en draaide zich om. Hij schraapte zijn keel en liep zonder zelfs maar naar Thomas te kijken de aula uit.

'Pardon,' zei Thomas, en luider: 'Meneer?'

De man bleef halverwege de gang staan en draaide zich om. Thomas gebaarde naar het register, waarvan ze zich de kosten hadden kunnen besparen. 'Neem me niet kwalijk,' zei hij. 'Wilt u het register niet tekenen?'

'Nee, dank u.' De man knikte en vertrok. Thomas hoorde het zuigen van de deur en toen was het weer stil. Hij brak zijn

hersens op vrienden of relaties van zijn vader. Hij kon niemand bedenken. De onbekende zag eruit als halverwege de veertig, nogal jong om een vriend te kunnen zijn, als er al vrienden van Jozef bestonden. Hij had dit anders moeten aanpakken, met gezag. Hij was het hoofd van de familie, geen parkeermeter.

Thomas stond een tijdje op zijn tenen te wippen. Hij kon de stilte niet horen, maar er was iets dat spookachtig gonsde, misschien hoorde dat bij een uitvaartcentrum. Hij bedacht dat hij z'n sudokuboekje bij zich had moeten steken. Zijn horloge zei halfzes. Een partijtje biljart in de Kroon, voor het avondeten. Hij verwachtte niemand meer, zeker geen familie. De twee vrijgezelle zusters van Jozef, die een flat deelden in een bejaardencomplex, zouden alleen naar de begrafenis komen. Oom Huub, bij wie Thomas van z'n twaalfde tot z'n twintigste had gewoond, had hem gebeld om te zeggen dat hij net zo lief bleef klaverjassen met de andere weduwnaars in z'n bejaardenhuis. 'Behalve jou heb ik daar absoluut niks,' had hij gezegd. 'Kom me liever weer es opzoeken, breng een fles jonge klare mee.'

Ze hadden tweeëndertig kaarten verstuurd. Toen hun moeder stierf, was de kerk te klein geweest. Thomas was toen al twee jaar getrouwd met Stella, hij had z'n eerste ambtenaarsbaan in Venray en was tevreden met de vastigheid. Zaterdagmiddags voetballen met de andere ambtenaren, dat was ook voorbij. Hij zou niet weten wat hij moest invullen als iemand naar zijn hobby's zou vragen.

Hij hoorde stemmen. Alles werd een beetje lichter toen hij zijn vroegere buurmeisje door de gang zag komen, ook al bracht ze haar ouders mee. De moeder leunde op Lenies arm, de vader op een wandelstok. Ze knikten en mompelden een groet en sloften aan weerskanten van Lenie naar de kist, waar ze zwijgend naar hun dode buurman bleven staan kijken. Thomas begreep niet wat de Stinses kwamen doen, tenzij zich verkneukelen.

Misschien was er ooit een schijn van normale buren geweest, maar nog geen maand na de dood van hun moeder had Jozef zijn buurvrouw zowat een hartverlamming bezorgd door haar met zijn jachtgeweer van zijn erf te schieten. De politie kwam erbij, Jozef zwoer dat het mens loog dat ze zwart zag en dat hij op een kraai schoot, maar hij raakte zijn vergunning kwijt en zijn geweer werd in beslag genomen. Diezelfde winter kreeg de Algemene Inspectie Dienst een anonieme tip van ongetwijfeld de Stinses over zes van Jozefs vleeskoeien, die in de sneeuw stonden te verkommeren en nog net niet dood genoeg waren om te worden geconfisqueerd.

De drie mensen stonden te fluisteren boven de kist, de hoofden dicht bij elkaar. Lenie zag er goed uit, ook van achteren. Ze speelden doktertje in het hooi, ze kwam zogenaamd voor Josée die bij haar in de klas zat, maar voordat het meer kon worden dan een beetje zoenen en gefrunnik verhuisde Thomas naar Venlo. Jaren later, toen ze allebei getrouwd waren en Stella zwanger was van Sjoerd, waren Lenie en hij na een dorpsfeest en de nodige drank alsnog een keer in de hooiberg van de Stinses beland.

Ze kwamen naar hem toe. Koos en Dina gaven hem een hand, Lenie onderbrak een aanzet om hem te omhelzen, maar ze kneep vertrouwelijk in zijn bovenarm. Hij hoefde haar ogen niet te zien, het verleden zat in dat kneepje.

'Gecondoleerd,' zei Koos.

'Dat wens je niemand toe, Thomas,' zei Dina. 'Het is toch je vader.'

'We hadden niet veel contact,' zei Thomas weer.

'Nee, maar het is goed dat jullie het toch netjes doen. Ik weet niet of we morgen naar de kerk komen.'

'Dat geeft niet,' zei Thomas. 'We redden het wel.'

'Het kwam door de dood van je moeder,' zei Dina. 'Dat heeft hem geestelijk geknakt en hij is daar nooit overheen gekomen. Ik wilde hem alleen maar helpen, daar ben je buren

voor, je brengt een pannetje soep, het leven gaat door, maar je weet hoe dat is afgelopen.'

'Ja, dat spijt me.'

'We zijn niet haatdragend, nooit geweest, het zijn oude koeien en het hoeft jou niet te spijten. Jullie waren alle drie het huis uit, jij en je zus waren zelfs al getrouwd. Aan jou heeft het nooit gelegen, daarom zijn we hier.'

'Ik kom morgen misschien wel,' zei Lenie. 'Maar dat is dan meer voor jou, dat zeg ik maar eerlijk.'

'Dank je.' Zijn gezicht werd warm, hij hoopte dat hij niet zichtbaar bloosde.

Lenies vader vroeg, als terloops: 'Hoe doen jullie het met de boerderij?'

'Er zijn geen koeien meer en Miel regelt de opkoper voor de schapen. Verder zien we wel, het is nogal een troep. Ik vraag de reinigingsdienst om een paar containers neer te zetten.'

Koos keek naar Dina.

Dina haalde adem en zei: 'Dit is misschien een ongepast moment, maar gaan jullie hem verkopen?'

'Ik zie Miel geen boer worden.'

Dina aarzelde, haar handen onhandig in elkaar, strakke rimpels. 'Het is namelijk dat wij wel belangstelling zouden hebben voor het weiland aan onze kant, en dat stukje uiterwaard?'

Thomas fronste. 'Alleen de grond?'

'Het is voor Lenie en Bram, en de kleinkinderen. Ze doen al tien jaar de boerderij. Koos en ik hangen er nog zo'n beetje bij, maar we hebben wat gespaard en we zouden ze dat stukje land graag cadeau doen. Het sluit mooi aan en maakt hun bedrijf rendabeler.'

Een bedrijf, dacht Thomas. Wat koeien en schapen, zoals iedereen hier, een bakstenen bungalow bijgebouwd voor de ouders, zoals je ook overal zag.

'Zonder die grond blijft er weinig boerderij over.' Hij keek naar Lenie. 'Wie koopt hem dan nog?'

Lenie bloosde. Als ze verlegen was of een beetje dronken kon ze tot op haar borsten blozen, dat wist hij nog goed.

Koos schraapte zijn keel. 'Het is toch al geen boerderij meer,' zei hij. 'Dat is voorbij. Niemand begint daar nog, het is te klein. Jonge boeren gaan naar de polders of naar Denemarken. Wat jij gaat krijgen zijn kopers uit de stad, die zoeken een boerderijtje om te verbouwen als woonhuis, met uitzicht op de Maas.'

'Laat er een paar duizend meter omheen, dan kunnen ze twee dwerggeiten houden en konijnen voor de kinderen,' zei Dina.

Thomas grinnikte mee, ook al voelde hij zich vagelijk beledigd. 'We zullen kijken,' zei hij. 'We zijn met z'n drieën, ik moet met Miel en Josée overleggen.'

Lenies hand kwam licht op de zijne. 'Maar jouw stem geeft de doorslag,' zei ze. 'Je bent de oudste.'

Ze bloosde weer, maar ze kneep in zijn hand en de glinstering in haar ogen was die van de hooizolder. Ze had een mooi vol figuur en krulletjes rond haar voorhoofd en nu hield ze haar lippen een beetje van elkaar, net zoals Stella vroeger kon doen, en Thomas wist wat ze dacht. Hij merkte dat hij zelf ook nieuwsgierig was naar hoe het zou zijn, achttien jaar later, met Lenie in een bed, in plaats van met jeuk en rooie plekken in dat onhandige kriebelhooi.

De begrafenismis in de Gerardus Majella-kerk duurde niet langer dan strikt nodig. Om twintig mensen te tellen moest je de vijf dames voor de gezangen meerekenen. De echte organist kon er niet bij zijn en liet het aan de gepensioneerde onderwijzer over om het gezang van de dames te begeleiden en zich met eigenaardige improvisaties door het *Dies Irae* te worstelen.

De jonge kapelaan hield een korte preek. Hij zei dat Jozef een zondaar was, zoals ongeveer alle andere mensen, maar

dat hij in zijn hart altijd had verlangd naar zuiverheid en boetedoening, en alleen de Heer zal oordelen. Thomas veronderstelde dat het zo'n kant-en-klare preek was waarbij de celebrant gewoon de naam van de overledene invulde, want hij kon zich niet voorstellen dat de kapelaan Jozef ooit in leven had gezien. Hij was hier nog geen jaar en beslist te jong om te kunnen weten wat zijn vader had gewild of waar hij altijd naar had verlangd.

Josée keek geërgerd opzij toen een van haar veertienjarige tweelingdochters luid begon te snikken terwijl de kist uit de kerk werd gereden. Je kon Roos en Janine niet uit elkaar houden, maar de andere fluisterde in het oor van haar zusje en bracht haar tot bedaren. Sjoerd, de zeventienjarige zoon van Thomas, droeg de twee kransen de kerk uit, een van het gemeentehuis, de andere een goedkoop exemplaar van gevlochten klimop van de kinderen. Josée had moeite gehad met het lint; de bloemist had voornamelijk linten met teksten over geliefde vaders en grootvaders die dus niet van toepassing waren, zodat ze zich om ervan af te zijn maar neerlegde bij 'Rust in Vrede'. Emiel had liever 'Rot in vrede' gehad, zoals hij voor de hele stoet verstaanbaar tegen Stella zei terwijl ze de lijkwagen volgden. Stella, in paars mantelpakje met hoed, elegant als altijd, keek naar hem alsof ze iets vies rook en stapte uit zijn buurt.

Op het kerkhof zwaaide de kapelaan wierook over de kist en ten slotte wandelde iedereen naar het zaaltje van café Huijbers. Lenie wiegde voor Thomas uit, haar stevige benen onder een mooie mosgroene jurk. Het was prachtig weer, volop zon.

Het zaaltje rook naar bruiloften en partijen, oude sigaren, bier en boenwas, het leek op een klaslokaal van rond de Tweede Wereldoorlog, met hoge ramen en houten vloeren en goedkoop meubilair, de helft van de stoelen hing in scheve stapels op en voor het kleine podium. Aan de cafékant was een bar met glazen en flessen erboven en voor de spiegel aan

de achterwand. Huijbers serveerde koffie met naar keuze Limburgse vlaai of saucijzenbroodjes uit een elektrisch oventje. De neven en nichten kropen bij elkaar en de volwassenen praatten over de dood en wat Thomas, Josée en Emiel van plan waren met de boerderij te doen. Jan Vaessen en zijn vrouw bleven niet lang, evenmin als Hetty, de ex van Emiel, die volgens Josée alleen maar kwam kijken of er iets te halen viel. De tantes vertrokken na hun eerste kop koffie, zonder veel meer geuit te hebben dan gemompelde condoleances. Toen ze weg waren, stak Thomas een sigaar op. Zijn vrouw wuifde geïrriteerd de rook uit haar gezicht en mopperde: 'Móét dat nou?'

Thomas knipoogde naar Lenie, die niet op haar gemak leek, misschien omdat Stella erbij was. Toen pater Bruno arriveerde deed ze alsof ze er helaas vandoor moest, maar bij het afscheid wreef ze weer met haar duim over Thomas' hand, wat leek op strelen. Ik hoef maar een smoes te bedenken, dacht Thomas. Stella had haar aandacht bij de kapelaan, zodat hij Lenies hand even kon vasthouden, en in een opwelling van overmoed bracht hij haar naar de openstaande zijdeur. Zijn dochter Bianca, een zestienjarige nieuwsgierige aag met piercings in neus en oren, zat daar aan het raam met Sjoerd en de tweeling van Josée, daarom volgde hij Lenie een eindje naar buiten, tot onder de lindeboom.

'Tot ziens,' zei hij.

Lenie vroeg een beetje heimelijk of ze het een keer over dat land konden hebben. Het klonk alsof ze hem een smoes aanreikte, en Thomas moest z'n keel schrapen omdat hij schor werd van zijn eigen nu-of-nooitidee, de koe bij de horens. 'Morgen misschien?' vroeg hij fluisterend. 'Om twee uur, ik ben op de boerderij.'

Lenie leek een seconde in verwarring, maar toen ging ze er met een heimelijk knikje vandoor.

Toen hij terugkwam stond Stella met de kapelaan te pra-

ten, maar haar ogen kwamen met iets wat op argwaan leek in zijn richting. Thomas was als de dood voor Stella's antennes en hij nam haar direct opzij om uitleg te geven, nog voordat ze de vraag kon stellen. 'Het is Bram, haar man,' zei hij, op vertrouwelijke toon. Zijn slimme idee om de echtgenoot te gebruiken gaf hem een doortrapt gevoel. 'Bram wil het weiland aan hun kant kopen. Ik heb gezegd dat ik niks kan beslissen zonder met Josée en Emiel te praten.'

Stella leek gerustgesteld. 'Als ze maar geen vriendenprijs verwachten,' fluisterde ze terug. 'Laat het eerst taxeren en we moeten ook nagaan of er een goeie prijs overblijft als we grond apart gaan verkopen.'

Thomas glimlachte en wendde zich naar de anderen. Josée bracht ijverig koffie voor de kapelaan en bedankte hem voor de mooie mis.

'Dat was wel het minste.' Hij glimlachte naar Josée, de enige van de familie die hij regelmatig in de kerk en in de biechtstoel zag. 'Je vader had veel verdriet.'

Emiel keek op. 'Verdriet?'

Kapelaan Bruno knikte. 'Hij had oprecht verdriet, en spijt.'

'Toe maar.' Emiel trok aan zijn oorbel en speelde de clown. 'Dat zult u gedroomd hebben, of bij wijze van nachtmerrie?' Hij grijnsde als om bijval naar de anderen.

De kapelaan leek niet eens beledigd. 'Jij bent Emiel, is het niet? Geloof mij nou maar. Mensen kunnen veranderen, ook op een laat tijdstip in hun leven.'

'Dat geloof ik graag, het klinkt alleen een beetje raar,' zei Thomas. 'Hoe bedoelt u spijt? Waarvan?'

'Jullie vader had spijt van de slechte verstandhouding met zijn kinderen, hij was daar verdrietig over.'

'Maak dat de kat wijs,' zei Emiel grof. 'Ik mag lijden dat we wat overhouden aan de boerderij, voor de rest kan hij...'

Doodvallen had hun vader al gedaan en Thomas kuchte luid en praatte er snel overheen, om de ongepaste grofheid

van zijn broer te overstemmen. 'Pater, neem me niet kwalijk, u had het in de kerk ook al over zijn berouw, maar hoe kunt ú dat nou weten?'

Emiel snoof. 'Hij kwam vast niet bij u biechten.'

Pater Bruno bleef kalm. 'Ik zag jou vandaag ook pas voor het eerst in de kerk.' Hij wendde zich met een ruk naar de echtgenoot van Josée, die luid begon te grinniken. 'Dit is geen grap,' zei hij, op strenge toon. 'Als ik u was zou ik uw vader op z'n minst het voordeel van de twijfel gunnen.'

Bertus stak een goedige hand op. 'Sorry, pater. Ik heb nooit problemen met de man gehad, maar hij was niet mijn vader. Ik ben maar onbelangrijke aanhang.' Hij had zijn hand nog in de lucht en wuifde er losjes mee naar zijn echtgenote.

'Stel je niet aan,' siste Josée.

'Vader of schoonvader, ik weet wat ik zeg,' zei de kapelaan. 'Hij kwam een maand geleden op een avond bij ons binnen. Ik was toevallig in de kerk en we raakten aan de praat. Daarna ben ik nog twee keer bij hem thuis geweest.'

Josées mond viel open. 'Bij hem thuis? Waarom?'

'Waarom niet?' vroeg Bertus. 'Misschien had je vader behoefte aan een beetje aanspraak?'

Josée wierp hem een giftige blik toe. 'Alsof jij je ooit wat aan hem gelegen hebt laten liggen.'

'Meer dan jij misschien,' zei Bertus.

'Je kletst uit je nek.' Josée forceerde een vriendelijk gezicht naar haar biechtvader. 'Sorry pater, maar u weet best dat we niks met onze vader hadden en dat was niet onze schuld. M'n man probeert leuk te zijn. Zo leuk is hij niet.'

'Mijn deur staat altijd open, als ik jullie kan helpen.' De kapelaan knikte welwillend in het rond, net zoals hij in de kerk had gedaan toen hij aan zijn preek begon. 'Ik weet wat slechte ervaringen zijn, maar misschien moeten jullie naast alle verkeerde herinneringen één positieve gedachte proberen vast te houden,' zei hij. 'Namelijk dat je vader spijt had. Hij was te

laat om je moeder te kunnen redden, maar hij hoopte dat het niet te laat was om het tenminste in orde te maken met zijn kinderen. Dat ongeluk kwam er helaas tussen. Gelukkig is voor Onze Lieve Heer een oprechte intentie even belangrijk als de daad, zeker als die fysiek onmogelijk is geworden. Het gaat om wat jullie papa wílde.'

Papa. De man wist niet waar hij het over had. *Je moeder redden?* Thomas keek naar de anderen, Josée leek perplex, je kon Emiel inwendig horen grinniken. Papa was het nooit geweest, ook geen pa, laat staan paps. Thomas had als kind nog wel 'vader' gezegd, omdat alles toen nog normaler leek, maar voor Miel en Josée was hun vader alleen nog 'hij', of Jozef, een naam die evenmin bij hem paste.

'We zullen ons best doen, pater,' zei Thomas, zo neutraal alsof hij iemand aan het loket had.

De kapelaan stond op. 'Mooi. Ik wens jullie allemaal erg veel sterkte.'

Thomas bracht hem beleefd naar de deur. Kapelaan Bruno knikte in het voorbijgaan naar de neef en de nichten, die aan de cola's en de vlaai zaten, en bleef toen bij hun tafel staan, alsof hem iets te binnen schoot.

'Zo, hallo,' zei hij. 'Wie van de dames is Roos?'

Een van de tweelingzusjes bloosde. 'Dat ben ik, pater.'

'Ah. Dat was zeker een schok voor je?'

Roos reageerde verward: 'Eh, ja?'

'Jij hebt hem toch gevonden? Was dat geen schok?'

'O, bedoelt u dát,' zei Roos ongemakkelijk. 'Ik ben niet blijven kijken. Ik heb meteen mijn moeder gebeld.'

'Ging je je grootvader opzoeken?'

Roos bloosde en schudde haar hoofd, heftiger dan nodig. Thomas wist dat z'n nichtje haar verhaal al tien keer had opgedist, ook aan de politie, maar misschien was een priester moeilijker dan de politie. 'Ik reed gewoon langs,' hakkelde ze. 'Ik hoorde de tractor. Hij maakte een raar geluid.'

'Misschien moest ze daarom huilen, in de kerk,' zei Sjoerd.

Janine schoot haar zus te hulp. 'Hij was toch onze grootvader,' zei ze. 'En het was zielig.'

Roos raakte van slag. Bianca keek boos naar haar broer en zei: 'Begrafenissen zijn nu eenmaal om te huilen.'

'Ik zag weinig tranen,' zei Sjoerd. 'Behalve die van Roos dan. Ik heb de man misschien een keer gezien toen ik een baby was, en Roos waarschijnlijk nóóit, dus...'

'Ja Sjoerd, dat weten we allemaal,' zei Thomas. 'Laat haar nou maar met rust.'

Sjoerd trotseerde zijn vader. 'Iedereen blijft bij die man uit de buurt, maar Roos fietst een kilometer om en hoort de tractor?'

Bianca begon te giechelen. 'Roos fietst heus niet zomaar een kilometer om,' zei ze. 'Volgens mij ging het om iemand in het huis ernaast.'

Sjoerd keek naar zijn zus. 'De puistenkop? Rob Stinse?' Z'n stem klonk naar jaloezie. 'Die is toch naar een andere school gegaan?'

Bianca keek giechelig naar de kapelaan. 'Daarom kan Roos nog wel hopen dat hij toevallig net uit z'n huis komt en toevallig haar kant uit moet?'

'Nou.' De kapelaan knikte naar Roos. 'Hoe dan ook. Roos zal haar redenen hebben gehad.'

'Rob is trouwens een leuke jongen,' zei Janine.

De kapelaan bleef naar Roos kijken. 'Als je ergens mee zit en erover wil praten, kom dan gerust bij me langs. Je grootvader heeft dat ook gedaan.' Hij glimlachte. 'Jij bent Sjoerd, nietwaar?'

'Sjoerd is mijn oudste,' zei Thomas. 'Hij doet elektrotechniek. De kletskous met de dingen in haar neus is m'n dochter Bianca. De tweeling is van Josée. Roos en Janine.'

'Dat zijn inderdaad al hele dames,' zei de kapelaan. Hij gaf Thomas een hand en vertrok via de zijdeur.

'Al hele dámes.' Sjoerd keek naar de borsten van Roos, die opgelucht achteruit leunde in haar rotanstoel. Hij grijnsde en zei: 'Kan hij jullie wel uit elkaar houden? Ik bedoel in het donker?'

'Zo kan hij wel weer, Sjoerd,' zei Thomas. Hij volgde de blik van zijn zoon. Mensen beweerden dat eeneiige tweelingen mager bleven omdat ze alles moesten delen, maar de dochters van Josée waren op hun veertiende al complete seksbommen en het tegenovergestelde van hun moeder. Hij keek de zaal in en zag Josée bij de bar iets bij Huijbers bestellen.

'Ik weet niet waar je het over hebt,' zei Roos.

'De puistenkop?'

Thomas slenterde naar de bar. Huijbers wierp een blik in zijn richting en schonk drank in twee glazen. Josée schoof een bankbiljet over de bar, nam een van de tulpvormige glazen en dronk het in één teug leeg. Het zag eruit als een jonge klare.

'Jos?'

Josée zette haar lege glas terug en legde haar benige vingers om het tweede. 'Wat?'

'Wat drink je?'

Josée leegde het tweede glas en zette het met een klap terug op de bar. Ze leunde er op een elleboog naast en keek naar haar broer, alsof hij een vreemde was die zich met privézaken bemoeide. 'Dat had ik nodig, oké?'

Hij kon evengoed een vreemde zijn, bedacht Thomas, met een zweem van verdriet. Hij wist niks van zijn zus, wat ze dacht of droomde, laat staan van vroeger; een mager zusje van acht, met enorme ogen in een te klein, spookachtig gezicht. Daarna zag hij haar in een zeldzaam weekend, en later alleen als er iets te regelen viel, zoals de begrafenis. Ze hadden niks gemeen, niemand deed moeite en ze leefden in gescheiden werelden, maar volgens haar man Bertus was Josée een vroom secreet en Thomas bedacht dat jenever daar slecht bij paste.

Hij knikte naar Huijbers. 'Doe mij er ook maar een.'

Hij bedoelde solidariteit, maar Josée liet hem gewoon staan, ze knikte vluchtig naar Huijbers en liep terug naar de anderen, vast en zonder hapering, alsof ze de testlijn volgde.

'Meneer Weerman.'

Thomas nam het glas en proefde ervan. Het was geen jenever, het smaakte eigenlijk nergens naar, iets met veel alcohol. 'Wat is het?' vroeg hij.

'Wodka. Geen kleur, het lijkt op water en je baas ruikt er niks van. Daarom drinken ze het.'

Hij nam nog een slokje. 'Wie?'

Huijbers haalde z'n schouders op. 'De stille drinkers.'

2

LENIE WAS PRECIES OP TIJD. THOMAS STOND VOOR HET raam van zijn oude jongenskamer naar haar uit te kijken. Hij was zenuwachtig, maar het feit dat ze het tractorpad achter de weilanden langs nam in plaats van de weg leek een goed teken. Ze maakte een onschuldig zondagswandelingetje, om de grond die ze wilden kopen te bekijken, of een andere smoes; misschien was␣ze er gewoon tussenuit geglipt en wist Bram van niks. Boven haar hing de lucht zwaar en donker, wolken waar geen regen uit kwam, en ze had geen paraplu bij zich, ook geen tas. Tenzij hij zich totaal vergiste zou ze achterom komen, door de kleine deeldeur die hij van de grendel had gedaan en halfopen gezet. Hij schoof het raam omhoog.

Hij had zoveel moeten voorbereiden dat hij aan misdaad met voorbedachten rade moest denken. Hij had hier geen ervaring mee en hij wist zeker dat iedereen en zeker Stella van zijn gezicht kon lezen waar hij mee bezig was, als ze de moeite namen om te kijken. Na de begrafenis was hij met een smoes naar Boxmeer gereden om bij de anonieme Hema twee lakens, slopen en een handdoek te kopen. Hij rekende niet op schoon linnengoed in de boerderij, nog afgezien dat hij niet aan zijn vaders lakens wilde denken. Lakens van huis meene-

men en later ongemerkt in de was stoppen was het noodlot verzoeken. Weer een smoes: de enige die hij zondag na de koffie kon bedenken was dat hij een beetje in de war was geraakt door de begrafenis en wat de kapelaan allemaal over zijn vader had gezegd en dat hij maar een eindje ging rijden en naar de rivier kijken. Het idee van depressie was handig, bedacht hij achteraf, omdat het ook verklaarde waarom hij die nacht had liggen woelen en de rest van zijn schichtige gedrag. Stella bood direct aan om met hem mee te gaan, bij wijze van morele steun. Jezus, dacht Thomas, terwijl hij halfslachtig: 'Ach, laat mij nou maar even,' mompelde. Hoe doen al die andere kerels dat?

Jozef had alleen de ouderslaapkamer gebruikt en die van Josée ertegenover voor kleren en wasgoed. De jongenskamer van Thomas had dode torren in de wastafel, spinnenwebben, een laag stof op het linoleum en ramen waar je niet doorheen kon kijken. Alles was er nog, de tafel, oude posters, de lege klerenkast, een gehaakte sprei over de kale matras, een klein houten kruis van zijn moeder boven het bed. Thomas keek ernaar en kon zich niets herinneren, ook niet waar hij van droomde. Meisjes waarschijnlijk, Lenie Stinse. Als zijn moeder hem na de lagere school niet bij oom Huub in Venlo had geparkeerd, was hij misschien met háár getrouwd.

Hij had de bezem erdoor gehaald, sprei eraf en uitkloppen, stofwolken over het zij-erf, maar niemand kon hem zien vanaf de weg. Zijn auto stond uit het zicht achter de schapenstal naast het wrak van de Ford Taunus, die daar al twintig jaar stond weg te roesten. Volgens Miel hadden er kippen in gewoond, een kloek met kuikens, tot de vos ze te grazen nam.

Thomas boog zich uit het raam en floot zachtjes. 'Weet je de weg nog?'

Lenie zwaaide, knikte, verdween om het huis. Thomas stond op de gang toen ze uit het trapgat kwam, in een zwart windjack boven een wollen rok tot op de knieën, blote benen

eronder. Hij kon niets bedenken bij wijze van conversatie, daarom had hij die ochtend al besloten dat hij maar het beste kon doen alsof alles vanzelf sprak, en dus nam hij haar stevig vast en begon haar meteen te kussen, in de gang, op de mond.

Haar mond voelde zenuwachtig, haar lippen waren koud en vreemd. 'Nou,' zei ze, toen ze adem kreeg.

De oude planken kraakten onder haar voeten. 'Je kamertje. Ik kwam met Josée spelen.' Ze keek naar de lakens op het bed, het witte kussen, frisse katoen, maar de geur van oud stof overheerste. Onder het jack had ze een witte bloes, met knopen. Ze maakte haar rok los. Ze had brede heupen, dat was niet veranderd. 'Mag het gordijn dicht?' vroeg ze.

Thomas had niet aan de gordijnen gedacht en er vielen dode motten en vlinders uit plus een wolk stof. Kleren over de stoel, hemd, broek, hij hield zijn sokken aan. In het schemerlicht zag je geen grijs in Lenies blonde krullen. Haar borsten vulden een zware witte beha, die hij loshaakte voordat ze op het schone laken ging liggen. Toen leek ze op een Frans schilderij dat hij ooit had gezien, een grote witte vrouw op een bed, met de armen omhoog en de handen om de spijlen van het hoofdeind.

Zijn jongensbed was erg smal en haar heupen namen veel ruimte in beslag. De meeste plaats was boven op haar, maar hij wilde niet te gretig of gehaast lijken, zodat hij op z'n zij op de harde ijzeren bedrand kwam, strak tegen haar aan, om er niet uit te vallen. Hij werkte zich op een elleboog, kneedde haar borsten en kuste de rechter, daar kon zijn mond bij. Ze waren groot en zacht, tweemaal die van Stella. Lenie hield hem vast en kuste zijn schouder, terwijl zijn vrije hand over haar buik en dijen ging, alles was groter en zachter dan hij gewend was, omdat ze minder tenniste dan Stella, of helemaal niet, het oerwoud onder haar buik was dikker en ruiger en zijn vinger vond totale droogte, dat verbaasde hem eigenlijk.

Hij vouwde zijn hand over die harige spreeuw en toen stopte er een auto onder het raam.

Lenie schrok zo heftig dat Thomas bliksemsnel een voet op het linoleum moest zetten om niet met veel lawaai van het bed te vallen. Hij legde een hand op haar mond, siste haar stil en liep op zijn tenen naar het raam. Hij hield het gordijn een paar centimeter opzij en staarde naar het blauwe dak van de Kia Picanto van zijn zus.

Josée stapte uit, bukte zich in het portier en zei iets tegen iemand die in de auto bleef zitten. Thomas nam de handgrepen van het raam beet maar besefte op tijd dat hij het niet kon sluiten zonder lawaai te maken. Als Josée omhoog keek zou ze een onbegrijpelijk maar beslist verdacht halfopen raam zien en een gesloten gordijn. Er was niets aan te doen.

Thomas hield zijn adem in en loerde naar zijn zus. Ze keek niet omhoog. Ze deed het portier dicht en liep met een sleutel in haar hand naar de voordeur, pal onder zijn raam.

'Wie is dat?' Lenie zat zich in haar beha te werken.

'Josefien.'

De bovenkamers hadden geen sleutels, nooit gehad. Thomas nam zijn kleren van de stoel, wierp ze naast Lenie op het bed en schoof de stoel met de rugleuning onder de knop van de deur. Hij kon geen reden bedenken voor zijn zus om in zijn kamer te komen. Als ze er zelf een bedacht zou ze niet begrijpen waarom de deur niet open kon. Uitgezet door vocht, dichtgespijkerd? Maar alles was beter dan hier te worden betrapt met een half-naakte Lenie Stinse, gevolgd door levenslange chantage.

'Wat moet ze?' fluisterde Lenie.

Thomas schudde dringend zijn hoofd. Hij hoorde de trap, pakte zijn broek. Lenie knoopte haar bloes al dicht, het leek op een film die was afgelopen voordat de begintitels voorbij waren. Hij hield zijn oor tegen de deur. Zijn zus kwam door de gang, haar voeten klonken niet alsof ze maar wat kwam snuffelen, ze wisten waar ze heen wilden, niet zijn jongenskamer. Een deur verderop kraakte. Ook niet háár oude kamer, eerder die van Jozef.

Hij ging op z'n tenen terug naar het raam en keek naar de Kia. Josée had hem op krediet gekocht, Bertus betaalde hem maandelijks af, met honderdzoveel euro van zijn salaris als metselaar bij Geldings Bouwbedrijf. Bertus was een vakman en een harde werker, hij kon voorman zijn of voor zichzelf beginnen, maar hij had die ambitie niet. Thomas had vaak medelijden met hem. Josefien was een vroom secreet, Bertus de zondebok van alles waar ze ontevreden over was. Bertus had hem in een dronken bui na een biljartwedstrijd uitgelegd hoe zijn seksleven in elkaar stak, dat hij er eens per week op mocht, op vrijdag nota bene, de dag van de onthouding, alsof zijn zuinige, katholieke Jos een soort zelfkastijding zocht. Maar hij beweerde dat hij eraan gewend was geraakt, Josée was een goeie huisvrouw, hij was dol op zijn tweelingdochters en Roos en Janine waren dol op hun vader. Bertus had zijn werk, duiven, een paar vrienden, de voetbalclub. Hij vond zijn leven niet beter of minder dan dat van de meeste andere mensen.

Thomas hoorde een bons, even later het knarsen en piepen van het raam van Jozefs kamer en de schelle stem van Josée:

'Roos!'

Thomas hield het gordijn op de smalste kier. Roos stapte uit de Kia en bleef er nukkig naast staan, haar hand op het dak. 'Wat?'

'Ja, wáár dan?'

'Weet ik niet. Onder het bed?' Roos keek met zoveel tegenzin naar haar moeder dat ze waarschijnlijk geen ander openstaand raam zou opmerken, laat staan dat ze dat verdacht zou vinden.

'Kom me dan helpen,' riep Josée.

Dat maakte Roos alleen maar nijdiger. 'Ik ga niet naar binnen, dat hoefde toch niet?' Ze blies het verongelijkte gezicht waar veertienjarigen in gespecialiseerd zijn, verdween in de Kia en sloeg het portier dicht. De autoradio ging aan.

Josée schoof het raam met een gefrustreerde klap omlaag.

'Wat doen ze?' vroeg Lenie fluisterend. 'Was dat Roos?'

'Ja.'

'Die had je vader toch gevonden?'

'Ja.'

'Wat kwam ze hier doen?'

Uit de Kia klonk een hysterische dj, gevolgd door harde muziek.

'Geen idee. Ik geloof dat ze Rob wilde zien.' Thomas trok zijn schoenen aan, dat had iets definitiefs. Lenie keek ernaar.

'Rob? Mijn zóón, Rob?'

'Heb je daar iets op tegen?'

Ze keek naar hem, zonder veel uitdrukking, ze zag blijkbaar geen humor of ironie in herhaalde geschiedenis. 'Nee, maar het lijkt me sterk. Rob is al zowat een maand in Drunen voor een stage bij iets van staatsbosbeheer.'

'Onverklaarde kalverliefde, op afstand?'

Lenie bewoog haar schouders. Ze had zich aangekleed en zat op de rand van het bed, tilde een voet over een knie en trok op haar gemak haar schoenen aan, eerst de ene, toen de andere. Het bed kraakte toen dat gedaan was en ze rechtop ging zitten, haar voeten op de vloer en de rok strak, een kostschoolmeisje zonder méér in het hoofd dan wachten op de bel voor de weekendbus naar huis.

Thomas hoorde een hardere klap, alsof z'n zus een van Jozefs oude kastdeuren dichtgooide, daarna was het even stil, en toen de kamerdeur. Josée kwam door de gang en ging de trap af, het klonk anders dan op de heenweg. De voordeur sloeg dicht, hij hoorde het slot klikken en toen kwam ze in beeld, met een plastic tas die er eerder niet was geweest, een groot vierkant voorwerp erin. De radio viel stil toen ze het portier van de Kia opende en achter het stuur stapte. Ze startte de motor en Thomas bedacht in een moment van paniek dat ze zijn auto zou zien als ze doorreed om bij de schapenstal te ke-

ren, maar Josée stak de Kia schuin tegenover hem een stukje onder de open loods, reed er achterwaarts uit en verdween onder hem langs naar de weg.

Thomas sloot het raam en trok het gordijn open.

'Ik moet naar huis,' zei Lenie.

Ze zat op het bed, haar gezicht in het grauwe wolklicht. Elke gedachte aan uitkleden en opnieuw beginnen of een vluggertje zonder uitkleden leek even misplaatst als de jingle van een telefoon in de kerk.

'Jammer,' zei hij. 'Een andere keer.'

Dat luchtte haar op. 'Als we dat land te vieren hebben.'

Thomas fronste en glimlachte er snel overheen, en Lenie bloosde, alsof ze besefte dat ze er iets verkeerds uitflapte.

'Ja,' zei hij, zo vrolijk mogelijk, maar die argwaan zat nu in zijn kop en zou er blijven. Waarschijnlijk hoorde hij alles verkeerd, maar hij bedacht vooral dat het was zoals vroeger, toen ze kinderen van twaalf en tien waren, een beetje kussen en voelen. Meer kon het niet worden, net als in de erotische dromen die hij steeds vaker had, met diverse vrouwen, de een nog opwindender dan de andere, maar op het laatste moment kwam er altijd iets tussen, een abrupte wending in de droom, of gewoon de wekker; soms was hij er al in, nota bene, maar wat hij ook deed en hoe desperaat hij ook werd, een orgasme lukte nooit.

Lenie gaf hem een halfslachtige kus en vertrok. Thomas propte de lakens en de handdoek in een sloop en wist niet wat hij ermee moest doen, tot hij bedacht dat hij het gewoon ergens langs de weg onder een boom kon leggen, voor een arme bedelaar.

'Mama is boos,' zei Bianca nog voordat hij de voordeur goed en wel dicht had. 'Waar was je?'

'Waar is ze boos om?'

'Waarom was je telefoon uit, of had je hem niet bij je?'

'Dat kan.'

Zijn dochter was tuk op sensatie, maar Thomas deed niet mee. Hij duwde de glazen haldeur open en hoorde Stella de trap af komen. Als het goed was rook hij nergens naar en waren er geen sporen meer, hij was onder de eikenbomen naast een maïsveld gestopt om het sloop kwijt te raken en een plas te doen, alles na te kijken en frisse lucht in zijn kleren te wapperen. Blonde haren op zijn schouder, van in de gang. Stella was ook blond, dat was een voordeel.

'Tom? Emiel probeert je almaar te bereiken.' Zijn vrouw klonk helemaal niet boos, hoogstens ongeduldig, en ze onthield zich van haar gebruikelijke commentaar op Miel.

'Wat wil hij?'

Stella wuifde hun dochter weg. 'Bianca, laat ons alleen, ik moet met je vader praten.'

Thomas kreeg het benauwd. Josée had hem opgemerkt en Stella gebeld. Lenies man had gebeld of Stella wist waar z'n vrouw was. Emiel had gebeld om hem te waarschuwen. Zijn ogen volgden Bianca, die met een rug vol tegenzin afdroop.

'Er is een testament,' zei Stella.

Thomas bleef staan. Stella was opgewonden en hij zag iets van triomf, het voordeel was dat hij geen smoes hoefde te bedenken over vergeefse meditatie aan de rivier. 'Hoe bedoel je, een testament,' zei hij, onnozel. 'Van wie?'

'Wie denk je? Een verre oom die deze week toevallig ook dood is gegaan?'

Humor. Thomas ging op de trap zitten. 'Józef? Hoe kom je daarbij?'

'Emiel hoorde het van de klerk van notaris Brakveld, daarom probeerde hij je te bereiken. Die man heeft de convocaties vrijdag verstuurd. We moeten er dinsdagochtend om tien uur zijn.'

Thomas dacht erover na. Het werd alleen maar ridiculer. 'Wat een onzin,' zei hij. 'Daar neem ik geen vrije ochtend

voor. Ik bel Brakveld morgen wel even.'

'Ben je niet benieuwd?'

'Naar wat? De laatste gril van Jozef? We verkopen de boerderij en delen met z'n drieën, dat hebben we allang afgesproken.'

De traptree werd hard en hij wilde er vanaf, maar Stella kwam dichterbij en in de weg. Ze dempte haar stem. 'Ik weet wat er in dat testament staat,' zei ze. 'En ik kan nauwelijks geloven dat jij dat ook niet allang snapt.'

'Wat ik snap of niet, het verandert niks.'

'Tom, ik weet wat jullie hebben afgesproken.' Stella's gezicht werd zachter, ze wilde hem overhalen, het veilige open boek van twintig jaar huwelijk, en nu was hij blij dat Lenie Stinse die droom zonder orgasme was gebleven. 'Maar wat als je vader het anders wil?' vroeg ze. 'Daar hoef je toch niet tegenin te gaan?'

Het wordt maar zo 'vader', dacht Thomas, naargelang de omstandigheden of de beloning, maar hij hield de opmerking binnen, hij wilde ruzie vermijden. 'Je denkt dat hij Miel wil onterven.'

'En Josée. Allebei.' Ze boog zich over hem heen en zakte door haar knieën. 'Jij bent de serieuze zoon, daar had hij respect voor. Je bent de enige die hem niet heeft teleurgesteld en de enige die hem niet in de steek wilde laten. Daar wil hij je voor belonen.'

'Ik geloof er geen moer van.'

Haar gezicht verstrakte, dat soort uitdrukkingen gebruikte hij zelden of nooit, althans niet tegenover haar, ze kwam uit een keurig accountantsmilieu. 'Goed,' zei ze, koeler. 'We horen het dinsdag, maar het is wat hij wil, en wat doe je als ik gelijk heb?'

Thomas trok met zijn schouders en zweeg.

'Volgens mijn vader brengt de boerderij meer dan vier ton op,' zei Stella. 'Minus een ton belasting.'

'En volgens mij kun je kinderen niet onterven.'

'Jawel.' Ze werd ongeduldig. 'Dat kan tegenwoordig juist wél. Ik heb het nagekeken. Miel en Josée kunnen hoogstens een wettelijk minimum claimen, maar dan moeten ze dus tegen de wil van je vader ingaan. Dan krijgen zij ieder vijftigduizend en wij twee ton. Dan hebben we nog maar een kleine hypotheek nodig voor dat huis op de Moolberg.'

Thomas bleef naar haar kijken, geld maakt iedereen mooi, dacht hij, of lelijk. Stella was niet lelijk, integendeel. Hij was verliefd op haar geworden om haar elegante figuur en de beloftes in haar ogen, om de uitnodiging van haar lippen en hoe ze bewoog, en ze bleef mooi, met of zonder hebzucht, ze was zijn vrouw. Stella wilde twee ton. Lenie wilde die grond.

'Ze zijn m'n broer en zus,' zei Thomas.

Hij wilde die twee ton even graag als Stella, die straks beslist weer ging opsommen wat ze ermee zouden doen. Ze hadden dat huis gezien, tegen de bossen aan, met een dubbele garage en genoeg grond en een stal voor een paard voor Bianca. Het probleem was zijn gevoel voor betamelijkheid, en zonderling genoeg ook een soort verantwoordelijkheid en medelijden. Miel en Josée waren wat hun jeugd ervan gemaakt had. Net zoals hij, trouwens. Hij had per ongeluk meer geluk gehad.

'Miel jaagt elke cent er meteen doorheen,' zei Stella. 'Josée geeft het aan de kerk, of aan die jonge kapelaan, voor Zimbabwe of zo. Je ziet haar toch zwoelen?'

'Wat is zwoelen?'

Thomas was blij dat ze zijn vrouw was. Ze hadden het goed, en ze had hem twee mooie kinderen gegeven. Het enige wat hij, als hij nuchter nadacht, tegen het huwelijk en het leven in het algemeen kon hebben, was dat alles hetzelfde bleef. Een duurder huis zou daar niet veel aan veranderen.

'Ik weet zeker dat je vader hier goed over heeft nagedacht.' Stella duwde zichzelf met haar handen op zijn knieën over-

eind. 'Waarom zou hij anders naar een notaris gaan? Ik zal thee maken. Maar je moet ook nadenken, en ik vind dat je dat testament moet accepteren. Niemand kan jou kwalijk nemen dat je gewoon doet wat je vader graag wil.'

Mijn vader, dacht Thomas.

3

AANGENAME OCHTENDSEKS, GEVOLGD DOOR THEE, BE-
schuit, een zachtgekookt eitje, alsof het zondag was in plaats
van maandag, alles geserveerd door Stella, warm en dichtbij
in haar ochtendjas. Thomas keek ernaar. Morgen, na de notaris, zou iedereen weer voor z'n eigen ontbijt zorgen, volgens
de vaste afspraken en gewoontes in hun huishouden. Sjoerd
vertrok op z'n scooter naar zijn school in Boxmeer; Bianca
om kwart over acht, Thomas een paar minuten later. Hij had
tijd om naar boven te gaan en z'n tanden te poetsen in de kleine badkamer voor het hele gezin, dat zou als Stella haar zin
kreeg binnenkort anders worden, in het nieuwe huis met het
paard en de diverse badkamers.

'Thomas?'

Hij spuwde zijn mond leeg, veegde er een handdoek over en
haastte zich naar de trap. 'Wat?'

'Een of andere Smeets?'

Daar waren er veel van in Limburg. Hij roffelde naar beneden. 'Wat wil hij?'

'Of mijn man thuis is.' Stella stond onder aan de trap, gaf
hem de telefoon. 'Je moet opschieten. Ik ga me aankleden.
Kus?'

Thomas dekte het apparaat af en kuste Stella. 'Oké.' Hij tikte op haar billen terwijl ze langs hem heen de trap op ging. Ze kwam uit een chiquere familie en ze vond dat soort dingen ordinair en leuk.

Het venster gaf een nummer dat hem niets zei.

'Thomas Weerman.'

'Uw naam staat in het telefoonboek, bent u familie van Jozef Weerman?'

'Dat is m'n vader.'

Thomas besefte dat hij de tegenwoordige tijd gebruikte. Stella ving het woord vader op en bleef halverwege de trap staan.

'U spreekt met Arnout Smeets, ik dacht ik probeer een andere Weerman, want bij hem krijg ik geen gehoor, ik heb dat vorige week al een paar keer geprobeerd.'

'Waar heeft u hem voor nodig?'

'Nou, de box, hè.'

'Wat voor box?'

'Ik heb hem al een maand niet gezien. Normaal betaalt-ie per halfjaar vooruit, dat had ik wel zo willen houden.'

'Ik volg u niet helemaal,' zei Thomas. 'Over wat voor box gaat dit precies?'

Het werd stil aan de andere kant, alsof hij een verkeerde vraag had gesteld. Stella sloop omlaag, tree voor tree. Thomas begon zich al af te wenden, maar hij besefte op tijd dat hij hier niet kon doen alsof hij een privégesprek voerde in de hal van het gemeentehuis.

'Ik kan hem misschien beter zelf even bellen,' zei Smeets in zijn oor. 'Wanneer denkt u dat hij weer thuis is?'

Zijn ogen vonden die van Stella. 'Mijn vader is overleden.'

'O.' Er viel weer zo'n eigenaardige stilte. 'Dat spijt me,' zei Smeets toen. 'Hij was toch niet ziek of zo? Hij zag er gezond uit, voor wat was-ie, zeventig?'

'Het was een ongeluk.'

Smeets bleef aarzelen. 'Tja,' zei hij. 'Wat nou?'

Thomas bewoog zijn schouders, voor Stella. 'Als u het me uitlegt kan ik u misschien helpen.'

'Hij heeft een van die boxen. We hebben winterberging voor caravans en boten, en een stel privéboxen voor kleiner spul.'

'Kleiner spul?'

'Sommigen gebruiken hem voor de vouwcaravan. Uw vader stalt er zijn auto in. Verder weet ik niet, het is privé, hè? We hoeven er niet eens in voor de post. Het gaat mij om de huur, daar is hij in al die jaren nog nooit te laat mee geweest.'

'Ja,' zei Thomas. 'Natuurlijk.' Hij had een paar seconden nodig om zijn verwarring te overwinnen. Hij moest nadenken en reageren. Al die jaren? Dit kon niet over zijn vader gaan. Zijn vader had een stokoude Ford die op vergane banden stond weg te roesten achter de schapenstal. Zijn vader was een mensenhatende zonderling op een verlopen boerderij. Wat Smeets vertelde klonk als iets voor een bigamist met een tweede gezin in Friesland.

'Natuurlijk,' herhaalde Thomas, zo ontspannen als hij kon. 'Dat is geen probleem, ik had alleen nog geen tijd voor de administratie. Heeft u een rekening gestuurd?'

'Hij betaalde altijd cash,' zei Smeets. 'Tot het eind van het jaar is dat driehonderdtachtig euro, ik kan wel iets van de opzegtermijn laten schieten vanwege de omstandigheden, maar een andere huurder vinden gaat toch altijd even duren...'

'Dat begrijp ik, geen probleem,' zei Thomas nogmaals. 'Als u me het adres geeft kom ik zo gauw mogelijk langs. Een ogenblik, ik schrijf het op.' Hij liep door de gang, de woonkamer in, de telefoon aan zijn oor. 'Bent u vandaag thuis?'

'Jawel, we zijn er altijd.'

Stella volgde hem op de hielen. Thomas nam z'n pen en pakte de krant die op het dressoir lag. 'Zeg het maar.'

Hij noteerde het adres in de bovenmarge van de krant.

Smeets zei: 'Het is een weg naar links met een bushalte op de hoek, vlak voor Arcen. Als je daarin gaat zie je het bord.'

'Prima, dank u wel.'

Thomas zette de telefoon op de basis. Zijn hand trilde een beetje. Stella reikte naar de krant maar Thomas trok hem onder haar hand uit, scheurde de strook met het adres eraf en stak dat in zijn borstzak.

'Wat nou?' Stella keek boos. 'Wie is die man?'

'Ik denk dat het een vergissing is.'

'Het gaat toch over Jozef? Een box met spullen?'

'Ja.' Hij had een plotseling gevoel van uitputting en droeg dat mee naar de eettafel, zakte op een stoel. 'Sorry, wacht even.'

'Je komt te laat voor je werk.'

'Ik bel ze wel.'

Stella bleef naast de tafel staan, begon werktuigelijk dingen op het ontbijtblad te verzamelen, jam, muisjes, hagelslag, beschuit. Afruimen deed ze elke ochtend, als iedereen weg was. Boter en kaas in de koelkast, vaat in de machine, tafelkleed uitschudden. Ze werkte vier ochtenden in de week in de oude school waar ze tweedehands spullen verkochten, maar dat begon pas om halftien en niet op maandag. 'Heeft die man spullen van je vader?'

'Geen idee.' Het gevoel van weerzin dat onverwacht bij hem opkwam kon niet tegen haar gericht zijn. Hij moest nadenken over een ander nieuw gevoel, hij had familie, behalve Stella, anders dan Stella. Hij keek naar zijn vrouw en besefte dat ze niets over een auto gehoord kon hebben, en toen nam hij nog een besluit. 'Ik ga even langs Miel.'

'Miel? Wat heeft *Miel* ermee te maken?'

Thomas schoof de stoel achteruit en stond op. 'Mijn vader is dood,' zei hij. 'Miel is mijn broer.'

En een crimineel, zag hij haar denken. Maar ze zei niets.

Hij keek naar de wandklok. 'Ik moet er echt vandoor.'

Zijn broer lag waarschijnlijk nog te slapen. Thomas moest met de klopper hameren en een tijd wachten voordat Miel de deur van zijn schuur opende, ongeschoren en vadsig in een gestreepte pyjama. Een wolk van oude sigaretten en bierzweet dreef langs hem heen naar buiten. Hij hield een hand boven zijn ogen tegen het felle licht. 'Wat doe jij hier? Het testament van de ouwe?'

'Ik kom je ophalen, we moeten naar Arcen.'

'Ik hoef niet naar Arcen en jij moet baby's inschrijven of rijbewijzen afgeven, zit je daar tegenwoordig?'

Hij is m'n broer. 'Onze vader heeft een garage met een auto erin,' zei Thomas. 'Als het je niet interesseert ga ik alleen, maar ik dacht je bent mijn broer.'

'Waar heb je het over?'

'Man, waar heb je vannacht gezeten?'

Hij had dat niet willen vragen maar het kwam eruit omdat hij z'n ergernis niet onder de duim kon krijgen. Miel trok aan de kraag van z'n pyjama. 'Kom je daarvoor?'

Thomas schudde zijn hoofd. 'Neem een douche, kleed je aan. Ik wacht in de auto. Tien minuten, anders haal ik Josée op.' Het laatste was onzin. De enige die hij erbij wilde hebben was Miel, en hij zou bij god niet kunnen uitleggen waarom.

'Een geheime auto?'

'Schiet nou maar op.'

Miel keek hem eindelijk aan, hij had de permanent wantrouwige ogen van alle levenslang verknipte pechvogels. Hij had drie maanden bij de psychiater gelopen, voor die uitkering. 'Waarom moet ík mee? Durf je niet alleen?'

'Tien minuten.'

Thomas liep naar zijn auto, die in het natte gras langs de weg stond. Hij zag dat Miel de deur halfopen liet, een teken van ja, wat? Hij dacht aan Miel; hij had hem links laten liggen en daar ook later niks aan gedaan, met als enig verweer het lamme excuus dat het de omstandigheden waren geweest.

Soms probeerde hij z'n broer halfslachtig te verdedigen tegenover Stella, die hem steevast 'onze mislukte crimineel' bleef noemen.

Miel had een vrouw gehad, in een keurig huurhuis, plus een behoorlijke baan in de slagerij van zijn schoonvader. Het joch had zijn best gedaan, hij was zelfs coach bij het juniorenvoetbal geweest; een mirakel dat drie jaar duurde, toen werd Hetty gek van hem en was het voorbij. Een paar maanden later werd hij opgepakt na een inbraak met geweld en zat zeven maanden in de gevangenis.

Daarna kon hij voor weinig geld plus wat hooien en stallen uitmesten de schuur huren die de boer ooit had verbouwd voor een echte boerenknecht. Hij leefde van een uitkering, klussen in de aardbeien en de asperges en ander gescharrel. Hij werd vadsig van slecht voedsel en te veel pils bij de televisie of de pornofilms.

Ik ben niet mijn broeders hoeder, dacht Thomas.

Miel kwam z'n schuur uit en deed de deur op slot. Hij droeg het legerjack dat hij altijd droeg en een spijkerbroek en die rare zilveren oorbel met een Turkse halvemaan eraan. Hij was geschoren, zijn haren waren nat van de douche en hij rook frisser, behalve als hij zijn mond opendeed. Zijn lichaam nam veel plaats in. Thomas reed meteen weg. Miel scheurde een zak chips open en hield die z'n broer onder de neus.

'Dank je,' zei Thomas. 'Ik heb ontbeten.' Hij bereikte het eind van de zijweg en reed de provinciale weg naar het zuiden op. 'Je kunt beter een appel nemen.'

'Je praat als een diëtist voor de schooljeugd.'

Thomas zweeg. Een bord lichtte op. U RIJDT TE SNEL. Hij minderde vaart. Naast hem kraakten de chips.

'Wat is dat nou met die auto?'

'Een man belde over een garage met een auto erin. Hij wil de huur. Het kan een vergissing zijn, dan kost het me een snipperdag.'

'Misschien kom je er niet in voordat je de huur betaalt. Heb je geld bij je?'

Thomas knikte. Niet genoeg misschien, bedacht hij. 'We stoppen in Bergen bij een bank,' zei hij.

'Heb je de sleutel van die garage?'

'Ik ben niet gaan zoeken.' Hij was zelfs niet gaan kijken in de slaapkamer die Josée overhoop had gehaald, voor wat er ook in die plastic tas zat. Hij kon daar niet met Miel over praten zonder uit te leggen wat hij daar deed, of niet deed, met Lenie Stinse. 'Ze hebben heus wel reservesleutels,' zei hij.

Miel veegde chipkruimels van zijn broek, tot ergernis van Thomas. Zijn Opel Meriva was na vier jaar nog even schoon en glimmend als toen hij uit de showroom kwam.

'Weet je nog, Sjef Tegelaar?' vroeg Miel na een tijdje.

'Dat joch van de Paltsweg? Chauffeur bij een verhuizer?'

'Hij is daar allang weg. Hij heeft een Scania-truck gekocht en opgeknapt, hij is al door de keuring. Sjef wil voor zichzelf gaan vrachtrijden, bouwmaterialen en spul voor de boerenbond, volgens hem is daar veel vraag naar. Hij wil mij als partner.'

Quo vadis, Scania Vabis, dacht Thomas. Het klonk even wazig als zijn herinnering aan Sjef Tegelaar, die bij Miel op de lagere school had gezeten en nu een ongezond uitziende man was, met een gezin in een dijkhuisje en een bescheiden straflijst wegens vechtpartijen en diefstal. Kroegpraters, misschien pasten ze bij elkaar. 'Je was met Sjef in Duitsland.'

'Ze hebben hem verhoord. Sjef was m'n alibi, ik heb hem dus niet vermoord.'

'Niemand heeft hem vermoord,' zei Thomas. 'Moet je geld meebrengen voor dat plan?'

'Als we de boerderij verkocht hebben steek ik er wat in.' Miel keek snel opzij, de ogen sluw en tegelijk van een kind dat zijn grote broer trotseerde.

Thomas gaf hem een halve glimlach en keek weer naar de

weg. Hij dacht aan het testament en Stella's theorie. In Bergen sloeg hij af naar het winkelplein, parkeerde bij de bank, stak z'n kaart in de muur, toetste de code, en keek naar zijn broer, die dik en stil in de auto zat. Ik moet hem opvrolijken, dacht Thomas. Wat wens je hem toe? Misschien moest hij uitzoeken waarom Sjef Tegelaar niet meer bij die verhuisfirma werkte; of hij ontslag had genomen, of gekregen voor het jatten uit de inboedels, zijn broer beschermen. Hij had zich nooit ongemakkelijk of schuldig gevoeld omdat hij naar Venlo had kunnen ontsnappen. Alsof je je moest schamen omdat jij geluk had gehad en de ander pech.

Voorbij Bergen werd het verkeer minder, de spits was zo'n beetje voorbij. Thomas zag Miel nu en dan over zijn voorhoofd wrijven, een kater, koppijn, maar hij wilde niet nog een keer naar het nachtleven van zijn broer vragen. 'We gaan even kijken en dan drinken we koffie in Arcen,' zei hij. 'Daar is een leuke zaak, met dat terras aan het water.'

Miel knikte. Hij zat met zijn hoofd tegen de steun, z'n ogen half dicht. In Wells deed hij ze open, keek naar de clubs, knikte naar de rechter, tussen de bomen. 'Ook een leuke zaak, een beetje duurder.'

'Ben je daar geweest?'

'Eén keer. Dat zijn slimme meiden. Champagne. Ik was al door m'n geld heen voordat we het over de prijs van het bubbelbad konden hebben.' Miel blikte tersluiks opzij, alsof hij hoopte dat zijn broer de ambtenaar gechoqueerd was.

Thomas knikte maar wat. Hij kon zich niet herinneren ooit te hebben stilgestaan bij het seksleven van zijn broer. Hij kon niet eens de camaraderie van mannen onder elkaar met hem hebben, of een betere grap bedenken dan: 'Was het tenminste goeie champagne?'

Miel grinnikte. 'Dat had je gedroomd. De klant krijgt zo'n bubbelwijn, je weet wel, het meisje een soort prik. Je kunt goedkoper terecht. Of chatten, dat kost niks, alleen kunnen ze

je daar van alles wijsmaken.' Plotseling bitter: 'Sexy onderwijzeres zoekt mollige uitkeringstrekker.'

Ze zwegen een tijdje. Je zag nu en dan een glimp van de Maas, tussen bomen of huizen door, een vrachtschuit met de dekken boven een weiland uit.

'Kan die man zich vergissen?'

'Ken jij een andere Jozef Weerman in Limburg?'

Miel wendde zich af. 'Ik weet geen moer van hem.'

'Ik nog minder,' zei Thomas. Hij dacht aan het laatste wat zijn vader tegen hem had gezegd: jij bent mijn zoon. Misschien had Stella gelijk.

'De hoofdbezigheid was uit zijn buurt blijven. Na school, of in de vakanties. Miel, hooien. Miel, stal uitmesten. Miel, schuur teren. Miel kom hier, dan krijg je een pak op je sodemieter. Zo zei hij het niet, de stijlharses. Een correctie. Dan kwam die riem uit de lussen. Zo'n zware rolgesp, weet je wel, waar je hem doorheen trekt en dan klemt-ie vanzelf vast. Als Josée van school kwam kon ze koken en poetsen. Jij had geluk, weet je dat?'

'Ja Miel, dat weet ik, je was zes toen ik wegging, wat moest ik zeggen, nee, ik blijf liever bij Miel op de boerderij?' Misschien was dit een verkeerde impuls geweest, een vergissing.

'Ik neem je niks kwalijk, maar ik was jaloers,' zei Miel, met een onverhoeds bittere bijklank. 'Jos en ik konden geen kant uit en jij zat in Venlo en je ging zo door naar het hbo. Als je een keer in je keurige pak en met je mooie weekendtas kwam logeren hield hij zich in, dat was de winst, dan leek alles net normaal, voor een of twee dagen.'

Oké, dacht Thomas. Hij had zich nooit ergens om bekommerd. Hij had zich als een vondeling laten adopteren door zijn kinderloze oom Huub en tante Dora en een leven geleid waarin zijn vader en moeder en broer en zus niet bestonden. Hij dacht niet eens aan ze. Dat was eigenlijk het enige waarover hij zich soms ongelukkig of schuldig kon voelen, het her-

senloze gemak waarmee hij ze achter zich had gelaten.

Hij kon niks ongedaan maken. De dag voor de begrafenis had Josée hem met haar eigen stekelige zuinigheid verteld dat Miel altijd achterbaks was geweest en te lui om een poot uit te steken en dat hij huishoudgeld van zijn moeder jatte om stiekem naar de bioscoop te kunnen met vriendjes van school. Dat was het lbo, of hoe dat destijds heette, daarna een baantje in het slachthuis, Hetty, een schoonvader met een eigen slagerij, en de rest. Miel kon eruitzien als een debiel, maar hij was niet dom. Volgens Josée was hij zo slim als een rat. Volgens Thomas was hij het cliché van de geboren verliezer.

Thomas herinnerde zich weinig uit zijn jongenstijd. Josée was drie jaar jonger dan hij, Miel zes. Die verschillen betekenden weinig aan weerskanten van de veertig, maar als kind van elf was een broertje van vijf iets van een andere planeet. 'Toen ik nog thuis woonde was hij toch normaler,' zei hij. 'Is dat veranderd omdat moeder ziek werd?'

'Weet ik veel. Kunnen we het ergens anders over hebben?'

'We zijn er zowat, een afslag voor Arcen, met een bushalte op de hoek.'

'Het is een eeuw geleden.' Miel begon toch weer. 'Ze was er maar half, 's middags lag ze in bed, 's avonds na het eten ook weer meteen naar boven. Josée deed het werk. Het laatste jaar moest ze twee keer per dag thuiskomen om moeder te wassen en op de po te helpen. Ze was net getrouwd.'

'Was je close met Josée?'

'Niemand is close met Josée,' zei Miel. 'Moeder misschien een beetje. Wat Bertus in haar zag, seks kan het niet zijn. Hij zal wel spijt hebben. Ik weet niet hoe ze het heeft klaargespeeld, ik zat op school, Jos kon de mavo niet afmaken omdat ze in het huis en op de boerderij moest helpen. Bertus kwam een vloer voor de mestplaats storten en die muur metselen. Drie weken later zat hij in z'n auto voor de deur en Josée kwam haar spullen halen om bij hem in te trekken. Jozef zou

haar opgesloten hebben als moeder al in bed had gelegen. Nu was het donder op en je komt er nooit meer in. Nou ja, tot hij haar weer nodig had voor moeder, anders moest hij geld uitgeven aan een verzorgster. Ik dacht dat is de truc, gaan hokken met een leuke meid.'

Thomas grinnikte halfslachtig mee. 'Denk je dat ze drinkt?'

'Jos? Was het maar waar.'

Thomas zag de abri, en een bord naar Walbeck. Hij remde en sorteerde voor.

'Moeder was de enige met wie ze kon praten,' zei Miel. 'En moeder lag die avond niet in bed, omdat ze dat tevoren hadden geregeld. Ik denk dat moeder haar heeft aangemoedigd, met Bertus. In haar eentje had Jos het nooit gedurfd, ze was als de dood. Ze is zo verknipt door Jozef dat ze niet eens kan zien hoeveel geluk ze met Bertus heeft gehad. Ik weet niet hoe dat bij haar werkt, ze laat haar leven nog steeds door die man verzieken. Of Jozef dood is of niet zal mij een zorg zijn, ik ben daar allang overheen.'

Ja, vast, dacht Thomas. Hij aarzelde maar vroeg het toch, omdat Stella op de begrafenis had zitten kijken naar Josées gezicht en dat rare idee in zijn oor had gefluisterd. 'Denk je dat hij haar misbruikte?'

'Nee.' Miel klonk overtuigd. 'Dat zou hij van z'n leven niet durven, niet zolang moeder leefde. Jos zou het meteen hebben verteld en moeder zou naar de politie zijn gegaan.'

Miel wist ook niet dat Josée dronk. Niemand lette op elkaar. 'Hij durfde jou ervan langs te geven.'

'Daar was moeder niet bij.' Hij zweeg een seconde. 'Natuurlijk wist ze wat voor rotzak hij was. Ik heb nooit gesnapt waarom ze met hem is getrouwd. Of bij hem is gebleven. Ik heb ze elkaar nooit zien aanraken, nog geen kus op haar verjaardag, ik denk niet eens in de slaapkamer.'

'Ze is drie keer zwanger geworden.'

'Daar wil je ook niet bij stilstaan.'

Thomas nam de weg richting grens. Al na twee villa's kwam er een onverharde zijweg met SMEETS WINTERSTAL-LING op een richtingbord. 'Hij had een boerderij,' zei hij. 'En hij was een knappe jongen.'

'Net als jij.'

Miel spotte, meer was het niet. 'Oké,' zei Thomas. 'Ik wil alleen maar zeggen dat hij een boerderij erfde, zij kwam uit dat grote katholieke gezin, mijnwerkers toen er nog mijnen waren, haar vader sjouwde meelzakken in een veevoerfabriek. Ze waren arm, het oude Limburg. Misschien hebben hun ouders het onderling geregeld, dat kwam ook voor. Misschien waren ze blij met een dochter onderdak. Hij hoefde geen bloemen mee te brengen.'

Zijn moeder had hem die dingen verteld toen hij haar kwam opzoeken uit Venray, waar hij toen werkte en woonde. Thomas had het gevoel gehad dat ze van alles verzweeg om hem te sparen, en dat ze dingen mooier maakte. Het was een maand voordat ze stierf. Wat ze ook zei, terwijl ze zijn hand omklemde, was dat ze zich zorgen maakte over Miel. *Mijn kleine Miel, hij kan er niets aan doen, het is mijn eigen schuld.* Ze hoefde niet uit te leggen wat ze van hem vroeg, maar er was ook iets anders, alsof ze hem probeerde te waarschuwen. Het enige wat hij ooit voor Miel had gedaan, was hem meenemen naar de kermis, waar hij hem loosde zodra hij Lenie Stinse in haar eentje zag rondzwerven.

Ze reden langs dennen en eiken, daarna hoog harmonicagaas met reclame voor de winterberging erop. Een roestig dubbel hek stond open.

'Ik krijg de zenuwen,' zei Miel. 'Misschien is het veiliger om spoken met rust te laten.'

Thomas reed het erf op. Loodsen van golfplaat en andere bouwsels tegenover een vuilwit landhuis. In de tuin ernaast hing een grijze vrouw werkhemden aan een droogmolen. Thomas zag een bordje KANTOOR op een bakstenen aanbouw,

maar hij reed naar de grote loods ertegenover, waar twee mannen bij een Subaru Outback met caravan stonden. De mannen onderbraken hun gesprek en keken toe terwijl Thomas tien meter bij hen vandaan stopte en uit de auto kwam. De oudste had de verweerde kop van iemand die hier thuishoorde, de andere man zag er in zomerbroek en loshangend overhemd uit als een klant uit de stad.

'Meneer Smeets?'

'Kan u even wachten?'

'Oké.'

Thomas liep terug. Miel kwam uit de Opel en ze leunden er naast elkaar tegenaan. Smeets praatte gedempt met de klant. Hij leunde op een wandelstok en nu en dan vertrok zijn gezicht, alsof hij pijn had. De grote loodsdeuren stonden open, ze zagen zes caravans, plus achterin twee opleggers met boten onder dekzeilen.

'Niet zeggen dat het misschien een vergissing is,' mompelde Miel. 'Eerst kijken.'

Thomas knikte.

Smeets hield een klembord op, de klant zette een krabbel en stapte in de Subaru. Smeets hinkte naar de deuren en wees met zijn stok een plaats aan. De klant reed de caravan de loods in en Smeets hinkte met het klembord onder z'n arm naar de broers.

'Die verzekeringen, veel papierwerk en er zijn mensen die alle kleine letters lezen, dat zweer ik je. Zeg het maar.'

'Ik ben Thomas Weerman, dit is m'n broer, Emiel.'

'Ah, de box.' Smeets knikte naar het begin van de loods. 'Je kan er het beste omheen rijden, de boxen zijn hierachter, het is nummer drie. Ik loop niet mee als je het niet erg vindt, ze hebben me vorige week aan m'n heup geopereerd.' Hij stampte zijn stok in het mengsel van zand en grind en doodgereden gras en zei, bij wijze van achterafidee: 'Wel gecondoleerd met uw vader.' Het klonk als een felicitatie.

'Dank u,' zei Miel dan ook.

'Heeft u de sleutel voor ons?' vroeg Thomas.

'Hoezo?'

'Ik heb geen tijd gehad om ernaar te zoeken, ik dacht u zult wel een reserve hebben.'

Er kwam een zweem van argwaan over de jovialiteit, en de stem veranderde mee. 'Nou, dan moet het wat officiëler, loop maar even mee.'

De klant reed z'n Subaru minus caravan de loods uit, stopte en hing uit het raampje. 'Het is voor mekaar, bedankt, moet ik de deuren dichtdoen?'

Smeets wuifde hem weg en hinkte naar de aanbouw. Het interieur bestond uit één vertrek met een paar plastic tuinstoelen, een oud bureau met een sleutelbord erachter, een kast vol mappen en uitzicht op het erf. Miel keek belangstellend naar de wandkalenders, die voorbeelden lieten zien van ideale vakanties met schaarsgeklede fotomodellen en gewassen caravans. Smeets haakte zijn stok aan z'n bureau en liet zich op de versleten draaistoel zakken. Hij nodigde hen niet uit om te gaan zitten.

'Zonder sleutel moet ik wel een of ander bewijs zien, of een legitimatie?'

Miel zei dat hij niks bij zich had en ging op een tuinstoel zitten. Zijn voorhoofd glom van het zweet. Thomas trok zijn portefeuille. 'Is een rijbewijs goed?

Smeets trok een bureaula open. 'U moet me niet kwalijk nemen, maar elke handige jan kan goedkoop aan een auto komen,' zei hij. 'Ik heb al een keer zoiets gehad. Zullen we het geld dan ook meteen maar regelen?'

'Geen probleem,' zei Thomas.

Smeets viste een soort kasboek uit zijn la, bladerde naar een bladzijde en vergeleek wat daar stond met het rijbewijs. 'T.M.J. Weerman,' zei hij. 'Waar staat dat voor?'

'Thomas Maria Jozef,' zei Thomas.

'Dat kan hij niet helpen.' Miel grinnikte onhandig.

Smeets begon spijtig naar z'n kasboek te fronsen. Het zag er beduimeld en niet erg officieel uit. Hij reikte blindelings naar een jampot vol pennen en potloden, nam er een balpen uit en begon op zijn vingers te tellen.

'Ik zie nou dat uw vader in januari voor het laatst heeft betaald. Dat is dan tot juni, ik dacht dat het minder was maar dat wordt dus toch een halfjaar.' Smeets knikte naar de krabbels en cijfers in z'n boek en krabbelde er nog wat bij. 'Ik denk ook, om eerlijk te zijn, dat ik de opzegtermijn erbij moet tellen, het seizoen is voorbij en ik krijg die box dit jaar vast niet meer verhuurd. Dan kom ik met afsluitkosten mee op vierhonderdtachtig. Dat is dan cash, hè, anders komt de btw er nog bovenop.' Hij keek enigszins onzeker naar Thomas, die er in z'n stadhuiskleren uitzag als een iemand die z'n belasting op tijd betaalde. 'Wat ik kan doen is dat als ik die box dit najaar toch nog verhuur, dat ik u dan, eh, honderd euro kan eh... restitueren?' Hij moest blijkbaar nadenken over dat woord.

'Dat is goed.' Thomas telde bankbiljetten uit. Hij had maar net genoeg en hij had de smoor in omdat hij zich liet belazeren.

Miel keek verwonderd naar zijn broer en bood de enige vorm van weerstand: 'Is het tenminste een beetje auto?' vroeg hij. 'Voor vierhonderdtachtig euro?'

'Wij letten daar niet op, dat is privé.' Smeets veegde het geld bij elkaar en zag er zo voldaan uit als een banketbakker in een tv-reclame voor Limburgse vlaai.

'U zei iets over post, bewaart u die voor hem?' vroeg Thomas.

'Nee, nee.' Er kwam een deukje in de glimlach. 'Het is een kleine extra service, J.G. Weerman, per adres dit adres, box drie, dat is alles. We steken de envelop door de kier boven de deur, maar het is er hoogstens een per maand.'

'Deze maand ook?'

Smeets opende z'n bureaula weer. Thomas dacht dat er een envelop zou komen, maar Smeets opende een sigarenkistje dat in de la stond, legde er de bankbiljetten in en streek ze zorgvuldig glad. 'Dat weet ik niet,' zei hij, z'n gezicht nog omlaag. 'Ik denk het eigenlijk niet, uw vader is overleden, daar sturen ze waarschijnlijk geen post meer heen?'

'Waar kwam de post vandaan?' vroeg Miel.

'Geen idee.' Smeets fronste weer. 'We letten niet op afzenders.'

'Een poststempel dan?'

'Hoor es, wij kijken niet naar die dingen.' Hij schoof de la dicht en trok een grimas van pijn aan de heup toen hij zich omdraaide om een sleutel van het bord te nemen. Er hing een kaartje met B3 aan. 'Ik moet hem wel terughebben.'

'Ik weet niet of ik die van m'n vader zo gauw kan vinden,' zei Thomas. 'Maar we hebben de box toch tot het eind van het jaar?'

Smeets zuchtte, alsof alles moeite kostte. 'Hoe eerder je hem leeghaalt hoe beter, als je wat van dat opzeggeld terug wil zien.'

'Dank u,' zei Thomas. Het heen en weer geslinger van 'u' en 'jij' stond hem niet aan, de man zelf nog minder. Hij zou niet met hem willen biljarten in de Kroon. Dat was iets waaraan hij mensen toetste.

4

HET WAS EEN MOOIE DAG, ZOWAT HALFTWAALF, DE ZON
naar z'n hoogste punt, en Miel gooide zijn jack op de achterbank.

'De man liegt dat hij barst,' zei hij. 'Dat ze nergens naar kijken. Val dood. Waarom laat je je afzetten?'

'Misschien hebben we hem nog nodig.'

Thomas reed om de loods heen. De garageboxen waren tegen de achterwand aan gebouwd, onder een schuin asfaltdak
met een goot van zwarte pvc, die als een houtskoolstreep boven een tiental dubbele garagedeuren liep. Van de andere
kant naderde een tractor met een lege oplegger erachter. Thomas stopte de Opel naast het derde stel deuren. De tractor
stopte ook, een kleine Lamborghini met een roodharige
vrouw erop, in spijkerbroek en geruit hemd. Ze zette de motor af en wachtte tot ze uit de Opel kwamen.

'Kan ik u helpen?' vroeg ze.

'Nee, dank u, we hebben het al gevonden.' Thomas wuifde
met de sleutel, als om hun aanwezigheid te rechtvaardigen.

'Box drie?'

Het getal betekende iets of ze dreef de spot met hem. Misschien hoorde hij de spoken van Miel, maar Thomas wist

plotseling zeker dat zij en Smeets en de rest van de familie al honderd keer in box nummer drie waren geweest, en er alles van wisten wat er te weten viel.

'We redden ons wel, dank u,' zei Thomas. Hij stak een hand op bij wijze van afscheid en keerde zich naar de deuren. De manier waarop zijn broer met z'n armen over de borst demonstratief naar de vrouw bleef staan kijken gaf Thomas een aangenaam gevoel van saamhorigheid. Dat was ook nieuw.

Het slot zat in de rechtse deur. Thomas stak de sleutel erin en draaide zich weer naar de vrouw op de tractor. Wat moest hij zeggen? Het is mooi weer, ja, voor eind september. Privé-boxen, dacht hij. Donder op. Iets begon zijn keel dicht te knijpen. De vrouw wist wat daar was, meer dan een auto? Wilde ze hun reactie zien als ze die deuren openden?

'Nou, tot ziens dan maar weer,' zei Miel naast hem.

De vrouw scheen eindelijk te accepteren dat ze geen publiek wilden. Ze trok een verongelijkt gezicht, startte de tractor en reed door. Thomas wachtte tot ze uit het zicht was voordat hij de deur opentrok, met de behoedzame tegenzin van een jubilaris die het voltallige personeel verwacht: 'Surprise!'

Hij keek naar glimmend chroom en de achterklep van een auto. De achterbank was eruit en stond tegen een zijwand, naast een kist met een theedoek eroverheen. Het was een ruime garage, zowat vier meter breed en zes diep, met betonblokwanden onder het oplopende dak. Miel trok de andere deur open, licht bereikte de dingen achterin, een ouderwetse Bruynzeel-kast, een rieten stoel, een smalle tafel met een afwasbak erop, een tuingieter.

'Hola.' Miel schoof Thomas opzij en liep langs de auto. 'Weet je wat dat is?' Hij opende het portier, de auto was niet afgesloten, de sleutels zaten erin.

'Een Peugeot,' zei Thomas.

'Man, dit is een vier-nul-vijf break uit eind jaren tachtig

van de vorige eeuw, dat model maken ze allang niet meer.'
Miel werkte zijn dikte achter het stuur.

'Dan is-ie goed onderhouden.' Thomas opende de achterklep. De voorstoelen waren bekleed met mosterdgeel kunstleer. Er lag een geruite plaid over bobbels op de laadvloer, hij trok hem opzij en staarde naar een blauw beklede matras, twee blauwe kussens en een opgerolde, legergroene slaapzak.

Miel draaide aan de startsleutel. Het bruine dashboard kwam tot leven. Het zag er ouderwets uit en alles glom. De grote klok gaf de juiste tijd, kwart voor twaalf. De motor sloeg in minder dan drie seconden aan.

Thomas kreeg een raar gevoel in zijn maag. 'Zet af!' zei hij, luider dan hij bedoelde.

'Wat is er?' Miel stopte de motor. Het geluid van de tractor drong tot hen door, aan de andere kant van de loods, of erin.

Thomas bukte zich, rook in het portier, hij rook het zweet in het vlashaar van zijn broer. 'Dit kan niet van Jozef zijn,' zei hij. 'Zie je zijn boerderij voor je? Die man vergist zich.'

'We rekenden ook niet op een testament,' zei Miel. 'Dat is er dus ook.'

'We hadden Smeets een foto moeten laten zien. Smeets zou meteen zien dat het iemand anders is.' Zijn hand lag op het autodak. Hij wist niet wat hij wilde.

'Heb jij foto's van hem?' vroeg Miel. Hij draaide het contact weer aan en tuurde naar de meters. 'Niet te geloven,' mompelde hij. 'Hij heeft er nauwelijks in gereden.'

'Wat?'

'Elke ouwe dame zou twee keer de klok rond zijn geweest.' Miel klikte het handschoenvak open, woelde erin, vond het mapje en kwam uit de auto.

Thomas opende de Bruynzeel-kast. Er hingen twee pakken in. Een was blauw met een naalddun streepje, het andere lichtgrijs. Het enige wat kon kloppen was de maat. Er hingen een paar schone overhemden naast, op de plank erboven lagen

nog twee gestreken en gevouwen hemden, plus een schoenendoos. Twee paar leren veterschoenen stonden netjes naast elkaar onderin. Thomas opende vol verwachting de witte schoenendoos, maar het enige wat erin zat waren drie stukken nog verpakte zeep en twee ongebruikte tubes tandpasta. Er waren geen papieren, ook geen lege enveloppen, geen rommel.

Thomas zette de doos terug en stapte achteruit. 'Er klopt niks van,' zei hij. 'Het stinkt naar illegaal. Misschien gebruikt iemand de naam Weerman als pseudoniem, of wat?'

'Alias.' Miel stond de autopapieren te bekijken.

Een plaats van misdrijf, dacht Thomas. De hele garage was opvallend schoon. Er stond een bezem naast de kast. Een gebruikt stuk zeep in een plastic doosje naast de wasbak op de keukentafel. Precisie, zoals van Jozef, lang geleden. Gevouwen handdoeken op de plank eronder. Iemand deed zijn was, of die van de onbekende achter dat alias, nog zo'n 'kleine extra service', waar Smeets of die roodharige zich beslist voor lieten betalen, misschien deden ze ook de schoonmaak, en dan kwamen ze hier dus wel degelijk binnen. 'We moeten een beetje voorzichtig zijn.'

Zijn broer reageerde onverwacht fel: 'Wat valt er nondeju voorzichtig te doen?' Hij knalde het portier dicht. 'Nondeju!'

'Miel, wat is er?'

Zijn broer haalde adem. Hij wenkte Thomas achter zich aan, naar het buitenlicht.

'Wat bezielt je?'

'Dit.' Miel hield hem het open mapje voor. Alles zat erin, groene kaart, kentekenbewijs, kopie deel drie. 'Hij heeft hem in juni 1990 gekocht en hij is de eerste eigenaar.'

'En?'

Miel keek hem ongelovig aan. 'En?' Hij hield het document onleesbaar dicht onder Thomas' neus. 'Je vader had deze auto al twee jaar voordat moeder stierf. Hier had hij dus wél geld voor.'

Jozef was altijd de vader van de ander, bedacht Thomas. 'Hij had toch die Ford Taunus?'

'Kapot, weet ik veel? Hij hoefde zogenaamd geen auto meer, maar dat was dus per ongeluk precies toen hij deze kocht?'

'Als dit van hem is?'

Miel hield zijn blik vast. 'Het is van hem. Jij kent hem niet. Hij was een achterbakse rotzak, die alleen aan zichzelf dacht en dit past precies bij hem.'

'Ik geloof je.' Zijn broer niet afvallen was het minste. 'Maar er valt niks te veranderen. Je vader had een auto en mooie pakken in een geheime garage en niemand wist ervan.'

'De achterbakse rotzak.'

Thomas beet op z'n lippen. 'Denk liever na. Hij kon er dus ook in slapen. Waar had hij die auto voor nodig?'

Miel aarzelde geen seconde. 'Naar de hoeren.'

'Jij misschien.'

'Fuck you.'

'Sorry.' Stomme opmerkingen vielen er altijd onbewaakt uit, en altijd van de zenuwen. 'Maar je váder?'

'Het is jouw vader ook. Waarom niet? Vroomheid was er niet, wat die pater ook beweert. Alleen schijnheiligheid, de kat in het donker, alles in het geheim.'

'Misschien had hij een vriendin.'

Miel gaf een honend geluid. 'Ik wil best meedenken, maar de enige vriendin die hij kon krijgen is een goedbetaalde hoer.'

Thomas keek in de bloedrode mist die om Miel heen hing. Hij dacht aan zijn moeder. Hadden ze seks? Misschien al in geen tien jaar voor haar dood. Thomas kon zich niet voorstellen hoe dat zou zijn, tien jaar zonder seks, of wat híj zou doen. Misschien leek hij op zijn vader. Misschien waren alle mannen hetzelfde. Hij vermoedde dat zijn broer naar de hoeren ging, wat moest hij anders, en *so what*? Hij zou zelf ook naar

de hoeren gaan als hij Stella niet had en zoveel op Miel leek dat zelfs die lelijke secretaresse van Openbare Werken voor hem op de vlucht zou slaan. Zijn broer had drie uur geleden een douche genomen en kon er weer een gebruiken. Twintig kilo minder zou ook helpen.

'We weten het niet,' zei hij. 'Misschien had hij een geheim leven. Als je daar niet over wil praten, doen we die deuren dicht en gaan we naar huis… of drinken een borrel?'

Miel knikte, nukkig. Hij trok een zakdoek en veegde zweet van zijn voorhoofd.

'Waar zou hij het geld vandaan moeten halen?' vroeg Thomas. 'Een kleine boerderij, een paar vleeskoeien, wat appels, een omzet van niks.'

Miel zweeg. Alles zat weer in zijn drie seconden stilte: *ik was daar, jij niet*. Hij deed het mapje dicht en gaf het aan Thomas en toen zakten zijn schouders een beetje, met de wangen en de rest van zijn vlees, er kwam een rouwige glimlach.

'Hij joeg op konijnen,' zei hij. 'In de uiterwaarden. Altijd dezelfde ronde en eerst door het kleine bos. Ik zou een val zetten, dat hij zou struikelen en voorover met z'n smoel in de dooie bladeren zou storten en dan was ik erbovenop en kreeg-ie met z'n eigen geweer een lading hagel door de kop. Dat het een ongeluk leek. Ik zat bij dat dassenhol, je weet wel. Ik was tien jaar oud en toen was ik veertien, en ik kon in al die jaren geen methode bedenken. Een struikeldraad, een driekwart doorgezaagde boom, een strik, een tijgerval, de bliksem van God, je kunt op een ongeluk hopen. Maar ik vond geen enkel systeem, en wat ik nou denk, is dat ik het gewoon niet aankon, of niet durfde, het enige wat ik kon was me afrukken in het bos.'

Thomas voelde een druk op zijn ogen. 'Dit is meer voor bij de borrel,' zei hij.

'Jij hebt niks te bekennen, brave Thomas.'

'Ik heb het een keer met Lenie Stinse gedaan.'

Miel grinnikte, onverwacht vrolijk: 'Dat weet ik heus wel, na de kermis.'

'Shit,' zei Thomas. De bekentenis betekende niets, maar gaf Miel een goed moment. 'Daar had je me mee kunnen chanteren.'

'Ja, dat had gekund.' Miel perste de zakdoek tot een prop. Hij leek minder vrolijk.

'Ik maak maar een grap,' zei Thomas.

Miel knikte. 'We hadden die gladjanus moeten vragen sinds wanneer Jozef bij hem huurt. Maar hij heeft deze auto minstens achttien jaar en hij is praktisch nieuw. Er staat 38.590 kilometer op de teller. Jij bent goed in rekenen.'

'Tweeduizend per jaar.' Thomas dacht na. 'Eens per maand honderdzeventig kilometer, heen en terug. Tachtig kilometer, zoiets. Naar Nijmegen?'

'Of vaker, naar de hoeren in Venlo?'

Thomas keek de garage in. 'Eens per maand een envelop voor alleen maar het bordeel. Al die moeite?'

Miel snoof. 'Ik kan niks anders bedenken.'

'Hij komt met de bus hierheen. Die halte is tweehonderd meter lopen.'

Miel knikte. 'Hij mist de laatste bus. Daarom slaapt hij hier in de auto. Hij wil ons niet over de vloer hebben, niemand weet wat hij uitvoert.'

Thomas keek naar de loods aan de overkant. Boomtoppen staken erbovenuit. Alle deuren waren dicht. De zon scheen op de Limburgse eiken. Je hoorde niks, de rode tractorvrouw was gaan eten, een paar koerende duiven, 's nachts zou het hier doodstil zijn. Eekhoorns. Jozef reed naar binnen, liet een deur een stukje open en sliep achterin. Er was een buitenkraan met slangen en emmers, voor mensen die hun auto of zichzelf wilden wassen. Jozef waste en poetste de Peugeot voordat hij de bus terug naar huis nam. Alles zat in de aardappelkist, poetslappen, shampoo, misschien was het nog zo'n

'kleine extra service', zoals overhemden wassen en strijken en het leveren van een postadres. *Achttien jaar lang?*

'Hij gaat ergens heen waar hij netjes gekleed moet zijn,' zei Thomas.

'Een luxe bordeel.'

Miel hield koppig vast. Misschien had hij gelijk, hij kende zijn vader het beste. 'En daar kan hij niet met de bus heen?'

'Bordelen worden pas leuk na twee uur 's nachts.'

'Of ergens waar geen bus rijdt.' Thomas bewaarde zijn geduld maar hij werd moe van Miel z'n bordelen en van het op z'n benen staan. 'Miel,' zei hij. 'Als hij geld had voor deze dingen, dan kon hij met de bus naar die clubs in Wells, en een taxi laten bellen.'

'Te dichtbij huis, hij kan niet per ongeluk herkend worden door een andere klant, of door de taxichauffeur.' Miel had overal antwoord op.

'Oké.' Thomas raakte geïrriteerd. 'Vertel me dan maar waarom hij een geheime garage nodig had, en een geheim postadres. Hij kon deze auto ook gewoon bij hem thuis parkeren en wij gingen allang niet meer kijken of hij stiekem een mooi pak in de kast had. We kwamen er niet eens in.'

'Je vergeet een kleinigheid.' Miel snoof en zette zijn handen op zijn heupen. Ze stonden tussen de twee open garagedeuren. 'Je vergeet de leeftijd van de auto en dat hij de eerste eigenaar is. Wat je vergeet, is dat moeder nog leefde.'

Thomas zweeg even. 'Dan wist moeder dat hij 's nachts wegbleef.'

Miel schudde zijn hoofd. 'Ze vraagt niks. De maandelijkse vergadering van varkensfokkers, het loopt uit, hij logeert bij de voorzitter. Daarna hoefde hij niks meer te verzinnen.'

'Oké.'

'Daar gaat het niet om,' zei Miel. 'Waar het om gaat is dat hij toen moeder nog leefde geld had om auto's te kopen en naar de hoeren te gaan. Die kapelaan. Hoe bedoel je, spijt dat hij haar niet kon redden?'

Thomas keek weer in die poel van haat, hij wendde zijn blik af en begon een van de garagedeuren dicht te duwen.

'Josée kon het gewoon ruiken,' zei Miel. 'Dat hij het geld had om moeder te redden maar het niet deed. Het is waarom ze hem haat.'

Thomas knikte.

'Moeder was alles wat we hadden,' zei Miel.

Thomas duwde tegen de deur. 'Ze was een goed mens.' Een grafschrift.

'Wacht.'

Miel begon koortsachtig de auto te doorzoeken, hij trok de matras op z'n kant, keek bij het reservewiel, in de kastjes, onder de voorstoelen, daarna in de Bruynzeel-kast. Thomas besloot zijn geduld te bewaren, hij droeg de tuinstoel naar buiten en ging erop zitten. Miel zwaaide met de tandenborstel. 'Hij poetst zijn tanden voordat hij naar de hoeren gaat.'

'Of erna.'

Miel duwde de la dicht. 'Je doet niet meer mee.'

'We hebben gezien wat er is,' zei Thomas. 'Ik denk dat het allemaal totaal anders zit.'

'Oké.' Miel kwam naar buiten. 'Eens per maand moet hij naar een nachtvergadering van extreem rechts. Elke maand komt er een anonieme envelop met zijn salaris van geheim agent van de BVD.'

'Zo heet dat niet meer.' Thomas leunde achteruit en keek naar zijn broer, die zenuwachtig aan zijn Turkse oorbel trok. Het maantje kwam los en Miel prutste het er weer aan.

'Vrijdag kwam er een man in de aula die ik nooit eerder had gezien,' zei Thomas. 'Hij vroeg of de overledene Jozef Weerman was. Hij wilde zijn naam niet geven, hij kwam alleen maar kijken.'

'Hoe zag hij eruit?'

'Een soort ambtenaar.'

'Zoals jij?'

Thomas bleef geduldig. 'Pennen in z'n zak, niet erg gezond, misschien een boekhouder.'

Miel schamperde. 'Toe maar. Ook nog een geheime boekhouder.'

'Nou ja.' Thomas zuchtte. 'Het enige wat ik zou willen weten is waar hij heen reed en waarom, en waar het geld vandaan kwam.' Hij stond op en zette de stoel in de garage. 'We komen hier niet verder. Koffie met cognac in Arcen.'

Miel sloot een deurhelft, hield de andere vast en keek naar binnen. 'Wat doen we hiermee?'

'Die auto is voor jou, als je hem wil hebben,' zei Thomas. 'Daar zal ik voor zorgen.'

'Waarom?' Miel klonk gekrenkt, alsof iemand hem een aalmoes aanbood.

Ik kan hem vertellen waarom, dacht Thomas. Omdat hij m'n broer is die de klappen heeft opgevangen. 'Ik heb al een auto,' zei hij. 'En deze is voor jou. Je past helaas niet in die pakken.'

'Ik loop liever naakt,' zei Miel.

Thomas glimlachte naar hem.

Miel sloot de tweede deur, nam de sleutel eruit. 'Dat testament klinkt nou een beetje anders.'

'We horen het wel.'

Miel aarzelde. 'Misschien moeten we hier voorlopig onze mond over houden tegen de anderen.'

Thomas nam de sleutel van hem aan en stak hem in z'n zak. Hij keek in de ogen van zijn broer en knikte. 'Oké.'

5

THOMAS KON STELLA MOEILIJK VERBIEDEN OM MEE TE gaan, daarom konden ze ook geen nee zeggen tegen Bertus. Josée had gehoopt dat haar man moest werken, maar zodra zijn baas de woorden notaris en testament hoorde, gaf hij Bertus een vrije dag.

Josée zag er bij officiële gelegenheden uit als een soort non, haar parelgrijze bloes tot bovenaan dicht, een zilveren kruisje erop. Miel had een schoon zwart overhemd aan en een ribfluwelen jasje en Stella kon eigenlijk altijd zo in de catalogus van de Wehkamp.

Ze hadden zich verzameld bij de kerk, om allemaal tegelijk bij de notaris te kunnen arriveren. De notarisklerk stelde zich formeel aan Thomas voor als Oscar Greshof. Hij knikte naar Miel, die hij van de biljartclub kende. Miel knipoogde terug. Thomas zag dat Josée haar ogen neersloeg en nogal nerveus reageerde toen Oscar haar een hand gaf. De klerk bracht hen naar de wachtkamer en bood koffie aan, die ze beleefd weigerden. Bertus was de enige die op z'n gemak op een van de Zweedse stoelen zat. Gelukkig lagen er autobladen, folders van makelaars en brochures over erfenissen. Josée bleef argwanend naar Thomas kijken. Ze wist niets van Arcen, maar

ze had wel tien keer gebeld om de overbodigheid van het testament te benadrukken, omdat zij net als alle normale kinderen toch alles eerlijk onder elkaar zouden verdelen? Dat was toch zo?

Thomas had zich op de vlakte gehouden, ook tegenover Stella, die de vorige dag natuurlijk direct alles over Arcen wilde weten. Thomas had maar wat verzonnen, een foutje in een handgeschreven lijst van namen. Hij wilde zijn broer niet teleurstellen, maar hij kon slecht liegen. Bovendien besefte hij vrijwel direct dat het een stommiteit was, het zou uitkomen, al was het maar in dat verdomde testament, en dan zat hij in de problemen.

De notaris kwam hen zelf uit de wachtkamer halen. Hij was een gezonde veertiger die zaterdags met zijn zoontjes ging vissen en voetballen. Hij droeg net zo'n C&A-kostuum als Thomas, omdat in deze omgeving niemand een notaris in spijkerbroek serieus zou nemen. Hij was lid van de gemeenteraad en zat in de commissie burgerzaken. Daar kende hij Thomas van. Hij stelde zich aan de anderen voor als Harry Brakveld.

'Allereerst mijn condoleances,' zei hij. 'Thomas, misschien kun jij me uitleggen wie wie is, dat praat makkelijker?'

'Natuurlijk.' Iedereen stond en Thomas ging de rij af. 'Mijn broer Emiel, mijn zus Josée.'

'Dag meneer.' Josée gaf de notaris een zuinige hand.

'Bertus is haar man, Bertus Ulvert. Dit is mijn vrouw Stella. Ik hoop dat er geen bezwaar is dat zij erbij zijn?'

'Hoe meer zielen.' De notaris glimlachte naar Stella, die er beter uitzag dan Josée.

'We waren erg verbaasd dat er überhaupt een testament is,' zei Stella.

'De saaiste wereld is waar mensen ons niet meer verbazen,' zei Brakveld, en hij bracht hen naar zijn kantoor. Het zag er modern uit, met veel boeken en kindertekeningen. Armstoelen stonden in een halve kring tegenover een lichthouten bu-

reau. De map erop was kennelijk ook klaargelegd.

'U bent hier voor de laatste wilsbeschikking van Jozef Gerardus Weerman,' zei Brakveld en hij opende de map. 'Uw vader heeft mij aangewezen als bewindvoerder.'

'Waarom is Thomas dat niet?' vroeg Stella direct.

'U denkt aan een executeur-testamentair,' zei Brakveld. 'Dat is meestal de oudste zoon of een goede vriend. Een bewindvoerder is iets anders. Hij wordt aangesteld door de rechter, of door de erflater in het testament, en heeft veel meer bevoegdheden.'

Josée zei: 'Waarom moet dat?'

Brakveld knikte geduldig. 'Een executeur betaalt de schulden en wikkelt de nalatenschap af, maar hij heeft voor alles wat hij doet de instemming van de erfgenamen nodig. Een bewindvoerder wordt meestal aangewezen als er bijzondere opdrachten zijn, of als een nalatenschap niet een twee drie kan worden afgehandeld.'

Emiel wisselde een blik met Thomas en zei: 'Het in drieën delen van een boerderij kan toch niet ingewikkeld zijn.'

'Dat weet je nooit.' Stella keek onschuldig naar Emiel. 'Misschien is er ook iets ongewoons mee, net als met die dingen in Arcen?'

Thomas voelde zijn hart een slag missen. Stella had hem geen seconde geloofd. Hij had geen kans gehad om met Miel te praten en kon geen veelbetekenende hoestbui krijgen, hij kon alleen maar zijn adem inhouden.

Emiel haalde zijn schouders op en keek effen naar zijn schoonzus. 'Ik heb het niet erg gevolgd,' zei hij. 'Ik ben in de auto blijven zitten. Ik ging voornamelijk mee om een uitsmijter te eten in dat leuke café aan de Maas.'

Thomas kon hem wel omhelzen. Stella's ogen gingen van broer naar broer, en Josée vroeg argwanend: 'Wat was er in Arcen?'

'Niks dus,' zei Thomas.

De notaris werd ongeduldig. 'Kunnen we doorgaan?'

'Graag,' zei Miel. 'Ik snap er nog weinig van.'

'Ik zal het uitleggen.' De notaris leunde achteruit. 'U zult straks waarschijnlijk over de bewindvoering willen praten. Dat kan desgewenst ook later, maar als u het goedvindt zal ik omwille van de tijd de formuleringen overslaan en me beperken tot de wensen van de overledene. Ik heb kopieën van het officiële testament voor de erfgenamen, voor zover die hier aanwezig zijn.'

'Andere zijn er niet,' zei Josée.

Brakveld knikte. 'Normale erflaters zijn meestal niet, of beperkt, op de hoogte van de nieuwste bepalingen in het erfrecht,' zei hij. 'Ik heb uw vader proberen uit te leggen wat wel en niet kan, maar hij wilde eigenlijk alleen maar notariëel vastgelegd hebben wat zijn wensen waren ten aanzien van de verdeling van zijn bezittingen na zijn dood.'

'Dat had hij op een stuk papier kunnen schrijven,' zei Josée.

Brakveld glimlachte koel. Misschien kreeg hij genoeg van de onderbrekingen, of van Josée. 'Soms gaan mensen de officiële weg om te voorkomen dat zo'n met de hand geschreven stuk wordt aangevochten of per ongeluk zoekraakt.'

'Nou, zég,' zei Josée.

Haar echtgenoot grinnikte.

'Die dingen gebeuren,' zei Brakveld. 'Hoe dan ook, uw ouders waren buiten gemeenschap van goederen getrouwd, uw vader was dus volledig eigenaar. Zijn wens is om te beginnen dat de boerderij met inhoud en gronden, of de opbrengst daarvan, in gelijke delen ten goede komt aan zijn zoon Thomas, en aan Josefien en Emiel.'

Bertus grijnsde naar Josée. 'Zie je wel wijfie, drukte om niks.'

'Ik snap niet wat hij bedoelt,' zei Thomas. 'Staat dat er zo?'

'Het is letterlijk door hem gedicteerd.'

'Vond u dat niet eigenaardig?'

'Ik ben maar de notaris,' zei Brakveld.

Stella reikte opzij en drukte haar geraniumrode vingernagels in de hand van Thomas. 'Is dat alles?' vroeg ze.

'Nee.' De notaris keek in z'n map. 'Van de inboedel is uitgezonderd een oude koekjestrommel van Verkade, met daarin een bedrag aan spaargeld. Toen het testament werd gemaakt was dat omstreeks twaalfduizend euro. De trommel bevindt zich in zijn slaapkamer en is bedoeld als een speciale schenking aan zijn kleindochter Rosalie Ulvert.'

Stella fronste naar haar schoonzus. 'Roos?'

'Je hoeft niet naar míj te kijken.' Josée zag eruit alsof ze tegen een hoogspanningskabel was aangelopen, maar ze herstelde zich snel en nam de wijk in verontwaardiging. 'Wat een flauwekul. Waar zou hij twaalfduizend euro vandaan moeten halen? Dit is de gewone pesterij, net als dit hele testament met die onzinnige bewíndvoerder, alsof we zelf geen honderd door drie kunnen...'

Thomas zag hoe zijn zus zich in de nesten werkte en zei, dringend: 'Josée.'

'Wát?'

'We merken het vanzelf.' Hij gebaarde haar tot zwijgen en keek naar Bertus, die geheid en onmiddellijk om twaalf uur Roos van school ging halen en meenemen naar de boerderij.

'Dat geld kan best,' zei Stella. 'Jullie vader gaf niks uit voor zichzelf, hij kon overhouden van zijn AOW, en hij verkocht nu en dan toch ook nog wel een kalf?'

'Waar bemoeit het mens zich mee,' mompelde Josée.

'Staat erbij waarom Roos dat geld moet krijgen?' vroeg Thomas.

'Jawel.' De notaris keek in de map, zo vluchtig dat het onnodig leek. Thomas begon te vermoeden dat Brakveld het testament van a tot z in zijn hoofd had en zich nogal vermaakte. 'Het is voor de ontbijtkoek, en Rosalie begrijpt het dan wel. Hij vraagt of haar vader dat geld voor Rosalie wil beheren tot

haar achttiende. Anders wordt het door mij als bewindvoerder op een spaarrekening gezet.'

Bertus grinnikte. 'Die Rosalie. Zo zie je maar.'

'Mag ik verder gaan?' vroeg de notaris.

'Nee, wacht even,' zei Josée nogal ruw. '*Rosalie*? Zo zie je wát?' Ze keerde zich woedend naar haar man. 'Ontbijtkoek? Wat is dat voor onzin?'

'Niks onzin, als ik even mag?' Bertus vouwde zijn armen over elkaar. 'Het was een prima ontbijtkoek. Roos en ik deden samen boodschappen en we kregen het over haar grootvader. Ze vraagt wat is er eigenlijk verkeerd aan die man, dat ze hem nooit te zien krijgt. Ik zeg Roos, dat moet je mij niet vragen. Ik heb totaal niks tegen je grootvader. Voordat ik met je moeder trouwde, heb ik nog een mooie mestplaats voor hem gemetseld, hij werkte hard mee en dronk nu en dan een pilsje met me. Ik zeg weet je wat, fiets bij hem langs en breng hem een doosje Heineken. We hadden al een mooie ontbijtkoek in het wagentje en die hebben we erbij gedaan.'

'En daar betaalt-ie twaalfduizend voor?' snauwde Josée.

'Waarom niet?' Bertus gaf haar een overdreven glimlach. 'Het is misschien bijna niet te begrijpen, maar sommige mensen waarderen een vriendelijk gebaar. Als je hem zelf een ontbijtkoek had gebracht, was de trommel misschien voor jou geweest.'

Josée zat stijf op haar stoel, haar vuisten op de zwartleren tas op haar schoot, haar mond een witte streep. De notaris keek toe, hij had soms minder haast dan anders. Stella vroeg aan Bertus wanneer dat was geweest.

'Februari of maart, ergens dit voorjaar.'

'Wilt u de rest horen?' vroeg de notaris. 'De meter loopt.'

'Veel meer zal er toch niet zijn,' zei Stella.

'Nou, er is nog een aandelenportefeuille, die voor uw vader wordt beheerd door...'

Thomas schoot recht. 'Een wát?'

'Uw vader heeft omstreeks twintig jaar geleden een bedrag aan geld in beheer gegeven aan een beleggingsfirma, Norbert & Claus, in Maastricht. Dat was toen ruim tachtigduizend gulden.'

Zelfs Bertus was sprakeloos. Josée zag eruit alsof ze flauw ging vallen. Stella tastte blindelings naar Thomas' hand en kneep er hard in, hij voelde haar triomf. Stella kon even snel rekenen als haar vader de accountant; niet de boerderij dus, maar dit, een twintig jaar geaccumuleerd fortuin voor de brave oudste zoon.

'Kan ik verder gaan?' vroeg de notaris voor de zoveelste keer. Thomas begon zich te storen aan het idee dat Harry Brakveld dit een leuke ochtend vond.

Emiel schraapte zijn keel. 'Hoe kwam hij aan tachtigduizend gulden?'

'Hij won honderdduizend mark in de Duitse klassenloterij.'

'Jezus.' Miel keek naar zijn broer. 'Wordt het nou duidelijk?'

Thomas schudde zijn hoofd en praatte eroverheen. 'Jos, wist jij daarvan, of heb je er ooit over gehoord?'

'Nee, natúúrlijk niet.' Josée knikte wrokkig richting Bertus. 'Ik was misschien het huis al uit, maar hij vertelde mij hoe dan ook niks.' Haar gezicht verstrakte. 'Ik weet zeker dat moeder er ook niks vanaf wist.'

'Nee,' begon Miel. 'Anders had ze...'

'Twintig jaar, dat kan aardig oplopen,' zei Stella.

'Hé,' snauwde Josée. 'Hou jij je hier maar even buiten, ja? Je hebt geen flauw idee waar wij het over hebben.'

'Kalm aan, Jos,' zei Thomas, die ook geen idee had.

Zijn zus werd alleen maar kwader. 'Ze hoort hier niet eens bij te zijn. We dachten dat dit allemaal flauwekul was, maar we hadden dit met z'n drieën moeten doen. Wij zijn de erfgenamen en dit heeft met onze moeder te maken, en niet met die van Bertus of van mooie Stella.'

Bertus zat als een sint-bernardshond naast zijn vrouw. Stella keek beledigd, maar ze hield haar mond. Miel maakte een sussend geluid. 'Het is te laat voor ouwe koeien, zus,' zei hij zacht.

Josées boosheid vloeide weg, er kwam iets anders voor in de plaats. Haar ogen bleven op Miel. 'Ik bedoel alleen maar dat hij een ton had toen ze doodging.'

'Ik weet wat je bedoelt,' zei Miel.

'Het zal wel wat meer zijn geworden,' zei Thomas.

Josée keek vertwijfeld naar haar oudste broer en zuchtte. Ze klikte haar tas open en nam er een zakdoek uit.

'Inderdaad,' zei de notaris. 'Het is meer geworden. Ik heb een overzicht opgevraagd. Norbert & Claus waren in die tijd net begonnen en niet bang voor een beetje risico. Diverse aandelen van een paar gulden destijds zijn nu het honderdvoudige waard, ze waren snel bij nieuwe dingen als Apple en Microsoft. De portefeuille is ongeveer vier miljoen waard. Na aftrek van veertig tot vijftig procent successierechten blijft er volgens voorlopige schatting in elk geval ruim anderhalf miljoen euro over.'

Brakveld zweeg en ze staarden hem aan, behalve Josée, die de zakdoek openvouwde en er haar ogen mee begon te betten.

'Anderhalf miljoen,' zei Emiel.

'Godallemachtig.' De visioenen van villa's en cruises in de Middellandse Zee stonden op Stella's gezicht en haar gelakte nagels groeven zich weer in Thomas' arm.

De notaris kuchte. 'Wacht nog even met de champagne,' zei hij. 'Volgens het testament gaat alleen de boerderij naar de kinderen. De aandelenportefeuille, of de opbrengst ervan, is bestemd voor een zekere mevrouw of mejuffrouw Esperanza Spruyt.'

Het bleef twee seconden stil.

'Jezus Christus,' zei Emiel toen.

Josée stond op en liep naar het raam. Daar was weinig te

zien, auto's op grind en erachter de bakstenen zijgevel van de Rabobank.

'Esperanza?' vroeg Thomas.

'Esperanza Spruyt.'

'Wie is dat?'

'Ik heb geen flauw idee, Thomas. Het spijt me. Volgens je vader woont ze in Arcen. Ze staat niet in het boek. Ik heb geprobeerd haar via de gemeente te achterhalen om haar uit te nodigen voor deze bijeenkomst. Dat is niet gelukt.' Hij keek naar Thomas. 'Het bevolkingsregister vermeldt een Gloria Spruyt, maar die is al jaren geleden vertrokken zonder zich af te melden of uit te laten schrijven, daarom weten ze niet eens precies wanneer dat was. Jij weet hoe dat gaat.'

Thomas haalde zijn schouders op. 'Niet uitschrijven komt wel voor, maar als mensen zich in een andere gemeente aanmelden, krijgt de vorige gemeente automatisch bericht. Dat werkt heel behoorlijk, tenzij ze naar het buitenland vertrekken.'

'Misschien kun jij er iets aan doen. We moeten haar hoe dan ook opsporen.'

Josée draaide zich om bij het raam. 'U bedoelt dat we anderhalf miljoen betalen aan een of andere...' Ze maakte een gebaar.

'Hoer, maîtresse,' mompelde Bertus.

'Als ik jou was zou ik me hier niet mee bemoeien,' zei Josée.

'Hij is gek,' zei Emiel, in de stilte na Josée.

Thomas vroeg: 'Heeft hij gezegd waarom dat geld naar die mevrouw moet gaan?'

'Voor een ontbijtkoek, nou goed?' snauwde Josée. 'En daar moest moeder voor dood.'

De notaris hield zijn mond.

'Wanneer is hij het komen maken?' vroeg Thomas.

Brakveld keek naar Josée. 'Achttien augustus, ongeveer een maand voor zijn dood.'

'Ook toevallig,' zei Stella.

Weer een korte stilte. Thomas schudde zijn hoofd. 'Daar geloof ik niks van,' zei hij. 'De enige die aan die Esperanza kon vertellen dat ze anderhalf miljoen ging erven was Jozef zelf. Dan wist hij dus wél waar ze uithangt.'

'In Arcen.' Miel boog zich naar voren om naar Thomas te kunnen kijken.

'Dat bedoel ik helemaal niet,' zei Stella.

'Hij wist waar ze woonde en hij zocht haar elke maand op,' zei Miel.

Thomas gebaarde wrevelig naar zijn broer en Stella praatte eroverheen: 'Wat ik bedoel is dat hij niet goed bij zijn hoofd kan zijn geweest, ik bedoel ontoerekeningsvatbaar. In dat geval is het testament ongeldig en gaat alles naar zijn kinderen.'

'Eindelijk een verstandig woord,' zei Josée.

Stella draaide zich om. 'Dank je wel,' antwoordde ze, nogal koel.

Josée kwam terug naar haar stoel, twee plaatsen bij die van Stella vandaan. 'Hij is altijd gek geweest,' zei ze. 'Daar kun je vergif op innemen.' Ze kruiste haar knieën en trok haar grijze rok glad.

Brakveld knikte naar Stella. 'Volgens de wet moet iemand inderdaad zijn verstandelijke vermogens bezitten voor het maken of veranderen van een testament.'

'Veranderen? Was er dan een eerder testament?'

'Dan zou ik dat in het centraal register zijn tegengekomen,' zei Brakveld. 'Ikzelf had meneer Weerman nooit eerder gezien. Enfin...' Hij keek de rij langs. 'Dit testament is rechtsgeldig. Ik ben geen psychiater, maar ik had niet de indruk dat er veel mankeerde aan de verstandelijke vermogens van uw vader, eerder integendeel. U bent niet de eerste erfgenamen die aan zo'n procedure denken, maar het zal niet meevallen om hem gek verklaard te krijgen.'

'Als u Esperanza Struis niet kunt vinden, kunnen we haar beter gewoon vergeten,' zei Miel.

'Spruyt,' zei de notaris. 'Met een Griekse y. Haar vergeten of overslaan is iets waaraan ik niet kan meewerken.'

'Misschien een onecht kind,' opperde Bertus.

'Er zijn toch wel mogelijkheden om dit aan te vechten?' vroeg Stella.

'Dan moet u naar een advocaat die gespecialiseerd is in erfeniskwesties. Maar die dingen vergen tijd. Intussen ligt alles stil, vergeet dat niet. En de vierde erfgename moet hoe dan ook worden opgespoord; geen enkele rechter zal er zelfs maar over denken om iemand uit een testament te schrappen zonder grondige reden of bewijs van bedrog of misleiding, dwang, chantage, noem maar op, en zéker niet zonder dat die persoon wordt gehoord of er minstens vanaf weet.'

'Dat duurt een jaar,' zei Emiel.

'Een jaar is niets. Hoopt u maar dat de dame snel boven water komt. We zullen advertenties plaatsen, oproepen op het internet...'

'Oké,' zei Stella. 'Maar is er niet zoiets als een legitieme portie waar de kinderen recht op hebben?'

Stella was de enige voor wie de notaris zijn glimlach permanent paraat hield. 'Absoluut,' zei hij. 'Als kinderen het oneens zijn met het testament van hun vader, kunnen ze recht doen gelden op de legitieme portie. Dat is een deel van de totale nalatenschap.'

'U bedoelt dat Esperanza dan ook een stuk boerderij erft?'

'De legitieme portie is altijd een geldvordering. Als kinderen die aanspraak maken, wordt eerst alles verdeeld conform het testament, daarna wordt gekeken of de kinderen zijn onderbedeeld. Dat zou in dit geval betekenen dat u behalve op een deel van de boerderij recht heeft op een deel van haar geld. Is dit te volgen?'

'Totaal niet,' zei Josée, dwars.

'De legitieme portie komt toe aan wie rechten zouden hebben als er geen testament was geweest. Dat zijn in dit geval de

kinderen. Esperanza is geen kind van hem.' Brakveld fronste zijn voorhoofd. 'Dat nemen we aan?'

'Een Spaanse halfzuster, toe maar jongens.' Josée had tranen in haar ogen.

'Esperanza betekent hoop,' zei Thomas.

'Ja, prachtig.'

Miel snoof luidruchtig. 'Maar waarom zou hij zijn geld aan een bastaard geven in plaats van aan zijn echte kinderen?'

'Ik heb niet de pretentie dat ik de motieven van elke erflater begrijp,' zei de notaris. 'Maar als ze géén kind is, heeft ze geen recht en moet ze inleveren. De kinderen hebben recht op de helft van wat ze zouden krijgen als er géén testament was geweest. Althans, als ze inderdaad aanspraak maken op dat legitieme deel en dus tegen de wensen van de vader ingaan?'

Miel schamperde. 'Twee keer raaien.'

Thomas wuifde hem stil. 'Wat ze dan krijgen is een zesde deel?'

De notaris nam een balpen uit een beplakte kleuterklaskoker op zijn bureau en trok een kladblok naar zich toe. 'Ik kan het ongeveer uitrekenen...'

'Wat u ook rekent, dat mens is geen halfzuster en we zijn het er niet mee eens,' zei Josée.

Brakveld werd ongeduldig. 'U kunt naar zo'n speciale advocaat gaan, maar dit is een geldig testament, dat hoogstens getoetst kan worden aan het erfrecht. Het enige geval waarin de nalatenschap onder de drie erfgenamen verdeeld zou kunnen worden, is als de vierde erfgename vrijwillig afziet van haar aandeel, en ik bedoel onomstotelijk vrijwillig.' Zijn gezicht stond effen, hij was notaris en veel nieuws was er waarschijnlijk niet onder de zon. 'Ze moet hoe dan ook eerst gevonden worden.'

'Dat begrijpt mijn zus heus wel,' zei Thomas.

'Oké.' Brakveld hield de balpen op. 'Wat brengt de boerderij op?'

Hij keek naar Thomas, maar Stella zei: 'Vier ton.'

Josée gaf een schamper geluid. 'Die ruïne? Er moet een compleet nieuw dak op.'

'De waarde is de grond,' zei Stella. 'Ga maar even uit van vier ton, en zowat de helft gaat naar de belasting.'

'Zeg twee ton,' zei Brakveld. 'Van de portefeuille blijft voor het gemak één komma zes miljoen over. Dat is samen één komma acht. Het is simpel. Zonder testament zouden jullie elk zes ton hebben geërfd. Krachtens de legitieme portie hebben jullie recht op de helft daarvan, dus elk driehonderdduizend.' Hij keek naar Josée. 'Ik waag op te merken dat drie ton wel aanzienlijk méér is dan de vijfenzestigduizend waar u op rekende.'

'Wat dan nog?' snauwde Josée. 'Die hoer krijgt een miljoen.'

'Haar naam is Esperanza Spruyt, en het is misschien te vroeg voor kwalificaties. Misschien denkt u anders over uw mede-erfgename als u haar leert kennen.'

'Dat denk ik niet,' zei Josée. 'Kunnen we nu gaan?'

'We zijn ongeveer klaar.'

Josée nam haar tasje en stond op. Ze liep naar de deur en bleef daar staan omdat ze niets wilde missen.

'Moet u onze bankrekeningen niet hebben?' vroeg Emiel.

De notaris glimlachte. 'Voorlopig niet. Alles moet wachten tot de andere erfgename zich meldt.'

Emiel keek naar Thomas. 'Als we de boerderij verkopen, hebben we tenminste vast wat geld.'

'Dat laatste helaas niet,' zei de notaris. 'Alle gelden blijven in mijn beheer tot de totale nalatenschap is vastgesteld en eventuele schulden plus alle kosten zijn afgetrokken.'

Josée stond te koken bij de deur. 'Bedoelt u dat we dankzij die hoer niet eens ons eigen ouderlijk huis kunnen verkopen?'

Bertus draaide zich om. 'Jos, je krijgt meer dan je hele ouderlijk huis waard is.'

'Ik kan de begrafenis niet eens betalen,' snauwde Josée. Ze

draaide zich om, trok de deur open en verdween. De deur ging met een klap dicht.

'Dat spijt me,' zei Brakveld toen de stilte terugkeerde.

Stella zei: 'U zult wel iets gewend zijn. Maar ze heeft gelijk, het klinkt nogal oneerlijk. Ik vraag me af waarom u hier aan heeft meegewerkt, of is dat te onbescheiden?'

'Ik ben notaris,' zei Brakveld. 'Ik zou voor u hetzelfde doen, dat is m'n beroep.' Hij glimlachte, met Josée was er veel agressie uit zijn kantoor verdwenen. 'Dit is wat uw vader of schoonvader wilde en het kan volgens de wet. Zonder claim op legitieme porties geldt gewoon het testament, van a tot z.' Hij sloeg de map dicht en leunde achteruit. 'Thomas vroeg daarstraks naar het waarom. Uw vader was erg eenzaam, die indruk maakte hij in elk geval op mij. Ik heb natuurlijk naar Esperanza gevraagd. Hij was nogal vaag, mijn indruk was dat ze hem iets heeft gegeven dat veel waarde voor hem had, misschien was het zoiets als de ontbijtkoek van Rosalie?'

'Gewoon seks,' zei Miel.

Brakveld keek geduldig terug. 'Dat zou me verbazen. Zo praatte hij niet over haar. Misschien is het iets van lang geleden. Hij dacht dat ze in Arcen woonde. Als ze zijn maîtresse was, zou hij dat zeker weten, of u zou de praatjes hebben gehoord, of de dame zelf zou boven water zijn gekomen, bijvoorbeeld om geld te claimen. We zullen haar opsporen, dat zijn we wettelijk verplicht. Maar we kunnen intussen natuurlijk wel de boerderij verkopen en de kosten van de begrafenis en de opsporing etcetera betalen. Die kosten gaan hoe dan ook van het totaal af. Ik weet niet hoe lang dit gaat duren, maar u krijgt van mij rekening en verantwoording.'

'We zijn aan u overgeleverd,' zei Stella.

De jonge notaris glimlachte, alsof hij dat geen onaangename gedachte vond.

6

'FUCK YOU, ANNIE,' ZEI PIETER.

Ze bleef in de deuropening staan.

Pieter keek niet eens opzij. Hij hing met donker gezicht op de bank tegenover de dode tv, een arm op de leuning, zijn vingers roffelden op het leer. Hij had zijn uniform uitgetrokken en droeg zijn oude ribfluwelen broek en een zwarte trui. 'De hele middag dat geouwehoer.' Zijn stem veranderde in die van een nukkig kind. 'Je denkt thuis is er iemand die met open armen op je wacht en een biefstuk voor je bakt.'

'Er was een probleem op m'n werk,' zei ze.

'Ik heb ook een probleem.' Zijn toon werd nijdiger. 'Ik zit hier een uur te wachten en madame kan niet even bellen.'

'Een halfuur,' zei ze.

Hij verroerde zich niet. 'Een úúr. Als je ruzie wil kun je het krijgen.'

Ze keek naar hem. Ze was met hem getrouwd toen hij alleen maar van buiten een harde man was. Binnenin zat een groot, zacht hart. Die man moest nog ergens bestaan, en ze wilde haar best voor hem doen, hem terugvinden, dat was het plan. Hoop en volharding. 'Ik heb een lamsschotel meegebracht.'

Ze had ervaring genoeg. Ze moest hem tijd geven, *time-out*. Ze haastte zich naar de keuken om de schotel op te warmen in de magnetron, de rijst in een andere kom, ze had nog een halve krop sla en kant-en-klare vinaigrette. Ze had zijn Jeep zien staan, maar toen ze binnenkwam was het huis zo stil dat ze dacht dat hij naar Rinus was gelopen, of naar het café.

Woensdag. Het geouwehoer betekende dat hij zijn wekelijkse groepstherapie had gehad. Daarna moest ze altijd op haar tenen lopen, dat had ze geleerd. Hij was niet de enige die met een beschadigde ziel uit Afghanistan was teruggekeerd. Hij haatte het foeriersbaantje dat ze hem hadden gegeven. Het alternatief was eruit stappen, maar de commando's waren zijn familie en volgens de legerpsychiater was zijn soort stress iets waar hij hoe dan ook overheen zou komen. Hoe dan ook, had ze gedacht. Traumatische ervaringen, had de psychiater tegen haar gezegd. U kunt hem het beste helpen door naar hem te luisteren en geduld te hebben, het is moeilijk, maar het is tijdelijk.

Dat tijdelijk duurde al twee jaar, en ze begon aan het eind van haar Latijn te raken, uitgeput door die wisselende stemmingen, de woeste uitval die ze niet aan zag komen, en de onbeholpen stem van het jongetje dat om vergeving vroeg en bloemen meebracht om het weer goed te maken. Ze had alles gezien en doorstaan en overleefd, de paniekaanvallen, de nachtmerries, de vlucht in de drank en de medicijnen. Geduld? Er was een clubje van vrouwen met ook zo'n man, daar wilde ze niet bij horen. De eerste en enige keer ging het over dat het huis neutraal moest zijn, met zo min mogelijk dingen of kleuren die hij in een bepaalde bui met iets verkeerds kon associëren. Dat wist ze al, na twee van hun ringen gerukte gordijnen. Spaanse kleuren werkten als een rode lap op een stier.

Ze hoorde de deur en de trap, hij ging naar boven. Ze glipte de kamer in, dekte de tafel, daglicht kwam uit de achtertuin

waar ze rozen had geplant, die nu uit hun voegen groeiden. Ze had er geen tijd meer voor, laat staan animo. Ze was in het wegrestaurant gaan werken om niet de hele dag thuis te hoeven zitten. Als ze hun straat in reed kwam die klem op haar borst, hoe zou hij zijn?

Ze had gelezen over het mechanisme van gevoelens dat je naar een partner voerde en naar een huwelijk, dat gebaseerd hoorde te zijn op het kameraadschappelijk delen van lief en leed, een seksuele band, een liefdesband, en wederzijdse trouw. Dat laatste was het enige wat er nog was, voor zover ze wist. De rest was elke dag anders, grillig, niet te voorzien.

De magnetron piepte. Gewoon doen. Onder aan de trap, met de warme schotel en de kom met rijst op een blad.

'Schat? We kunnen aan tafel!'

Ze liet de deur openstaan. Een flesje pils voor Pieter, de kleine karaf met water voor haar. Servetten. Ze zat op haar vaste plaats en wachtte. Ze keek naar het namaakzwaard aan de wand, dat hij in Toledo had gekocht tijdens een vakantie in Spanje, lang vóór Afghanistan, toen behalve de trouw ook die andere dingen van het huwelijk nog vanzelf spraken.

Het duurde lang, wat was hij aan het doen? De stoofschotel werd koud. Soms verdween hij midden in de film naar boven en dan vond ze hem later in bed, de gordijnen dicht, licht uit. Hij kon in razernij ontsteken als ze hem zag huilen, een soldaat huilt niet.

Ze hoorde de trap, het bonken te luid voor de slippers die hij daarstraks aan had. Er kwam een koude wind met hem mee naar binnen, hij was in uniform, zijn ogen hadden de verkeerde kleur blauw en hij bleef achter zijn stoel staan.

'Ga zitten,' zei ze. Gewoon doen. 'Een biertje.' Ze nam de fles en begon het in zijn glas te schenken.

'Ik eet dat niet,' zei hij. 'Massavoer voor de toeristen. Mijn manschappen hebben het beter.'

'Doe niet zo gek.'

Een verkeerd woord. Ze moest opletten, elke seconde. Welke manschappen, dacht ze ook nog, en toen zag ze dat hij die gedachte van haar gezicht las of voelde, of zélf kreeg.

'Stomme trut.' Hij schopte zijn stoel uit de weg, greep met beide handen de porseleinen schotel met het lamsgerecht, hief hem boven zijn hoofd en smeet hem aan stukken op de vloer. 'Vreet die rotzooi zelf maar.'

Hij draaide zich om en stampte naar de deur. Ze keek naar de puinhoop van saus en lamsvlees en scherven en het werd haar plotseling te veel. Ze smeet wat ze nog vasthield achter hem aan. De pilsfles sloeg met een klap aan stukken tegen de deur.

Pieter kwam terug.

'Wat denk je nou,' zei hij. 'Dat ik gek ben? Of niet gek genoeg?'

Ze staarde hem aan, de angst zwol als een kankergezwel in haar keel. Misschien had ze haar trui uit moeten trekken en op zijn schoot moeten gaan zitten en hem vastnemen en bevredigen, dat kon ze, de seksuele band, waar ook niets meer van klopte, en ze besefte met een schok dat het geen verschil had gemaakt. Ze perste lucht uit haar keel. 'Pieter,' zei ze. 'Alsjeblieft.'

Ze zag het blauw ijs worden. Haar handen vlogen omhoog, maar wat hij in Afghanistan was kwijtgeraakt, was niet zijn snelheid. Zijn vlakke hand raakte haar wang en ze gilde en tuimelde opzij. Haar hoofd bonkte tegen de muur.

Hij boog zich over haar heen, trok haar recht en naar zich toe, zijn handen sterk en zacht om haar bovenarmen, net zoals vroeger, maar die verongelijkte kinderstem was er vroeger nooit geweest, die zielige toon: 'Het enige wat ik tegen Annie zeg is dat ik ergens anders ga eten.'

Ze knikte, haar hoofd tegen hem aan. 'Oké.'

'Oké.' Zijn greep veranderde abrupt, als gestuurd door een negatieve gedachte. 'Het maakt jou niet uit,' zei hij. 'Alles is

oké. Je ziet me liever gaan dan komen, dat bedoel je toch?'

Ze fluisterde: 'Ga nou maar.'

'Takkewijf.'

Hij drukte haar armen zowat door haar ribben toen hij haar optilde, hij was verschrikkelijk sterk en ze woog niets. 'Oké,' zei hij weer, en hij gooide haar met al zijn kracht tegen de koffietafel. Ze smakte op het hout, ze voelde iets breken. Ze vocht tegen het donker en de pijn, de deur klonk ver weg, ze kon geen adem krijgen. Het was genoeg, ze moest hier weg.

Het restaurant was nog druk, een rij busklanten trok met bladen langs de zelfbediening, entrecote, lamsschotel, ze zag Tineke achter de keukenbalie, en Tim, die schotels onder plastic deksels naar een raamtafel bracht. Ze ging naar Julie, die een blad met vuile vaat in haar wagen schoof en verbaasd naar haar keek.

'Wat is er met jou?'

'Van de trap gevallen,' zei ze. 'Waar is Van Duin?'

'Hij doet een kassa, twee keer raaien wie er dus toch niet kwam opdagen.'

'Toos? De trut.' Ze voelde haar wang en haar ribben. 'Daar ben ik een half uur langer voor gebleven.'

'Rik wou ook naar huis.'

Ze ging er niet op door, het had geen zin. 'Neem even van hem over,' zei ze. 'Ik moet hem spreken.'

Julie liet prompt haar wagen in de steek en kwam achter haar aan. Ze herkende de twee truckchauffeurs die in de linkersluis stonden af te rekenen. De manager gaf wisselgeld terug.

'Rik, ik moet je even hebben,' zei ze.

Van Duin keek verstoord op. 'Annie?' Zijn gezicht veranderde. 'Wat nou?'

'Het is niks,' zei ze.

'Hij is je niet waard,' zei een van de chauffeurs. 'Zo'n mooie meid.' Hij schudde zijn hoofd en volgde zijn collega.

'Ik neem de kassa,' zei Julie.

Van Duin kwam erachter vandaan. 'Vijf minuten. Kom maar mee.'

Ze had lucht nodig. 'Buiten, als je het niet erg vindt.'

Hij zuchtte en liep achter haar aan. 'Het zou mooi zijn als al m'n meiden in een klooster woonden,' zei hij tegen haar rug. 'Ik breek Toos nog een keer d'r benen.'

Ze had naar huis kunnen gaan, Toos of geen Toos, maar dan was het morgen gebeurd, of volgende week. Vorige week had hij haar door de kamer geslagen omdat ze het woord psychiater liet vallen. Als ze haar hersens had gebruikt in plaats van zich in slaap te laten sussen door herinneringen en oude gevoelens, had ze geweten dat het er gewoon aan kwam, het moment dat hij zijn eigen kracht vergat en niet kon stoppen, het was even onvermijdelijk als de zonsondergang.

Van Duin volgde haar naar buiten, haar auto stond pal naast de glasdeuren, op de plaats voor gehandicapten. Ze liep erheen en opende het portier. Ze had een elastisch verband om haar ribben gewikkeld, onder de zwarte trui. Er was er een gebroken, of gekneusd. Haar hoofd bonsde, ondanks de paracetamols. De avondlucht was koel, dat hielp een beetje.

'Het loopt uit de hand,' zei ze. 'Ik moet een tijdje uit zijn buurt, maar ik wou niet zomaar verdwijnen.'

'Wacht.' Van Duin liep naar de passagierskant en opende het portier. 'Stap maar in.'

Ze zakte dankbaar op haar stoel, liet het portier open. Van Duin zag haar koffers op de achterbank en klopte op haar knie. 'Bedoel je even, of permanent?'

Hij was een goeie baas en hij wist overal van. Het was niet de eerste keer dat ze een laag make-up had moeten gebruiken om te kunnen werken. Pieter koos haar ribben en haar heupen, en altijd haar gezicht, alsof hij haar wilde brandmerken, hij haatte het dat ze werkte, hij wist waarom ze bleef werken en dat was niet om het geld.

'Ik ga van hem scheiden,' zei ze. 'Ik kan het niet meer aan.'

'Weet hij dat?'

'Ik heb een briefje achtergelaten.'

Hij zweeg een tel. 'Ik raak je niet graag kwijt.'

Ze huilde niet gauw, maar het idee dat iemand haar zou missen bracht haar op de rand. Ze zou ze allemaal missen, zelfs die duivelse Toos. 'Rik, ik heb geen idee, ik weet niet wat ik moet doen.'

Hij zeurde niet. 'Waar ga je heen?'

'Sint-Annaland misschien, maar mijn moeder is er niet.'

'Daar staat hij morgen voor de deur,' zei hij.

'Ik kan niet nadenken.'

'Beter een eindje uit de buurt.' Hij reikte onder z'n stoel en trok aan de hendel om hem achteruit te zetten, haar Renault was te krap voor zijn lange benen. 'Een vriendin van me runt een hotel, dat is een goed mens. Kun je een uurtje rijden?'

'Ik kan de hele nacht rijden,' zei ze.

Van Duin had zijn telefoon al uit, zocht in z'n menu en drukte op de beltoets. Hij glimlachte geruststellend naar haar, in het halve donker. 'Irma? Dit is Rik. Een van mijn meisjes moet onderdak, en jij bent de enige aan wie ik haar toevertrouw. Heb je een kamer vrij? Ik weet niet hoe lang, maar ze kan betalen, ze verdient hier een vorstelijk salaris.'

Hij luisterde en grinnikte. 'Dat zoeken jullie maar uit. Annie van Beers. Ze is over een uur bij je. Je bent een schat.'

Hij stak zijn telefoon weg, viste een kaartje uit zijn borstzak en schreef het adres erop. 'Kortgene, dat is op Noord-Beveland,' zei hij. 'Je volgt de weg naar Vlissingen en meteen voorbij Goes rechtsaf. Irma verwacht je.'

Ze keek naar hem, een aardige man die niet zeurde, en nog tevreden getrouwd ook. Ze hield haar tranen binnen. 'Ik weet niet wat ik moet zeggen.'

Hij legde het kaartje op het dashboard boven het stuur. 'Het zijn mijn alledaagse personeelsproblemen,' zei hij. 'Je

bent een goeie werker. Misschien sluiten ze hem op en dan krijg ik jou misschien terug, we zijn er voor je.'

'Dank je wel, Rik.'

Hij knikte en glimlachte naar de vraag in haar ogen. 'Niemand weet waar je bent,' zei hij. 'Ik begrijp dat hij morgen stennis komt maken. Wat ik doe is stennis terugmaken, over mijn hersenloze personeel dat met de noorderzon verdwijnt zonder zelfs maar even te bellen, denkt u dat ik hier verdomme voor de lol persoonlijk achter de kassa sta?' Hij grinnikte en klopte op haar hand. Verder zou hij nooit gaan, hij was niet de chef die verwarde diensters naar zich toe trok om ze te troosten en aan het knuffelen sloeg. 'Ga nou maar gauw,' zei hij. 'Pas op jezelf en gebruik je hersens.'

Hij stapte met een handgebaar uit de auto en sloot het portier. Ze keek hem na tot hij in de hal verdween en toen startte ze haar auto en stak achteruit. Ze hoefde maar de snelweg te volgen, Brabant uit, Zeeland in. Ze zette haar lichten aan en liet haar raam open, haar tranen droogden nog voordat ze kwamen, het was een mooie septemberavond.

7

'MAX WINTER.'

Harry Brakveld gaf me een stevige hand. Hij zag er gezond uit en erg jong voor sigaren en familievetes; zijn kantoor had gekleurde kindertekeningen van huisjes en ezels op het lichte behang, en het meubilair leek op een zondagmiddag bij elkaar gekocht bij de Scandinaviërs. Het rook naar koffie. De notaris vroeg wat ik erin wilde. Hij bediende eigenhandig de koffiemachine en vond dat ik hem maar moest tutoyeren. Hij leek een zinnig persoon. Ik luister altijd graag naar de privé-indrukken van zinnige personen, en die komen gemakkelijker als je elkaar Max en Harry noemt.

Ik zag geen secretaresse in het aangrenzend kantoorvertrek, alleen een vroegkale veertiger in hemdsmouwen die waarschijnlijk geen klerk meer mocht worden genoemd, omdat die titel te veel herinnert aan naargeestige kerstverhalen van Dickens en beroerde arbeidsvoorwaarden. Misschien heeft men inmiddels iets als *proctonotaris* voor hem verzonnen. De onderwijzeres is tenslotte ook lerares geworden. Juffrouw Grendel, die zo prachtig kon vertellen dat het grootste schorriemorrie van de klas vergat om adem te halen, zou boos en verdrietig zijn geworden als – ja, wie eigenlijk? – haar was komen vertel-

len dat de wijkagent nu een buurtregisseur was en zij een lerares. Ze zou hem aan de kleren van de keizer hebben herinnerd. De opgeschoten knul die in Franse wintersportcentra auto's aanhoudt om folders uit te reiken en de weg naar het hotel te wijzen, heet sinds kort *ambassadeur*. Wat me ook beviel aan de jonge notaris was dat hij niet achter zijn bureau ging zitten, maar de koffieglazen rechtstreeks naar een zithoek bij het raam droeg.

Ik nam een van de leunstoelen, sloeg mijn knieën over elkaar en viste de testamentkopie en mijn schrijfblok uit mijn platte ritstas, die ik had meegebracht om bij de clichés omtrent notabelen op het platteland te kunnen passen. Ik had zelfs een laptop, die ik bij nader inzien in de auto had gelaten. Veel zou er niet te schrijven zijn, want Bureau Meulendijk had me vrijwel zeker méér informatie gestuurd dan de notaris bij elkaar kon sprokkelen. Er was weinig dat aan de researchmachine van de ex-officier van justitie kon tippen.

'Ziezo,' zei de notaris. 'Doe je veel opsporingen?'

'Zelden in verband met testamenten,' zei ik.

Hij had ook een map en nam daar een foto uit. 'Dit is de erflater,' zei hij. 'Misschien heb je daar wat aan? Hij is door de uitvaartfirma gemaakt nadat ze hem hadden opgeknapt, dat doen ze blijkbaar altijd.'

Briefkaartformaat, een geprinte digitale foto. Het dode gezicht zag er vaal en deprimerend uit en ik borg de foto weg. 'Ik wil ook in de boerderij kijken. Heb je een sleutel voor me?'

'Nee, er schijnt er maar één te zijn. Josée had hem na het ongeluk, ze zal hem aan de jongste zoon hebben gegeven, die gaat er elke dag heen, ik meen dat er nog wat schapen lopen. Dat is Emiel. Er moeten hoe dan ook sleutels worden bijgemaakt voor de makelaar en zo. Heb je het testament bestudeerd?'

Ik tikte op de kopie. 'Interessant.'

De notaris dronk z'n zwarte koffie. 'Ik googelde wat,' zei

hij. 'Er is een boek, *De Heilige Reis van Esperanza*, van ene Maria Escandor. De combinatie Esperanza en Spruyt geeft een Belgische wielrenner, Jos Spruyt, die ooit een Tour-etappe won in een plaats die Esperanza heet, dat zal in Spanje zijn?'

Ik knikte. 'Er zijn gletsjers die Esperanza heten, en een schip van Greenpeace. Waarnemers aan boord van de Esperanza spotten vijf dode dolfijnen. Spotten is een nieuw Nederlands werkwoord, ik bedoel naast het oude. Er was een link naar een Belgische journalist Marc Spruyt, die over de mondialisering schrijft en daar gezien de titel *Ya Basta!* kennelijk tégen is. Google koppelt deze Spruyt aan Esperanza, omdat iemand in de discussie dat als schuilnaam gebruikt. Ik neem aan een dame, hoewel ze als een dokwerker tekeer gaat tegen wat ze het gelul van links en extreem links noemt.'

'Kan ze onze Esperanza zijn?'

'Het was meer het idee van schuilnaam, of werknaam.'

Brakveld grinnikte. 'Prostituee kwam als eerste op bij de andere erfgenamen.'

'Ze waren niet blij.'

'Nee. Als ze het aanvechten, krijgen ze met met z'n drieën evenveel als die dame in haar eentje. Dat geeft amusante verwikkelingen.'

'Amusant?'

'Ik heb niet zo gauw een beter woord.' Brakveld grinnikte weer. 'Wat het uitzicht op geld met mensen doet?'

'Ze veranderen.'

Hij knikte. 'Dit is een jonge praktijk, maar ik hoor ook van collega's dat de verdeling van erfenissen steeds meer ruzies oplevert en vooral ontevredenheid. Dat zijn de ruzieboedels. Ja, maar ik heb altijd Pa z'n overhemden gewassen. Mensen vinden, en dat absoluut méér dan vroeger, dat ze récht op iets hebben. Broers en zusters. Je denkt, wat ik hier doe lijkt meer op gezinstherapie.'

'Een leuk beroep.'

'Op sommige dagen. Leedvermaak mag niet, maar men is maar een mens.' Brakveld hief z'n handen. 'Dit was drama. Verrassing en schok. De verrassing is anderhalf miljoen, de schok erbovenop een onbekende erfgename die ermee aan de haal gaat. Je ziet ze voor je ogen veranderen. Niemand rekende op dat extra fortuin, maar nu het er is, moeten ze het hebben ook. De ruzies worden vergeten en wat we zien is instant eensgezindheid, bam, met z'n drieën tegen de indringster. Onecht kind, stagiaire op de boerderij, oude zigeunerin die hem heeft behekst, weg met dat mens, maar ze keren zich vooral tegen de vader. Die geeft om zijn kinderen te pesten zijn geld aan de eerste de beste maîtresse of hoer. De enige die zich van dat soort commentaar onthield, was Thomas, de oudste. Je moet misschien met hem praten. Ik had de indruk dat hij meer weet, of in elk geval érgens meer van weet.'

'De boerderij voor mijn zoon Thomas, en Emiel en Josefien,' zei ik. 'Een zonderlinge constructie.'

De notaris glimlachte. 'Precies zo door hem gedicteerd. De enige die erover viel was Thomas.'

Ik knikte, het deed er niet toe. 'Het zou helpen als we wisten wannéér hij die vrouw heeft gekend. Esperanza is geen hoerennaam, in Amsterdam heb ik hem tenminste nooit gehoord. Die meisjes noemden zich Suzy of Dolly of Joyce, Tiffany…'

Tiffany. De naam viel eruit en gaf een kleine schok, een rukje naar de onvoltooid verleden tijd, compleet met een hinderlijk gevoel van schuld, omdat je zo gemakkelijk mensen vergat die je hadden aangeraakt. Mijn hand krabbelde op het omgeslagen blok op mijn knie, de naam en een vraagteken. *Ti voglio tanto bene.* Ze noemde zich Tiffany, omdat Madelon bij de onderwijzeres hoorde die ze wilde zijn, en niet bij de heroïnehoer die ze werd.

De notaris wachtte geduldig, alsof hij mijn hapering wel wilde opvatten als afwijkende gespreksmethode of beroeps-

deformatie. Ik glimlachte maar wat en zei: 'Dat soort namen, Suzy, Kitty…'

'Ik heb geen ervaring op dat gebied.' Zijn gezicht bedoelde niks dubbelzinnigs. 'Jozef Weerman wilde er nauwelijks over praten. Hij zei alleen dat Esperanza hem zijn leven had teruggegeven ondanks het onrecht dat hij haar had aangedaan. Zoiets.'

Een wazige Raskolnikov. 'En alleen Arcen als adres?'

Brakveld zuchtte, spijtig. 'Ik zei: meneer Weerman, misschien moet uw Esperanza t.z.t. worden opgespoord. T.z.t. is een eufemisme, maar mensen die een testament komen maken, begrijpen wat t.z.t. is, ze weten dat het voor na hun dood is. Hij zegt: u vindt haar zo, ze woont in Arcen. Voor mij is de kous dan af, de man is kerngezond en het testament is klaar en wordt geregistreerd. Achteraf denk ik natuurlijk dat ik direct had moeten informeren, temeer omdat hij mij als bewindvoerder wilde. Dan had ik bot gevangen in Arcen en had ik hem vóór dat voortijdige t.z.t. om nadere informatie kunnen vragen.'

'Dit was een maand voor zijn dood?'

'Minder zelfs.'

Moord is een van de evidente dingen die dan opkomen, maar het dossier van Meulendijk was daar negatief over en toeval bestaat ook. 'Hoe was z'n gemoedstoestand?'

'Hij wist precies wat hij wilde. Hij had een notitieboekje bij zich en las daaruit voor wat er in het testament moest komen, en hoe. Hij had dat voorbereid.'

'Niet gespannen, zenuwachtig?'

'Nee.' Brakveld glimlachte. 'Ik heb daarover nagedacht, het was iets anders. Ik merkte het vooral toen hij me bij zijn vertrek een hand gaf en me onverwacht op de schouder sloeg. De man was opgelucht. Niet omdat hij een lastig uurtje achter de rug had, maar omdat hij had gedaan wat hij moest doen, alsof het al jaren in zijn hoofd of in zijn geweten zat. Dat soort

opluchting. Misschien is er deze zomer iets gebeurd waardoor hij besloot om nu dat testament te maken. Maar ik had beslist niet de indruk dat hij zijn dood voelde aankomen of zo. Integendeel, hij dacht honderd te worden. Het testament was voor de zekerheid, je weet maar nooit, een ongeluk kan gebeuren. De samenloop is toeval.'

'De politie boekt het als ongeluk,' zei ik. 'Labtesten hebben ook niets opgeleverd.' Ik nam m'n pen ter hand. 'Wie wisten van het testament?'

'Niemand, dit kantoor is waterdicht, dat mag ik tenminste hopen. Als iemand anders ervan wist, kan hij of zij dat alleen van Jozef Weerman zelf hebben gehoord.'

'Esperanza bijvoorbeeld?'

'Nou, zijn kinderen zeker niet. Die hadden geen contact met hem sinds de dood van hun moeder, of eigenlijk al sinds ze de deur uit waren. Daar was trouwens iets...' Brakveld zweeg en fronste zijn voorhoofd. 'Ik weet niet of je er veel aan hebt, maar er was iets met de moeder, vooral tussen de jongste twee, Emiel en Josée. Josée was opmerkelijk fel en bitter. Het ging over ouwe koeien, dingen tussen hun vader en moeder, er was verband met die loterij. Als Esperanza óók bij het verleden hoort, is ze misschien een van de ouwe koeien. Misschien moet je met Josée praten.'

'Kan ze weten wie Esperanza is?'

'Misschien. Ik ben geen psycholoog. Bij erfenissen stroomt er van alles onder het oppervlak, maar wat hier overheerste, was haat en nijd tegen de vader.' Hij dacht weer na. 'Het is een indruk, hang me er niet aan op, maar Thomas was de enige die vragen stelde over Esperanza. Thomas was sinds de lagere school het huis uit, vergeet dat niet. Hij had de naam beslist nooit gehoord. Josée en Miel leken voornamelijk kwaad omdat hun vader zijn fortuin aan z'n maîtresse gaf. Alsof ze wisten wie dat was.'

Ik noteerde wat op m'n blocnote. 'Of vroeger was. Hij kon

zich een maîtresse permitteren toen hij twintig jaar geleden die loterij won. Misschien hebben ze daar als kinderen iets van opgevangen?'

'We hebben advertenties gezet etcetera, maar het is nu wel duidelijk dat we haar niet op die manier vinden. Volgens mij heeft Jozef Weerman dat zelf ook nooit geprobeerd, althans niet de laatste tien jaar, anders had hij geweten dat ze niet meer in Arcen woonde. Hij dacht dat echt, ik geloof niet dat hij me in de maling nam, waarom zou hij?'

Dat een notaris in de oprechtheid van mensen kon geloven was aangenaam om te zien, maar Esperanza kon in de Ardennen wonen, of aan de Spaanse kust, en Weerman kon dat prima hebben geweten en goede redenen hebben gehad om het te verzwijgen, bijvoorbeeld om haar te beschermen. 'Als hij geen testament had gemaakt, ging alles naar de kinderen.'

'Zonder meer.'

Moord, zelfmoord. De kinderen hadden meer aan een dode vader zonder testament, dan een dito mét. Maar ze verwachtten een paar ton uit een vervallen boerderij en het testament was een complete verrassing, net zoals het aandelenfortuin, althans volgens Brakveld. Zelfmoord met die tractor zou wel ingewikkeld zijn. Moord trouwens ook.

Gewoon toeval?

Ik zette mijn auto een eindje voorbij de opening in de groenwal in de wegberm en wandelde terug. Een kort karrespoor liep tot aan de woonschuur van Emiel, een rechthoek van geteerde schaaldelen op halfsteensmuren onder een schuin dak van eterniet golfplaten. Op de deur zat een smeedijzeren klopper die van een romantisch villaatje in de bossen gesloopt kon zijn. Niemand reageerde op het getik en ik liep eromheen, langs een raam voor een slordige woonkamer en twee halfronde stalramen in de noordwand, een slaapkamer achter het ene, witkalk op het andere. Naast de voordeur stonden oude

tuinstoelen met kussens die zo te zien de helft van hun leven in de regen lagen en zelf maar weer droog moesten zien te worden. Er waren struiken en oude vruchtbomen, de boerderij lag minstens honderd meter verderop langs de weg. Voorbij een open veld met koeien en schapen hing de stilte van een schilderij van Turner met een bosrand in het rosse licht van een middag in oktober, kwart over vijf. Het had de nostalgische romantiek van plekken die aan hun lot worden overgelaten, samen met woekerend onkruid en klimop.

Ik hoorde gebrom en haastte me terug. Een bromfiets bokte over het karrespoor en stopte. Een dikke man zette de motor stil en nam zijn helm af. Een dunne laag zandblond haar plakte op z'n roze schedel.

'Zoekt u mij?'

'Emiel Weerman? Ik ben Max Winter, ik doe onderzoek in verband met uw vaders nalatenschap. De notaris dacht dat u er na vijven wel zou zijn.'

'Voor die juffrouw moet u niet hier zijn.'

Ik glimlachte. 'Ik heb een sleutel nodig van uw vaders boerderij.'

'Wacht even.'

Hij zwaaide een zwaar been over de duo en duwde z'n bromfiets naar de hoek van zijn schuur, parkeerde hem daar op de staander. Hij droeg een vuile overall waar zijn buik niet goed in paste. Ik wist dat hij vijfendertig was, maar Emiel zag er tien jaar ouder uit, een ongezonde, mollige eunuch.

Hij liet me z'n vuile handen zien en knikte naar de tuinstoelen. 'Ik moet me opknappen, ik heb aan een vrachtwagen gesleuteld. Binnen is te veel rotzooi, maar ik kan u een pilsje brengen?' Zijn vlezige grimas leek op die van een mongool die aardig gevonden wil worden.

'Geen pils, ik wacht wel, het is mooi weer.'

'Ik ben er zo.'

Hij stak een sleutel in zijn voordeur, verdween in zijn huis

en sloot de deur achter zich. Ik hoorde schuiven, een grendel misschien. Mongolen zijn altijd lief, ze vinden iedereen aardig, ze missen het vermogen tot kwaadaardigheid. Deze kon, tenzij debiel, me moeilijk aardig vinden. Ik zou me ook niet aardig vinden als ik iemand probeerde op te sporen die me een boel geld ging kosten.

Ik zat op het verweerde plastic met m'n voeten over elkaar op de strook oude tuintegels, mos en onkruidjes ertussen, de zon kwam niet meer tot hier omdat hij te laag was of de struiken te hoog, maar de middagwarmte hing er nog, men zou er een sigaret en een glaasje witte wijn bij willen, of zo'n rare kir van Joanna. De muur zat ertussen, daarom kon ik niets verstaan van het gepraat dat ik hoorde. Miel praatte in zichzelf of had de radio aangezet.

Misschien moest hij lang boenen om de olie onder zijn nagels uit te krijgen, misschien nam hij een douche en dan nog aankleden en de vuile overall te weken zetten in Dreft of Biotex; ik wist weer alles van wassen en strijken, in het te grote huis aan de Linge. Insecten gonsden boven het onkruid, een hond in de verte, ik leunde in die stoel en zat weg te soezen en te denken aan het andere huis in Westbroek met Joanna en haar slimme dochter, hoe leuk dat was, en dat het niks kon worden, al was het maar omdat ik haar zou blijven herinneren aan haar vermoorde zusje. In het begin speelt dat geen rol, als die schaduwen verborgen blijven onder het rozerood van lust en verliefdheid, en troost, behoefte aan warmte, opwinding van het nieuwe. Maar na een tijdje beginnen er stiltes te vallen en komen er kleine veranderingen, in de stem en in de ogen, voortekenen. Je voelt dat ze haar leven wil oppakken, ze wil genezen en misschien vergeten, en je bent een obstakel. Later misschien, als dat proces achter de rug is.

Er reed een auto het terrein op, een Opel uit de middenklasse. De man die er in een keurig grijs pak uitstapte, leek op een ambtenaar van de burgerlijke stand. Emiel had niet in zichzelf

staan praten, maar in de telefoon met zijn broer.

'Goeiemiddag,' zei hij. 'U bent van dat Amsterdamse bureau?'

Ik bleef nog even zitten. 'Ik kom een sleutel halen, daar hoeft de familie geen reünie voor te organiseren.'

'Misschien kan ik u helpen?'

'Ik red me meestal redelijk in m'n eentje. Uw broer Emiel kennelijk niet?'

Thomas bleef even stil, in de beheerste verwarring van een ambtenaar die betrapt wordt op een uur te vroeg naar huis gaan en toch beleefd moet blijven. 'Sorry,' zei hij. 'Miel heeft me gebeld. Hij wist niet wat hij ermee aan moest. Ik ben de oudste broer, Thomas Weerman.'

'Oké.' Ik stond op en gaf hem een hand. 'Max Winter. Ik zie nog niet goed wat er moeilijk is aan het afgeven van een sleutel? Of is hij hem kwijtgeraakt?'

'M'n broer wist niet of hij u toestemming kon geven, of dat hij erbij moest blijven als u daarheen gaat.'

Ambtenaren verscholen zich achter de burgemeester, of achter hun broers. 'Ik heb een volmacht van de bewindvoerder en dus geen toestemming nodig,' zei ik. 'Ik kan zelfs de tv meenemen als me dat nuttig lijkt.'

Thomas grinnikte onverwacht, zijn gezicht werd er beter van. 'Dat is een dertig jaar oud zwart-wittoestel, u mag het hebben. Er is in de hele boerderij volstrekt niets van waarde.'

'Is dat niet eigenaardig, voor een man met geld op de bank?'

'Op zijn bank staat nauwelijks tweeduizend euro. Dat andere wordt beheerd…'

'Ja.' Ik gebaarde. 'Wat ik bedoel is dat hij niks voor zichzelf gebruikte? Hij had dat geld en kwam er niet aan? Een leuk leven, knappe werksters, vakantie op de Bahama's?'

'Ik weet het bij God niet.' Thomas bleef nerveus, ondanks die opwelling van vrolijkheid. Hij stak zijn handen in de zij-

zakken van zijn colbert en haalde ze er weer uit, en schrok op toen er een auto voorbijreed aan de andere kant van de heg. 'Ik heb sinds m'n twaalfde bij een oom in Venlo gewoond, maar toen mijn moeder stierf verbrak Jozef elk contact met zijn kinderen.'

'Waarom?'

Thomas probeerde zich te concentreren. 'We begrijpen nu wel dat hij nooit een bliksem om zijn kinderen heeft gegeven, ook niet om zijn vrouw. Miel kreeg om het minste of geringste op z'n donder. Josée mocht niks, ze kwam de deur niet uit, ze waren gewoon twee dwangarbeiders. Je hoopt dat je niet op hem lijkt, dat we op onze moeder lijken.' Zijn ogen werden zachter. 'Het is vooral Miel,' zei hij. 'Mijn broer heeft een moeilijke jeugd gehad, hij is een pechvogel.'

Miel leek me eerder iemand die bij de tijd geschud moest worden, in plaats van uitgeleverd aan het circuit van de aardige zachte heelmeesters. 'Hij heeft een strafblad,' merkte ik op.

Dat ik dat wist, verbaasde hem zichtbaar. 'Dat is waar,' zei hij, kortaf. 'Maar zijn partner pleegde het geweld, en Miel had praktisch onder zijn straf uit gekund als hij hem had verlinkt.'

Broers beschermden elkaar en dat was mooi. 'Het gaat me niet aan,' zei ik. 'Ik ben op zoek naar Esperanza Spruyt en daarom wil ik in de boerderij kijken.'

'Daar is niks,' zei Thomas. 'Ik heb ernaar gezocht, dat mag u geloven.'

'U heeft dus ook een sleutel?'

'Ik heb laten bijmaken.'

'Ga maar even zitten,' zei ik.

Thomas fronste over de onverwachte wending. Ik zag dat hij besefte dat de rolverdeling niet klopte, maar hij ging gehoorzaam zitten. Ik wachtte, alsof ik de gastheer was, en nam de stoel tegenover hem. Het is de verhouding van de rechercheur en de verdachte in de verhoorkamer. Ik wist dat zijn ze-

nuwachtigheid niets hoefde te betekenen; ik was hier namens een officier van justitie, ex of niet, ik wist van strafbladen, ik was een soort politie en iedereen maakt zich wel schuldig aan belastingontduiking en rijden door rood licht.

Ik keek streng naar hem. 'Ik kan moeilijk geloven dat iemand anderhalf miljoen euro nalaat aan een dame van wie hij geen adres, geen foto, geen souvenir, of wat voor kleinigheid dan ook in zijn huis bewaart. Hij zou die dingen verbergen voor een wantrouwige echtgenote die zijn zakken doorzocht naar sporen van de maîtresse. Maar jullie moeder is zestien jaar geleden gestorven. Daarna kon hij Esperanza ongehinderd schrijven of opzoeken, of geld sturen. Waar zijn de brieven, het adresboekje, wat dan ook?'

Ik zag hem nerveuzer worden, alsof er meer was dan het rode stoplicht. 'Er is geen spoor van die mevrouw,' zei hij, en toen ging de deur open. Emiel verscheen, in een erg ruime spijkerbroek en een oude mosterdgele trui, zijn haar nog nat van de douche.

'Hi, Tom.'

Ze hadden genoeg aan een snelle blik, er was verstandhouding tussen de broers. 'Iemand een pilsje?' vroeg Miel.

Thomas schudde zijn hoofd. 'U mag het geloven of niet, maar er is nergens iets over die juffrouw Esperanza te vinden, in de hele boerderij niet.' Het klonk als de formele herhaling van een stadhuisverklaring, behalve dat de mevrouw nu een juffrouw was, en dat het voor zijn broer was bedoeld.

'Echt waar,' zei Miel, voor de duidelijkheid. 'We hebben goed gezocht. Josée trouwens ook.'

Ik krijg meestal de kriebels van mensen die beweren dat je hen mag geloven of niet, en dat het echt waar is. De kleine zondaars zijn zelden slim en praten meer dan nodig, waardoor je gaat denken aan geheimpjes en slinkse manoeuvres van het broederfront, zoals het verdonkeremanen van alles over Esperanza. Het idee van sabotage was niet direct bij me

opgekomen, omdat ik er geen logica in zag, laat staan nut. De drie kinderen wilden geld, en naar ik aannam zo snel mogelijk, maar ze kregen geen cent zolang de vierde erfgenaam niet boven water kwam. Ze hoefden geen Einstein te zijn om te begrijpen dat ze behoeftige grijsaards in een bejaardenhuis konden zijn voordat een rechter Esperanza officieel onvindbaar verklaarde en een rechtsvermoeden van overlijden uitsprak.

Thomas deed er nog wat bovenop.

'Er zijn überhaupt nauwelijks papieren,' zei hij. 'Hij had een soort bureautje, daar zijn alleen gewone huishoudzaken, telefoon, elektra, dat soort dingen, en bankafschriften, maar het enige wat op zijn bank kwam, was z'n AOW en geld van de veehandelaar toen hij z'n laatste koeien verkocht. Er is niks over die aandelen.'

'Ik wil toch graag de sleutel,' zei ik.

Miel gaf een schamper geluid. 'Ik heb de mijne nodig,' zei hij tegen z'n broer.

'De schapen zijn toch weg?'

'Ja, nou ja.'

Thomas gaf me zijn sleutel. 'U verliest uw tijd,' zei hij.

Misschien. Ik kon zeggen dat ze het zoeken aan mij hadden moeten overlaten, maar het was hun boerderij, ze konden doen wat ze wilden, behalve de opbrengst verdelen.

'Had jullie vader geen vrienden, contact met andere mensen?' vroeg ik. 'De buren bijvoorbeeld?'

De broers wisselden weer een blik. 'Integendeel.' Thomas lachte halfslachtig. 'Hij schoot de buurvrouw met z'n jachtgeweer van het erf af.'

'Hij had geen vrienden.' Miel snoof. 'Hoogstens de kapelaan.'

'Ben je gek.' Thomas flitste wrevel naar zijn broer. Het viel me op dat niemand het woord vader gebruikte. Het was hij, of Jozef, en overal zaten haakjes, waar ik ook naar vroeg. Kleine geheimen, intriges op het platteland, het begon sterk te

lijken op het gemier dat me afkerig maakte van erfeniszaken.

'De kapelaan?' vroeg ik.

'Die had met hem gepraat,' zei Thomas luchtig. 'Dat beweerde hij tenminste op de begrafenis, maar ik dacht dat het vooral was om de familie te troosten.'

'Hij is hier pas een jaar of zo,' vulde Miel aan.

'Oké.' Ik keek naar ze. 'Dan zijn de raadsels opgelost, of niet?'

Miel grijnsde. 'Hoogstens nog de trommel met twaalfduizend euro. Ik bedoel als u toch detective bent, hij was weg en toen was-ie er weer, met vierduizend minder erin.'

'Ach, Miel.' Thomas probeerde luchtig te blijven, maar ik zag dat hij zich ergerde aan de loslippigheden van zijn broer. 'Hij heeft die vierduizend gewoon ergens voor gebruikt.'

Ik keek van de een naar de ander. 'Dat was voor de beroemde ontbijtkoek?'

'Een leuk betaalde ontbijtkoek,' zei Miel.

'Roos is een aardige meid,' zei Thomas. 'Ze heeft hem een paar keer opgezocht, dat heeft-ie gewaardeerd.'

'En Roos was ook degene die hem vond.'

'Ze fietste langs en hoorde de tractor.' Thomas glimlachte, niks aan de hand. 'Ze ging naar school, ze maakte die omweg omdat ze blijkbaar verliefd is op een jongen die daar verderop woont.'

'Ze heeft haar moeder gebeld,' zei Miel. 'Die was er het eerste bij.'

Nog meer gemier, en het rook naar afleiding. Ik kon ze niet op de pijnbank leggen en vissen werkt beter als je een idee hebt van het type vis en de juiste haak. 'Dat staat allemaal in m'n gegevens en het brengt me niet dichter bij Esperanza. Hebben jullie daar nog ideeën over? Ik bedoel behalve dat ze een hoer is of een onecht kind? Waar kan ik haar vinden?'

'Ik zou het niet weten,' zei Thomas.

Ik sloeg op m'n knieën en kwam uit de tuinstoel. 'Jongens,'

zei ik, op de gemoedelijke toon van oom Agent. 'Hoe kom ik nou toch op het rare idee dat jullie van alles voor me achterhouden?'

Thomas keek beledigd. 'Nee, meneer Winter. Daar is geen reden voor en het zou niet in mijn hoofd ópkomen.'

De ambtenaar aan het loket, die de jonge vader uitlegt dat zijn zoon helaas niet geboren kan zijn voordat ze de nieuwe Europese formulieren in huis hebben.

Miel deed de vrolijke mongool.

De boerderij leek een zinloze operatie.

Sommige plekken proberen je dat te vertellen zodra je uit je auto stapt. Je kijkt toch, dat is training. Je merkt tien dingen op en één ervan kan een geheide aanwijzing zijn, maar dat weet je niet en je hebt er niks aan, tenzij je een week later tegen iets anders oploopt dat op zichzelf ook niks betekent, maar dat een verband blootlegt dat je zonder dat eerste niks nooit zou hebben gezien. Enfin. Het blijft een rommelig beroep, het lijkt soms metafysische wiskunde. Een vroegere vriendin van me verklaarde veel dingen middels een fenomeen dat ze de harmonie van het toeval noemde, maar dat zag ik hier ook niet. Wat ik zag was eenzaamheid, geen harmonie.

Ik wandelde eromheen. Oude troep, een autowrak uit de jaren tachtig, roestige werktuigen, een halve meter gedroogde mest in de stallen, spinnenwebben, tot stof vervallen hooi, geen levende ziel, geen dieren, kippen, kat, hond, niks. Veel onkruid, kapot gaas om wat ooit een moestuin moest zijn geweest, Limburgse eiken met eekhoorns en vogels, de enige schepsels die hier een paradijs zagen en die ijverig met regen en tijd samenwerkten aan de ontleding van het groen bemoste rieten dak.

Geen bloedsporen op de plek van het ongeluk. De oude Majoor, zoals de Ford Major hier vroeger werd genoemd, stond onder een open loods, de bak even verderop. De tractor

zag er erg schoon uit, misschien hadden ze er na het technisch onderzoek de hogedrukspuit op gezet. Ik leunde tegen een hek en keek naar de weilanden en de uiterwaarden en het glinsteren van de rivier.

Overal in het huis hing de naargeestige sfeer van bejaarde vrijgezel en kluizenaar. Geen post achter de voordeur, zelfs geen reclamedrukwerk. De man was dood en alles hield op. Geen gas en licht meer, geen telefoon. Geruit plastic vol kerven en krassen op de keukentafel, gefineerde kastjes, het enige keukenraam zat in de zijdeur en gaf uitzicht op de loods en de schone Majoor. Wat at die man?

Hij had geen kippen meer en nauwelijks een moestuin, maar wel schapen en nog wat vleeskalveren, elke boer heeft een diepvriezer. Ik vond de oude kist in de bijkeuken. Rotting en bederf sloegen me tegemoet toen ik het deksel opende. De kinderen waren zuinig genoeg om de stroom uit te schakelen, maar de vrieskist zat stampvol. Ik kneep mijn neus tussen duim en wijsvinger en woelde door de inhoud. Jozef ging nu en dan naar een supermarkt en stopte boodschappen in de vrieskist, brood, sperziebonen. Die dingen waren er, maar het overgrote deel van de inhoud bestond uit prachtige lamsbouten en kalfsbiefstukken van het eigen vee.

Ik kon het nauwelijks geloven. Ze hadden gezinnen. Josée met haar bouwvakker, Thomas de ambtenaar, en vooral Emiel: rijk waren ze niet, maar ze lieten een fortuin aan gratis vlees bederven, alleen omdat de handen van hun vader het hadden aangeraakt?

Ik dacht aan mijn eigen vader. Ik had maar één echt gesprek van man tot man met hem gehad, toen ik drieëndertig werd en hij met longontsteking in een Haags ziekenhuis lag. Toch voelde ik, een jaar later op zijn begrafenis, dat er iets van belang uit mijn leven verdween. Hij was er nooit, maar hij was mijn vader. Ik had hem willen laten weten dat ik inspecteur was geworden, hem CyberNel laten zien, hem bewijzen

dat, ondanks zijn twijfels, alles met mij toch redelijk in orde was gekomen. Dat wil elke zoon die z'n vader te vroeg kwijtraakt: *papa, kijk, zonder handen.*

Ik keek naar die kist. Deze vader werd door niemand gemist, of het zou Esperanza moeten zijn.

Dat was droevig.

Ik waste de vleesstank van mijn handen onder de keukenkraan. Het hele huis was droevig, een man alleen. Ik was momenteel ook een man alleen, maar daar hield elke vergelijking op. Dit was een ander soort eenzaamheid, van iemand die het had opgegeven om de boel te onderhouden en maar één koekenpan en hetzelfde bord gebruikte, die hij afwaste onder de koude kraan. Zijn bed was niet eens opgemaakt. Ik rook overal schimmel, maar de badkamer was schoon, en ik zag zeep en scheerspullen en shampoo, aftershave, een nagelschaar en schone handdoeken, en herinnerde me een andere tegenstrijdigheid: in zijn slaapkamer ongewassen truien en versleten manchester werkhemden voor geploeter op de boerderij, en op een eenpersoonsbed in de kamer ernaast twee geruite overhemden, een nette broek, een bruin jasje, veelgebruikt maar schoon en keurig gestreken.

Twee levens. Het ene hier, ongezien, van oude vrijgezel die de boel liet verslonzen. Het andere ergens anders, in schone kleren. Bij Esperanza? Hij had geen auto. Er was een bushalte aan de provinciale weg. Een rit met de bus en 's avonds weer terug, of de volgende ochtend? Dan woonde ze niet in de Ardennen of aan de Spaanse kust, tenzij de bus naar een vliegveld ging. Er is altijd een tenzij, maar dit waren geen kleren voor vliegtuigen en Spanje, en de enige koffer die ik vond, was een oud kartonnen exemplaar uit de tijd van de eerste afgedwongen vakbondsvakanties in Egmond aan Zee, in die gezellige badkostuums van onze overgrootmoeders. En dagenlang weg, zonder dat iemand dat ooit had gemerkt?

Dichterbij.

Ik doorzocht de zakken. Niks. Nog geen vergeten zakdoek. Thomas had al gezocht, Emiel, Josée. Ze hoefden zijn vleeswaren niet, maar ze waren niet vies van zijn geld. Ze zochten even hard naar Esperanza als ik, misschien met andere bedoelingen.

Ik ging door alle laden en kasten en dat bureautje met de huishoudzaken. Niets, zelfs geen krabbels op de achterkanten. Stompjes potlood en verdroogde balpennen, wat enveloppen en vergeeld briefpapier. Waar waren de geparfumeerde enveloppen met het lint eromheen uit de damesromans, van Esperanza? Schreef hij brieven? Hij kreeg geen post, bewaarde geen post, of die verdomde kinderen.

Een stapeltje oude kranten in de onderste la. *De Limburger*. *Het Limburgs dagblad*. Volgens de huishoudzaken was hij op niets geabonneerd, zelfs niet op *De Boerderij*. Ik nam de kranten eruit en keek naar de data. Allemaal uit dezelfde periode, achttien jaar geleden. Vreemd. Ik had weinig zin om er hier en nu doorheen te gaan, bovendien begon het donker te worden in het huis zonder stroom. Ik stak de stapel onder mijn arm en ging ervandoor. Thomas had gevraagd om de sleutel boven de deurpost achter te laten, maar ik nam hem mee. Misschien was ik nog niet klaar met dit huis.

Twee levens.

Dat zielige in de boerderij. God, wat was dat droevig. Je zou waarachtig hopen, voor de man, dat hij een leuker ander leven had gehad, aan het eind van die busrit, met Esperanza.

8

ER ZIJN CHIQUE HOTELS IN MAASTRICHT EN IK WAS WEL in een stemming om de erfgenamen een poot uit te draaien, maar de lol van mooie hotels was er een beetje af, in m'n een-tje. Misschien moest ik zo'n chiquere vijftiger gaan spelen, die genoeg heeft aan zichzelf, een boek van Thomas Mann en de beschaafde bediening in het Château Neercanne, of de iets minder chique, maar toch rijke vijftiger, die er een mooie call-girl bij bestelt.

Winter & Co. Met CyberNel was elk hotel leuk.

Ik nam een gewoon hotel, en na een tournedos met een ro-de Spanjaard erbij keek ik uit het raam naar het donkere Vrijthof. In hotels bedenk ik dit soort dingen: ik moet een an-dere CyberNel vinden. Dat klinkt meer zakelijk dan roman-tisch, en dat is het ook, ik kan dat niet eens uitleggen. Er man-keert niks aan mijn leven, het is alleen niet compleet. Daar komt de weemoed vandaan of dat gevoel van gemis, en de steek in je hart als je een stel ziet picknicken naast de caravan, aan zo'n uitklaptafel met uitzicht op de rivier of desnoods op een limonadefabriek, maar wel met z'n tweeën, zoals het hoort.

Ik liet de auto in de parkeergarage, het was mooi wandelweer, koel en bewolkt, met de kruidigheid van naderende herfst in de lucht boven het Vrijthof. Het wandelen was bovendien nauwelijks tweehonderd meter, Norbert & Claus zaten er vlak achter, in een oud binnenstadshuis, met maar één koperen bord naast de deur. Misschien waren ze hier ooit op zolder begonnen, zoals de Robeco-jongens destijds in Rotterdam. Die waren nu rijk en de parel in de kroon van de Rabo. Deze jongens hadden, als ze de rest even slim deden als de Weerman-portefeuille, ook aardig verdiend, genoeg om het hele pand te kopen en te verbouwen. Ze hadden niet veel meer nodig dan zo'n *dealing room* met computers en telefoons en een paar snelle wizzkids, een boekhouder, een secretaresse, een koffiehoek, dat kon allemaal boven. De begane grond was uitgebroken en aangekleed met zithoekjes en bovenmaatse ficussen, die er gezond uitzagen tussen de vloerverwarming, en ieder z'n eigen plafondspot. Er was een lage balie van mooi glanshout met een dame in een mooi pakje.

Ik stelde me voor en zei dat ik een afspraak had met Olivier Claus, om kwart over negen.

De dame glimlachte. 'Dat klopt. Ik ben Claudia.' Dunne goudkleurige armbanden verdwenen met een fluisterend rinkeltje onder wijnrode mouwen toen ze de telefoon aan haar oor bracht. 'Kees, die meneer Winter is er? Dat is goed.' De armbanden vielen terug. 'Loopt u even mee?'

Ze bracht me naar een van de deuren, een spreekkamer. 'Ik dacht dat ik met een Olivier had afgesproken,' zei ik.

'U krijgt de man die Jozef Weerman doet,' zei ze. 'Dat leek me efficiënter. Als het dat niet blijkt te zijn, haal ik Olivier er alsnog voor u bij. Wilt u koffie?'

Een democratisch kantoor, Microsoft-sfeer, voornamen en iedereen roept de baas erbij en beslist mee. Ik zat in een armstoel aan een glimmende tafel. Er was een ingelijste foto waarop twee jongelui een oorkonde omhooghielden en er in hun

smoking weinig op hun gemak uitzagen. Achter het raam was een stadstuintje met ijzeren stoelen en een bistrotafel en klimop tegen de schuttingen.

'Morgen.' Een man duwde de deur met een elleboog open en sloot hem met zijn voet, zijn handen vol aan een dikke map onder een koffieblad dat er vanaf begon te glijden.

'Laat me helpen.' Ik redde het blad en zette het op tafel.

'Oké.' Hij stak een hand uit. 'Kees Damen.'

'Max Winter.'

Hij trok zijn jasje uit en hing het over de rug van een stoel. Het zag eruit alsof Damen er altijd tegenaan leunde. Hij had een ringetje in zijn oor en een open, intelligent gezicht, dat meer kunstlicht kreeg dan zon. We zaten tegenover elkaar, hij tegen het jasje aan, één hand op zijn map. Zijn andere nam als terloops een kop koffie van het blad. 'Suiker, melk…'

Zelfbediening. Er waren speculaasjes bij.

'Zeg maar wat u wilt weten,' zei hij.

'Alles over de Weerman-portefeuille.'

'Geen probleem. De eigenaar is dood. Het is een mooi resultaat als je nagaat dat hij achttien jaar geleden met tachtigduizend gulden begon. Theo en Olivier hebben de wind meegehad, hij dus ook. Als we even tijd krijgen voor de verkoop kan dat account vier miljoen opbrengen. Volgens de notaris moet het misschien geliquideerd worden, dat zou jammer zijn.'

'Ik begrijp de organisatie niet goed,' zei ik. 'Afrekeningen, overzichten, winstuitkeringen, hoe was dat geregeld?'

'Als je de winst er telkens uit haalt hou je die kleine basis,' zei hij. 'Verstandige klanten laten er zo veel mogelijk in.'

Ik dronk van de koffie. 'Dat was niet de vraag.'

'We doen wat de klant vraagt.'

'Heeft u Weerman gekend?'

'Gekend kan ik moeilijk beweren.'

'Ontmoet dan, gesproken?'

'Twee keer, dat is erg lang geleden.'

Ik probeerde geduldig te blijven. 'Ik ben sneller klaar als ik de persoon kan spreken die zijn portefeuille beheerde.'

'Dat ben ik dus. Iemand anders is er niet.' Damen glimlachte. 'U mag boos worden. Het is een eigenaardige regeling, maar wij staan er niet meer bij stil. We beleggen zijn geld en schrijven de winst bij, minus onze commissie, en we vallen hem nergens mee lastig. Dat was zijn conditie.'

'Is dat niet ongewoon?'

'Ja. Maar niet onwettig. Iedereen kan met z'n geld doen wat hij wil zolang hij belasting betaalt. Dat doen we ook voor hem.'

Je geeft ze een ton en zegt jongens, toe maar? Betrouwbare speculanten klonk als rozen in de woestijn. Ik dronk koffie en wachtte. Damen wachtte gewoon terug, zoals elke handige crimineel zou doen. Geen antwoord geven als er niks wordt gevraagd.

'U bent hier dus al lang,' zei ik.

'Twee jaar nadat ze begonnen, dat was nog op de huuretage, je moest telkens die ouwe trap afhollen als de bel ging. Dat is nou een beetje anders.'

'Oké,' zei ik. 'Jozef Weerman trekt aan de bel. Wat toen?'

'Hij praat met de bazen. Na een uur roepen ze mij erbij. Hij was een keurige man, tegen de vijftig, donker pak aan. Dit is meneer Weerman, hij gaat bij ons beleggen, als wij de administratie voor hem doen. Meneer Weerman, dit is Kees Damen, hij is uw man. Ik neem hem mee naar mijn bureau en we werken die regeling uit. Dat is het zo'n beetje. In het begin deden Theo en Olivier de beleggingen en was ik alleen maar de boekhouder. Toen ik het vak doorhad ging ik dealen en werd het mijn account.'

Elke dag brengt verbazende dingen. 'Had u hem nu en dan niet nodig? Ik bedoel Jozef, hoor es, ik wil nu de helft van je geld in zo'n riskante dotcom steken, maar reken het mij niet aan als het fout gaat?'

Damen grinnikte. 'Bij ons ging er niks fout met de dotcoms, wij waren er op tijd uit. We hebben er zelfs aan verdiend en we zijn niet de enigen, wat u ook hoort klagen. Maar de regeling was dus dat ik hem nooit zou bellen. Ik bedoel nooit. U weet van die loterij?'

'Ja. Zijn gezin wist van niks.'

Damen bewoog zijn schouders. 'Dat kan, want hij wilde er niets van op zijn bank hebben, toen niet en nooit. Er is een subrekening bij onze bank, op zijn naam, dit adres. We hebben goeie contracten van alles wat we voor hem doen.' Hij klopte op de map. 'Wij kunnen niet rotzooien, dat doen we bovendien niet. We hebben die Duitse cheque op onze bank gezet en hem vijfentwintigduizend cash betaald, guldens, hè? De rest werd belegd.' Hij klopte weer op de map. 'We waren een jong clubje,' zei hij. 'We hadden wat kleine beleggers, die nu en dan een duizendje in hun portefeuille staken. Voor ons was dit veel geld. Hij vertrouwde ons ermee en we waren van plan ons best voor hem te doen. Dat hebben we ook gedaan. Vier miljoen.'

'Dat is niet slecht,' gaf ik toe. 'En dat wilde hij tot in de eeuwigheid bij jullie laten?'

'Dat weet ik niet. Ik denk dat hij aan een appeltje voor de dorst dacht. Voor later.'

'Later?' Ik trok een wenkbrauw op. 'Weerman was zowat zeventig.'

'Hij was toen geen zeventig. Hij was een ijzersterke boer van nog geen vijftig, die van plan was om honderd te worden. Alleen wilde hij helemaal geen boer zijn.'

'Zei hij dat?'

'Precies zo. Ik ben een ijzersterke boer, et cetera.'

'Ik bedoel dat hij geen boer wilde zijn?'

Damen trok het olijke o-bedoel-je-dát-gezicht van mensen die prima begrijpen wat je bedoelt. 'Nee, dat was de tweede keer. Hij kwam om een paar dingen te veranderen en we zijn een borrel gaan drinken aan het Vrijthof.'

'Wanneer was dat?'

'Zowat drie jaar na de eerste keer. We praatten een beetje. Hij vertelde dat hij destijds praktisch werd gedwongen om de boerderij van zijn vader over te nemen en te trouwen met iemand waar hij niks om gaf, want dat ging vroeger zo. Zijn vrouw was net overleden. Hij leek er niet om te rouwen, integendeel. Ik had medelijden met hem, ik dacht dat is geen leven. Het waren privédingen en hij vertelde ze aan mij. Het was misschien de borrel, maar ik had ook zo'n gevoel dat hij niemand anders had om tegen te praten. Enfin, ik beheerde zijn geld en Jozef was tevreden, hij vertrouwde me.'

Ik keek naar hem. 'Hoe oud ben je?'

'Eenenveertig.' Hij trok aan het ringetje in zijn oor en keek onbekommerd terug. 'En jij?'

Ik grinnikte. 'Ik bedoel dat je erg jong was. Had hij geen garanties, controles, stok achter de deur?'

Damen leek niet beledigd. 'Net als iedereen, contractueel. Hij kon wanneer hij maar wilde met een accountant binnenvallen. Maar hij heeft dat nooit gedaan. Hij wist dat wij hem niet belazerden. Hij kon nors uit de hoek komen, maar ik vond hem rechtdoorzee. Hij keek op van het resultaat van die eerste paar jaar, het was al zowat verdubbeld. Dat was echt een verrassing voor hem.'

'Je bedoelt dat hij ook geen overzichten kreeg?'

'Nooit. Dat was de afspraak.'

Ik begon te verdwalen in de Weerman-raadsels. 'Wat wilde hij veranderen?'

'Hij vroeg of hij er drieduizend gulden per maand uit kon nemen zonder in te teren op het kapitaal. Dat kon toen al zonder probleem, nu is vijftienhonderd euro een schijntje. Dat is het enige wat me een beetje dwarszit.'

'Waarom?'

'Nou, dat kapitaal is daarna behoorlijk gegroeid en hij had er de laatste jaren zonder probleem ook tíénduizend per

maand uit kunnen nemen. Hij had een rijk leven kunnen hebben. Ik heb hem dat toen gevraagd, of hij later misschien niet méér wilde hebben. Geen sprake van, zei hij. Drieduizend is meer dan genoeg, dan blijft er wat over voor later. Ik weet niet wat hij van plan was. De klant is koning, we doen wat hij vraagt, ik begrijp meer van cijfers dan van mensen. Er zijn er die niks van financiën snappen. Ik denk soms dat hij het gewoon niet heeft beseft.'

'Dat hij zo rijk was geworden?'

Hij maakte een gebaar. 'Ik zorgde voor zijn belastingen en z'n autoverzekering. Ik heb hem elke maand een envelop gestuurd, hij wilde dat geld cash. Vorige maand komt Theo met een brief van die notaris bij me en vraagt is dat jouw Jozef? Ik ben erheen gereden en het was mijn Jozef. Godbewaarme, wie bedenkt dat nou?' Damen haalde adem en ik zag een zonderling moment van hulpeloosheid. 'Je wil geen boer zijn,' zei hij, 'en dan word je doodgedrukt door je eigen tractor?'

Misschien was betrokkenheid met de klant een geheim van hun succes, maar Damen kreeg Weerman nooit te zien en ik zag dat hij zich schuldig voelde omdat hij niet betrokken genoeg was geweest om de afspraken te negeren en Weerman te laten weten dat hij aan de Rivièra kon gaan wonen. Ik zag ook dat hij al spijt had van zijn openhartigheid.

Ik liet het gaan. Damen kon zelf wel bedenken dat Weerman nog zou leven als hij naar de Rivièra was verhuisd.

Een autoverzekering?

'Ik heb in zijn boerderij gezocht,' zei ik. 'Misschien is iemand me voor geweest, maar ik heb nergens een envelop van Norbert & Claus kunnen vinden, laat staan een bruikbare auto.'

'Dat kan makkelijk,' zei hij. 'Ik heb daar ook nooit iets naartoe gestuurd. Alles ging naar zijn andere adres.'

Ik veerde recht. 'Een ander adres?'

'Eigenlijk een per adres-adres,' zei hij. 'In Arcen. Daar ging

de envelop elke maand heen, met het geld, eens per jaar de groene kaart voor z'n auto erbij, dat soort dingen.'

Arcen. 'Is dat het adres van iemand die Esperanza heet?'

'Die naam heb ik nooit gehoord, behalve als meisjesfiguur in Zorro?' Hij lachte, nog niet erg van harte. 'Dan zou ze Esperanza Smeets moeten heten, dat is het adres. J.G. Weerman, p/a Smeets Winterstalling, box drie, Grensweg, Arcen.'

Ik leunde op de tafel en wreef over mijn kin. 'Wanneer was de laatste envelop?'

'Vijftien september verstuurd. Hij wilde ze voor de twintigste van de maand op dat adres hebben.'

'Oké.'

Ik maakte notities. 'Laatste vraag,' zei ik. 'Toen jullie die borrel dronken zei hij dat het voor de toekomst was?'

'Een appeltje voor de dorst, voor als hij zeventig werd.'

'Wat was hij dan van plan?'

Hij keek spijtig. 'Met pensioen in Aruba misschien?'

'Hij was op twee maanden na zeventig.'

Damen zuchtte. 'Dan is hij Aruba op het nippertje misgelopen.'

Het adres dat Brakveld me had gegeven lag in een kleine wijk van vriendelijke huizen, met voor- en achtertuinen maar zonder garages; er stonden auto's onder de bomen langs de trottoirs. Volgens een gevernist houten bord werd nummer drieëntwintig bewoond door Schelte en Dinie de Zwaan.

Dinie had mooie blauwe ogen maar de tanden van een konijn. Ze lachte daar vriendelijk mee. 'Misschien kan Schelte u helpen,' zei ze toen ik uitlegde waar ik voor kwam. 'Maar hij is de hele dag weg, ik verwacht hem niet voor halfzes.'

'Schelte klinkt nogal Gronings voor hartje Limburg.'

'Hij is uit Groningen, vroeger dan, hè. Ik ben Dinie, dat komt volgens mij nergens vandaan. Wilt u binnenkomen?'

In Limburg bestaan nog ouderwetse vrede en vertrouwen,

waardoor een vrouw een vreemde durft te laten weten dat ze alleen thuis is en dat hij binnen mag komen.

'Misschien zijn we gauw klaar.' Ik stak m'n Meulendijkkaart weg en glimlachte terug. 'De dame die ik zoek heet Gloria Spruyt, ze moet hier vroeger gewoond hebben.'

'Nou, die naam heb ik nooit gehoord,' zei Dini. '*Gloria?* Daar hoort *In Excelsis Deo* bij.' Ze had nauwelijks naar mijn kaart gekeken. 'Wij wonen hier al tien jaar, we kwamen uit Arnhem, maar Schelte kreeg hier een betere baan.'

'Weet u wie de vorige bewoners waren?'

'Natuurlijk, dat was een meneer Maas. Wij hebben het van hem gekocht. Frederik Maas. Maar die woonde hier alleen, dat kon je wel merken ook.' Ze haalde haar neus op. 'Ik bedoel aan het huis. Een man alleen is niks.' Ze keek me vorsend aan. 'Toch?'

Ik wilde haar glimlach niet bederven. 'Weet u waar meneer Maas naartoe is verhuisd?'

'Ik geloof Rotterdam, maar we hebben geen adres en geen contact. Dat is normaal, denk ik. Je koopt iemand z'n huis en dan is het klaar, je tekent voor de zichtbare en de onzichtbare gebreken, er valt niks te verhalen dus wat moet je nog voor contact? Bovendien...' Dinie zweeg en fronste, alsof ze zichzelf berispte.

'Bovendien?' vroeg ik.

'Het maakt niet uit. Ik vond het niet zo'n aardige man, dat is alles, ook al moesten we Freddie tegen hem zeggen.'

Ik was doorkneed geraakt in het vertonen van begrip en medeleven. 'Had hij hier lang gewoond?'

'Dat weet ik niet.' Ze trok weer met haar neus. 'Zo te zien lang genoeg.'

Erger dan de boerderij van Jozef kon het moeilijk zijn. 'Heeft u hier ooit de naam Esperanza gehoord?'

'Esperanza? Nee, dat zou ik me herinneren, zo'n aparte naam, het klinkt meer als iets voor Andalusië?'

'Misschien mensen uit de buurt?'

'Dat weet ik niet, ik ken iedereen in de straat maar ik heb de naam nooit horen noemen. Is het van lang geleden?'

'Dat kan. De notaris zal wel een adres van Maas hebben. Was dat iemand uit de buurt?'

'Ja, natuurlijk. Notaris Blaauw, met twee a's, hier in Arcen. Zal ik zijn adres voor u opzoeken?'

Ik schudde mijn hoofd. 'Niet nodig, mevrouw. Ik vind hem wel. Blaauw met twee a's. Ik dank u zeer en wens u de prettigste van alle middagen toe.'

Ze glimlachte weer. 'De meeste van mijn middagen zijn erg gewoon. De kinderen komen uit school, ik draai de verwarming aan en ga eten koken en zet de pantoffels voor Schelte klaar.' Haar ogen twinkelden van spot.

'Soms denk ik dat die dingen het paradijs zijn,' zei ik.

'Arme man.' Dinie giechelde.

'Harry,' zei ik, toen zijn klerk of wat ook me doorverbond.

'Max. Schiet het op?'

'Een woud van interessante complicaties. Je kunt iets voor me doen in de sfeer van notarissen onder mekaar.'

Brakveld grinnikte. 'Zeg het maar.'

Ik hoorde een soort echo. 'Zit er iemand anders op deze lijn?'

'Dat denk ik niet,' zei Harry.

'Het adres van Gloria Spruyt in Arcen was destijds eigendom van een Frederik Maas. Hij verkocht het tien jaar geleden aan een echtpaar Schelte de Zwaan.'

'Is dat een dubbele naam?'

'Schelte is een Groningse voornaam, de vrouw heet Dinie. De akte werd gepasseerd bij notaris Blaauw, twee a's, in Arcen. Ik heb het nieuwe adres van Maas nodig, dat is misschien in Rotterdam, maar het staat misschien in die akte of anders op afrekeningen. Jij kunt het waarschijnlijk met een enkel te-

lefoontje achterhalen, notarissen onder mekaar?'

Een lachje. 'De Zwaan, transactie Maas. Oké.'

'Bij voorbaat.'

Ik wachtte tot hij ophing. Misschien was het suizend ruimteafval tussen de satellieten, gevolgd door de ingesprektoon.

De loodsen zagen er degelijk uit, en tamelijk lelijk. Het groen eromheen hielp, maar er waren hoe dan ook geen wonderen van architectuur nodig voor het stallen van caravans en jachten, zolang de daken waterdicht waren. Box drie. Ik zag geen boxen, maar het leek een groot terrein. Ik zag niemand, ook niet achter het raam van een aangebouwd kantoortje. Ik trok flink aan de smeedijzeren trekstang naast de groene voordeur van het woonhuis.

De vrouw leek even oud als Dinie de Zwaan, maar deze had rood haar en een gespierd boerenlijf. 'Goeiemiddag?'

Ik dacht je weet maar nooit. 'Esperanza Smeets?'

'Is dat een grap?'

'Ik zoek iemand die Esperanza heet.'

'Niet in mijn familie.' De deur begon dicht te gaan.

Ik hield hem beschaafd tegen en stak m'n andere hand in m'n binnenzak. 'Mijn naam is Max Winter. Ik denk dat ik meneer Smeets moet hebben.'

'Wilt u een caravan stallen?'

'Nee, dank u.'

'Waar is het dan voor?'

Ik wuifde met Meulendijk. 'Dat leg ik net zo lief direct aan uw man uit, of is hij met vakantie naar Griekenland?'

Men probeert leuk te zijn of het ijs te breken, zoals bij Dinie de Zwaan, maar in deze groene ogen viel alles dood. 'Ik heb geen man,' zei ze. 'Mijn vader is hier de baas.'

De groene ogen pasten beter bij het rode haar dan bij het norse gezicht, dat geschikt leek om mannen op afstand te houden. Ze had een dunne, rossige snor. Het was geen prakti-

sche gedachte, maar ik was blij dat ze Esperanza niet was. 'Is uw vader thuis?'

'Ja.' Het leek even of ze weer zou gaan vragen waar het voor was, maar ze bedacht zich en knikte. 'Ik zal kijken.'

Ze liet me niet binnen. Ze deed de deur dicht en ik wachtte. Het was guur. Oktober. Voor je het wist, was het weer winter, al stelde dat steeds minder voor sinds de onheilsberichten van Al Gore. Men kan blijven hopen dat men ooit nog de elfstedentocht zal doen, maar dat wordt even irreëel als de plannen van veel nostalgische oudere heren om voor hun dood nog een keer met stok en rugzak door half Europa naar Jacob van Compostella te marcheren.

De deur ging weer open. Smeets trok aan een gebreide blauwe trui en zag eruit alsof hij uit zijn ochtendslaapje was gehaald. 'Ja, goeiemiddag,' zei hij. 'Wat is er met de belastingen?'

'Heeft u belastingproblemen?'

'U niet dan?'

Het was niet leuk bedoeld, gewoon kortaf en snauwerig, net als zijn dochter. De vader had blauwe ogen en tarweblond haar, een verweerde man met paarse drankdraadjes in de neus. Het rood en groen moest van de moeder komen of van een Ierse balladezanger.

Ik had de kaart nog in de hand en hield hem omhoog. 'Ik kom namens officier van justitie Meulendijk, in verband met een box die u aan Jozef Weerman heeft verhuurd. Nummer drie?'

'Ik krijg wel genoeg van die box.' Smeets fronste naar de kaart, te kippig of geïrriteerd om het 'ex' op te merken, dat bovendien in de kleinst mogelijke letter voor het vetgedrukte 'officier van justitie' vermeld stond.

Ik stak de kaart weg. 'Wat zijn de problemen?'

'Die man is overleden, nietwaar?'

'Krijgt u nog huur of zo?'

'Ik snap niet wat justitie ermee te maken heeft.'

Ik knikte. 'Misschien kunt u me die box eerst laten zien.'

'Ja, als ik een sleutel had.'

'Hoor eens, meneer Smeets. Ik heb diverse vragen en u zult me een paar dingen moeten uitleggen. Als we de complete conversatie aan de voordeur doen, krijg ik een akelige oktobergriep en u de doktersrekening van de officier van justitie.'

Smeets zuchtte en scharrelde trekkend met zijn heup voor me uit naar z'n aanbouw. Hij had een sleutel in z'n broekzak voor de deur. Het kantoor was van het soort dat je op elke autosloperij aantreft, behalve dat hier de kalendergirls hun bikiniborsten uit deuren en ramen van diverse caravans staken. Smeets draaide zijn heup rond een kaalgesleten bureau en viel in zijn stoel.

Ik deed de deur dicht. 'Veel last van die heup?'

'Die is pas geopereerd.'

'We zullen proberen het niet erger te maken. Hoorde ik goed dat u geen sleutel van die box heeft?'

'Die hebben die jongens meegenomen.'

Ik nam een van z'n oude tuinstoelen. 'Welke jongens?'

'De zoons? Twee broers.'

Merde, dacht ik. Het zal niet waar zijn. 'Weet u dat zeker?'

'Hoe bedoel je weet u dat zeker? Ik heb de een z'n rijbewijs gecontroleerd, iedereen kan met een lulsmoes in een gratis auto wegrijden. Hij heet Thomas Maria Jozef Weerman. De andere was een beetje zo'n papzak.'

'Wanneer was dat?'

'Een paar weken geleden.'

Ik was blij dat ik m'n ergernis kon verbergen onder bezigheden met m'n ritstas. Officieel vertoon kan bovendien nooit kwaad. Ik installeerde hem op m'n knieën, nam er met zorg een map uit en legde die erop. Ik trok mijn balpen, zoals een verkeersagent zijn bonnenboekje. 'Volgens onze informatie was er niemand op de hoogte van die box, behalve de huurder.'

'Dat zal best. Hij was achter met de huur en ik kreeg geen gehoor bij hem thuis, ik zag een andere Weerman in het boek, dus die heb ik maar gebeld. Dat was de zoon. Ik geloof dat ze hun vader net hadden begraven.'

'Wist de zoon van de box?'

'Geen idee. Hij zei dat hij meteen zou komen om het in orde te maken. Een uur later was-ie hier, met z'n broer dus.' Zijn hoofd bewoog naar de rechthoek met sleutels achter hem. 'Ze hebben de huur betaald tot eind van het jaar, en ik heb ze mijn reservesleutel gegeven. Ze zeiden dat ze die van hun vader niet konden vinden.'

Vervelende leugenaars. Ik zou hoogstens de auto vinden. Ik opende mijn map.

'Weerman had die box gehuurd sinds...'

'Minstens achttien jaar,' zei Smeets.

'Kwam hij de auto dikwijls ophalen?'

'Nou, daar letten we eigenlijk niet op, dat is privé, maar ik denk niet vaak. Als ik hem zag was het meestal tegen het eind van de maand.'

De enveloppen die er voor de twintigste moesten zijn. Ik had een doos met steeds meer losse puzzelstukjes, waar ik weinig aan had omdat iemand zorgvuldig de afbeelding van het deksel had gekrabd. Ik was gewend aan losse stukjes, niks nieuws, daar begint alles mee, maar hier leken ze zo totaal verschillend dat ze evengoed van verschillende van de tafel gevallen en haastig bij elkaar geveegde puzzels afkomstig konden zijn. 'Heeft u hem nooit eerder moeten bellen wegens achterstallige huur of zo?'

'Nooit. Hij betaalde altijd een halfjaar vooruit.'

'Stuurde u post naar z'n huisadres? Rekeningen?'

'Niks. Dat was zo afgesproken, de klant is koning, maar ik had z'n adres, daarom kon ik zijn nummer in het boek vinden.'

Dat was geluk hebben. Ik keek zwijgend naar hem.

'Wat ik zeg, ik zag hem hoogstens eens per maand,' zei hij. 'We regelden alles hier, ook de huur.'

'U bedoelt cash?'

Zijn ogen reageerden schichtig. 'Nou ja.'

Die jongens wisten niks van die box, ze hadden het even handig gespeeld als ikzelf zou doen. Ik schreef in mijn map, om de druk op de ketel te houden. 'Laat u al uw klanten cash betalen?'

'Nee, natuurlijk niet, dat was op zijn speciale verzoek, hij wilde dat speciaal.' Zijn ogen dwaalden. 'Maar ik hou alles netjes bij.'

'Voor de belastingen.'

Smeets mompelde iets.

'Wat wilde hij nog meer?'

'Mijn vrouw waste z'n overhemden.'

'En de post?'

'Welke post?'

'Er kwam toch elke maand post voor hem? J.G. Weerman, per adres Smeets Winterstallingen?'

'O, dát? Een kleine extra service, we leggen die envelop netjes voor hem in z'n box.'

'Dan moet de laatste daar zeker nog liggen?'

'Welke laatste?'

Ik speelde geduld. 'Ze werden elke vijftiende van de maand verstuurd. Vijftien september was hij dood, u belde toch pakweg de twintigste over de huur? Hoe dan ook, ik kom daar net vandaan, ze hebben die envelop verstuurd.'

'Tja,' zei hij. 'Wat zal ik zeggen, meestal leggen we ze gewoon voor hem in de box.'

'U bedoelt dat de zoons hem hebben?'

Hij trok met zijn schouders en met z'n gezicht.

Ik sloot en opende mijn map en keek erin. 'De envelop is niet zo'n probleem,' zei ik. 'Maar er zit altijd anderhalfduizend euro in, cash.'

'Oh?'

'Het is maar een theorie,' zei ik. 'Of eigenlijk twee. De eerste is dat de verhuurder de envelop netjes in de box legt en dat de zoons hem vinden en denken laten we die maar meenemen voordat iemand anders hier vijftienhonderd euro ziet rondslingeren. Dat zou kunnen. De tweede theorie is dat de verhuurder de envelop ook netjes in de garage legt, maar dan komt Jozef niet op z'n gewone tijd opdagen. De verhuurder denkt de twintigste weet je wat, ik ga de huur opvragen en hij krijgt de zoon en hij hoort dat de klant dood is. Elke andere intelligente Limburger met winterstallingen zou dan toch al gauw denken: ik haal die envelop even uit die garage, dan kan ik daar mezelf vast de huur van betalen, plus de vergoeding voor het verdriet en de emotionele schade.'

Smeets zei niks.

Ik maakte een loze aantekening en deed m'n map dicht, en stopte hem terug in de tas. 'Ik zie die zoons morgen toch, vraag ik meteen even naar die envelop, dan kunnen we de eerste theorie vast elimineren.'

Ik zette mijn tas rechtop en glimlachte vriendelijk naar hem.

Smeets mompelde een luider soort verwensing en rukte een la open. Hij nam er een bruine kwarto-envelop uit en veegde die met een zucht in mijn richting. De envelop was netjes opengesneden, met de briefopener die ik tussen de pennen in een koker op z'n bureau zag staan. Ik schudde een bedenkelijk hoofd naar hem en zuchtte terug. 'Jongens, jongens, die postwetten.'

Het was een keurige zakenenvelop, met Norbert & Claus erop. Ik hield hem open. Een briefje en bankbiljetten. Ik nam ze er niet uit om ze te tellen, je moet érgens ophouden. Smeets zei niks, hij zat een beetje te zweten. Ik bedacht ook dat elke linkmiegel met een nepkaart hier met een envelop vol euro's kon wegwandelen.

'Dat is tenminste alvast opgelost. Dat is altijd beter, met ook al die cash huur.' Ik stopte de envelop in m'n tas. 'Andere vraag: heeft u ooit van Esperanza Spruyt gehoord?'

'Wie?' Zijn ogen dropen van de gluiperigheid maar ik kon er onderhand mee lezen en schrijven, en deze verbazing was echt.

'Esperanza.'

Hij schudde zijn hoofd. 'Nooit van gehoord.'

De zoons hadden kennelijk ook niet naar Esperanza gevraagd, hetgeen betekende dat ze hier waren geweest vóór de lezing van het testament. Ik ritste m'n tas dicht. 'Oké, dan bekijk ik nog even die garage en dan zijn we klaar.'

Hij bleef zitten. 'Die jongens hebben mijn sleutel.'

'Dan nemen we een breekijzer. Ik kan ook even bellen, dan komen er een paar heren van de officiele huiszoekingen met de gemeentesleutel. Weet u wat dat is?'

Hij schudde zijn hoofd. Het was geen echt verzet, hij had de pest in over z'n anderhalfduizend euro en wilde gewoon dwarsliggen.

Ik stond op. 'Zo noemen we hem in Amsterdam, hij past op elk slot,' zei ik. 'Het is een soort stormram, van het genre de beuk erin, het moet met twee man. Het geeft schade, maar die kun je altijd proberen te verhalen op het ministerie van Justitie.' Ik glimlachte en knikte en draaide me naar de deur.

'Wacht even,' zei hij. 'Ik zeg alleen dat die jongens m'n sleutel hebben, niet dat ik er niet ín kan.' Hij stond op, z'n heup stijf en pijnlijk van het zitten, draaide zich naar het bord en haakte er een sleutel af. 'Dit is nummer acht,' zei hij. 'Ik heb toevallig een keer ontdekt dat die ook op nummer drie past.'

Toevallig.

Ik stak de sleutel in m'n zak en zei: 'Ik ben blij dat we al deze kleinigheden hebben opgelost en als vrienden uit elkaar kunnen gaan.'

Het idee van vriendschap wond hem niet erg op. 'Moet ik mee?'

'Liever niet. Ik stop de sleutel wel in de brievenbus.'

Hij legde uit waar ik de boxen kon vinden, en ik drukte zijn klamme hand en reed erheen.

De sleutel paste prima op het slot van nummer drie. Achter de deuren stond een oude Peugeot, in opmerkelijk goede conditie, wat niet verbazend was gezien de kilometerstand. De bekleding leek hier en daar vagelijk verkleurd, van ouderdom of omdat Jozef de auto ooit had schoongespoten met de portieren nog open. Een matras, slaapzak, kussens. Een mapje met autopapieren op naam van J.G. Weerman in Arcen. Geen andere papieren. Twee nette pakken en gestreken overhemden in de kast, voor het tweede leven van de zonderlinge kluizenaar. Ik doorzocht de zakken en nam de overhemden van de plank. Eens per maand ergens heen, niet ver hiervandaan, met anderhalfduizend euro op zak. Ik kon van alles verzinnen, maar de broers hadden vrijwel zeker alles meegenomen wat er over Weermans tweede leven te vinden viel. De kleinigheid die ze hadden gemist was mij ook bijna ontgaan.

Het zat in de borstzak van het tweede hemd, een keurig gestreken en gevouwen exemplaar met een ragdun paars streepje. Ik voelde het alleen maar omdat ik er m'n hand overheen streek, een kleine verdikking, alsof er een dubbele zoom zat. Het kaartje moest meermalen zijn meegeweest in de wasmachine en verhit onder de strijkbout, het viel zowat uit elkaar, het papier was kruimelig en de tekst verbleekt; ik kon de woorden *Southern Ladies* ontcijferen, omdat die het dikst gedrukt waren geweest. Iemand had een naam en een telefoonnummer op de achterkant gekrabbeld, maar het enige wat ik nog uit de verbleekte ballpointsporen kon opmaken waren een vier en een zeven in een reeks cijfers, een telefoonnummer waarschijnlijk, en de hoofdletter A die ervoor stond.

Een van de Southern Ladies, misschien.

Ik gebruikte mijn laptop om de Ladies te vinden. Een club aan de rand van het nationale park de Grote Peel leek, gezien de afstand en de kilometerstand van Weermans auto, beslist in aanmerking te komen. Ik nam de provinciale weg terug naar het zuiden, stak voor Venlo de Maas over, volgde een stukje snelweg naar Blerick, nam de oude weg richting Nederweert en sloeg halverwege rechts af. De hemel klaarde op en de zon scheen weer, de grillen van oktober. Ik verdwaalde op smalle wegen tussen bossen en weilanden en stopte bij een man in een geel pak aan de voet van een hoogwerker, waarop zijn collega druk was met het snoeien van Limburgse berm-eiken. De man wist waar het Katshuis lag, hij keek een beetje eigenaardig maar onthield zich van grappig commentaar.

De club was niet te zien vanaf de weg. Ik reed door openstaande smeedijzeren hekken en volgde een verharde oprit door een hectare bos. Het hoekige gebouw aan de andere kant van een vijver met zwanen en waterlelies had de allure van een klein kasteel. Er waren bijgebouwen en auto's in een open garage; op de parkeerplaats stonden er maar drie. De mijne werd nummer vier en ik belde aan de poort.

Een elegant langbenige blonde dame opende de deur. 'U bent vroeg,' zei ze. 'Komt u binnen. Bent u hier eerder geweest?'

'Nee.' Ik passeerde haar en tastte in m'n zak.

'Ik kan u vast de regels uitleggen. De dames zijn er nog niet, maar u kunt vast iets drinken...'

Ik had me omgedraaid op de rode plavuizen en stond met mijn kaart in de hand. 'Ik wil alleen even met de directie of de manager spreken. Mijn naam is Max Winter.'

De dame fronste naar mijn kaart, keek op en glimlachte. 'Zijn we in moeilijkheden?'

'Niet als het aan mij ligt. Het gaat om informatie. Bent u de manager?'

'Een ervan.' Ze stak haar hand uit. 'Ik ben Erika. We kunnen naar de bar gaan, dat praat makkelijker dan in de hal.'

Ze liep voor me uit, twee hoofden groter dan het gehelmde ijzeren harnas van een middeleeuwer naast een brede trap. Ze opende een deur en bracht me in een ruimte die waarschijnlijk de hele begane grond van het Katshuis besloeg. Rechts was een intiem verlichte collectie banken en fauteuils, potpalmen en luxueuze stoffering, plus een grote halfronde bar met fluweelbeklede krukken onder een verlaagd plafond. Ik zag geen ramen, wel zware gordijnen. Het opvallendst was het door tegelstroken omgeven zwembad in de linkerhelft, met ligstoelen en blauwe schommelbanken aan de kop. Erika vroeg wat ik wilde drinken.

'Een tonic,' zei ik. 'Wie heeft de naam Katshuis bedacht?'

Ze lachte. 'Zo heette het al, geloof het of niet. Het is gebouwd door de overgrootvader van de laatste eigenaar, Willibrord Kats. Dat was de balzaal.' Ze knikte naar het zwembad. Achter een openstaande deur in de linkerzijwand hoorde ik vrouwenstemmen en gelach, ik kon niet zien wat daar was. 'Ik kan thee voor u maken,' zei Erika.

Ik schudde mijn hoofd. 'Ik ben zo weer weg. U runt een mooie club.'

'Bram heeft een hekel aan vulgair,' zei ze. 'Hij wil niet dat het er te rijk uitziet, of als een eh… bordeel. We zijn bescheiden.'

De club had iets van een ouderwetse herensociëteit, behalve de fluwelen barkrukken en het zwembad dan. 'Is Bram de eigenaar?'

'Mede-eigenaar en de andere manager.' Ze schonk een perrier voor me in een glas. Zelf nam ze niets. 'Ik wil ook niet te veel van úw tijd nemen.'

'Werkt hier een meisje dat Esperanza heet, of die naam gebruikt?'

Ze fronste haar voorhoofd. 'Mag ik vragen waarom u dat wilt weten?'

Ik hoorde geen ontkenning. 'Het is in verband met een testament.'

Ze begon zachtjes te lachen. 'Nou, dat is al de tweede.'

'De tweede?'

Mijn verwarring maakte haar aan het giechelen. 'Legaten aan onze meisjes, het begint op een leuke trend te lijken. Vorig jaar was er één, dit jaar dus al twéé. Onze gasten zijn kennelijk tevreden. De eerste was Blanche, ze kreeg tienduizend euro.'

Ik herademde. 'Nederland wordt rijk.'

'Misschien. We hebben veel vaste bezoekers, sommigen komen voor een speciaal meisje, dat wordt soms een soort eh... relatie. Maar van Chiquita zou het me nogal verbazen, ze is hier...'

'Chiquita?'

'Haar keus. Esperanza is geen naam voor dit beroep. Ze is nog intern, zolang ze geen eigen flat heeft gevonden.'

Erika ging al voor me uit langs het zwembad en bleef bij de open deur in de zijwand staan. 'Een ogenblik.' Ze stapte naar buiten. '*Chiquita? You have a moment?*'

Ik zag een vijftal Southern Ladies in witte stoelen rond een barbecue, een zonnig tafereel in een kleine, ommuurde tuin. Een van de dames stond op en kwam traag naar ons toe. Ze was donker en nogal mollig.

'*Esperanza, this is mister Winter, he has some questions, but nothing to worry about.*'

'*Hello.*' Het meisje bleef staan. Ze droeg vrijetijdskleding, net als de anderen; een ruime bruine trui die tot halverwege haar knieën reikte en een roze broek, over een paar uur gingen de korte rokjes en de sexy bloesjes aan. Ze gaf me een weke hand. '*Is this about my family?*'

'*Something else. You speak Dutch?*'

Ze giechelde. '*I know a few words.*'

Ik zag Weerman geen Engelse conversaties voeren, maar het indolente type zou hem misschien aantrekken. '*What's your last name?*'

'Zarango. *I'm from Argentina. Do I need to get my passport?*'

'*Did you ever live in Arcen?*'

Het meisje keek naar Erika. '*Aarssen? Is that a joke?*'

Geen grap, een dood spoor. Ik trok de briefkaartfoto uit mijn zak. '*Do you know this man?*'

Het meisje fronste naar de foto. '*I've seen him.*' Ze keek weer naar Erika. '*Angela's friend?*'

Erika nam de foto uit mijn hand. 'Dat is Jos,' zei ze. 'Hij is een vaste bezoeker, maar ik heb hem al een paar maanden niet meer gezien. Heeft u Chiquita nog nodig?'

Ik knikte naar de Argentijnse. '*Sorry. That's all, thank you.*'

Het meisje keek opgelucht. '*You're welcome, any time.*' Ze giechelde en keerde terug naar haar collega's.

'Dat leek me al onwaarschijnlijk,' zei Erika op wrevelige toon. 'Chiquita is hier pas een halfjaar, zo uit Argentinië. Meneer Jos komt hier sinds ik weet niet hoe lang, speciaal voor Angela. Maar die is er alleen 's avonds.'

'Is dat een vaste avond?'

'Altijd op donderdag, eens per maand.'

Ze liep wrevelig voor me uit langs het zwembad, maar bleef halverwege de bar staan. 'Jos is dus dood?'

'Verongelukt.'

'Ach.' Haar irritatie verdween. 'Dat zal Angela akelig vinden, ze mocht hem graag, en andersom.' Ze trok een wenkbrauw op. 'Dat testament is dus van Jos?'

'Ja. Maar ik zoek een andere Esperanza.'

Erika knikte. 'Dat begrijp ik. Niettemin had hij beter iets leuks aan Angela kunnen nalaten. Angela is een schat, maar ze verdient steeds minder.'

'Hoe dat zo?'

'Wat denkt u? Ze is zesenveertig,' zei Erika. 'Ze doet haar best, maar de meeste mannen houden van jong en mooi.'

9

'ANNIE, DE KLANTEN PROBEREN HET OMDAT JE EEN MOOIE jonge meid bent,' zei Menno. 'Daar kunnen kerels niks aan doen en het is bovendien goed voor de zaak. Je lijkt op die filmster, weet je dat? Hoe heet ze.'

'Die met de snor,' zei ze. 'Ga nou maar, ik sluit af.'

'Hoogstens een opwindend beetje schaduw op de bovenlip. Zal ik die heren nog even de wacht aanzeggen?'

Ze grinnikte. Drie late zeilers bij het raam, onschuldige grapjes, ze wilden weten waar ze woonde. 'Ik kan ze wel aan. Moet ik champagne brengen?'

Menno schudde zijn hoofd. 'Suzy is in Antwerpen, ik ga braaf naar huis.'

Nog een verkeerd huwelijk, dacht ze, of minstens dodelijk saai. Dat had problemen kunnen geven, maar Menno Faber hield zijn handen thuis. Hij deed een of twee avonden per week zogenaamd late dienst plus de boekhouding of de inventaris, maar wel met zijn vriendin Suzy op zijn motorjacht met tweepersoonsbed, aan de steiger pal tegenover het café. Irma had hem bovendien de wacht aangezegd. Geen gedonder in het vooronder met de nieuwe hulp. Menno was net zo'n goedzak als Rik.

Ze was haar oude baas eeuwig dankbaar dat hij haar naar Irma had gestuurd. Irma runde een leuk hotel, en ze wist van gestrande huwelijken. Ze kon luisteren en ze had hersens. Nog geen week nadat ze in het holst van de nacht bij haar aanklopte had ze haar een baan bezorgd in Menno's watersportcafé, plus een tijdelijk eigen huis, schuin tegenover het hotel. Irma was bevriend met de eigenaars in Londen, die het te koop gingen zetten omdat ze er zelden meer kwamen. De enige die haar kon komen lastigvallen was de makelaar uit Goes.

Kortgene was voor zover ze wist nergens beroemd om, maar het was een levendige plaats en ze voelde zich er direct thuis. Ze genoot van het ruime Zeeuwse land met z'n oude stadjes en overal de zee, ze was al met Irma naar de Deltawerken geweest. Ze voelde zich veilig; ze kon die ene pijn vergeten en de andere was praktisch weg. Irma had haar naar de dokter gebracht, de rib was niet gebroken, alleen gekneusd. Ze had er last van als ze hard moest lachen, wat met Irma in de buurt niet altijd te vermijden was.

Ze droeg haar blad naar de keuken achter de bar en zette de glazen in de machine. Het was een modern café, met witte stoelen, blauw neon bij de toiletten, rode wanden en glas aan de kant van de haven. Achter het glas was een strook gras en een breed tegelpad langs het water en de steigers. De grootste toeristendrukte was ongeveer afgelopen, behalve in de weekenden. In het seizoen had Menno meer mensen in dienst, 's winters deed hij het café een paar maanden op slot. In herfst en voorjaar runde hij de zaak met Dinie, een aardige vrouw uit Wissenkerke, die blij was dat ze haar werktijden kon halveren.

'We gaan sluiten,' zei ze.

Ze kwamen naar de bar om af te rekenen. De oudste gaf haar twintig euro. 'Laat maar zitten,' zei hij. 'Het is toch Annie?'

'We hebben een mooie cognac op de boot,' zei de blonde met de haviksneus. 'Kom nog een glaasje met ons drinken?'

'Dank je voor het lieve aanbod,' zei ze.

De andere grinnikte. 'Haar man heeft de zwarte band.'

Ze dacht aan Pieter. 'Dag jongens,' zei ze.

Ze zag ze langs de haven gaan naar een steiger verderop. Ze bleef bij het raam staan totdat ze tussen de boten in het donker verdwenen. Soms bracht het donker die onzekerheid terug, de paranoia.

Ze poetste de kookplaten en ruimde op, schakelde de vaatwasser in. Ze checkte de toiletten en de zijdeur, deed de laatste ronde, sloot de computer en de kassa. Ze trok haar jack aan en klikte de hoofdverlichting uit. Ze sloot de deur met een van de twee sleutels aan een ring, de andere was van het veilige huis hier, ze had die van het verkeerde huis dáár eraf gehaald en in het dashboardkastje van haar auto gestopt.

Ze wandelde door het donker, via de Havenweg en tussen de lage flats in de Spuikom door en de dijk over. Ze had haar auto en ze kon een fiets van Irma lenen, maar ze ging altijd te voet, met een paraplu als het regende. Ze was nooit bang geweest in het donker, en ze was niet van plan om dat te worden.

De straat was stil, een paar geparkeerde auto's langs het trottoir en op de stoep voor het hotel, daar brandde licht. Ze had haar hand in haar zak en op de sleutelring en koos op de tast de sleutel van het huis. Er was genoeg licht om het slot te kunnen vinden. Toen ze de sleutel er weer uit trok en de deur open duwde, hoorde ze voetstappen. Ze stapte zonder om te kijken snel de kleine hal in, drukte op de knop van het licht en wilde de deur sluiten. Iemand duwde er met zoveel kracht tegen dat ze hem moest loslaten en achteruit wankelde.

Ze graaide naar de kapstok om op de been te blijven. Ze dacht aan de zeilers, maar dit was er maar één. Ze wilde gillen. De angst kneep haar keel dicht en toen was hij binnen en sloot de deur.

Ze stond als verlamd. 'Ga weg,' zei ze.

'Welkom lieve echtgenoot.'

Hij was in burger, hij droeg zijn bruine regenjas en de dunne leren handschoenen die ze hem voor zijn verjaardag had gegeven.

'Ik roep de politie.' Haar stem trilde.

'En die gaat mij arresteren omdat ik mijn vrouw opzoek?' Zijn grinnik klonk verkeerd. 'Arme schat. Moederziel alleen naar de bioscoop geweest? Was het een leuke film? Je hebt me vreselijk gemist.'

'Geen seconde,' zei ze.

Pieter kwam naar haar toe, tot veel te dichtbij, ze rook whisky. 'Je hebt een goeie beurt nodig.'

Ze wist niet wat ze moest doen. Naar de keuken rennen, een mes pakken, maar voordat ze een vin kon verroeren had hij haar beet en trok haar hard tegen zich aan. 'Ze dacht dat ik haar niet zou vinden.'

Ze werd bang. 'Wacht Pieter, ik had je heus wel gebeld, ik wou alleen even tijd...'

Zijn gezicht werd lelijk, in één abrupte seconde. 'Ik sta voor lul bij die korporaal met z'n stomme grijns, woont je vrouwtje nou in Kortgene? Wat moet ik zeggen?' Hij duwde haar hard tegen de kapstok, greep met één hand haar keel en rukte met de andere haar jack open. 'Takkewijf.'

Ze schopte en probeerde haar knie in zijn kruis te krijgen, maar Pieter knipmeste achteruit en sloeg haar in het gezicht. Ze tolde de hal uit en tegen de trapleuning aan en begon te gillen. Pieter sloeg zijn hand over haar mond, reikte onder zijn jas, ze hoorde een klik en toen voelde ze de punt van zijn mes in haar keel. 'Geen kik.'

Ze staarde naar zijn ogen, haar neus in het leer van de handschoen. Hij zweette.

'Ik snij je aan gort en ben weg, geen mens heeft me gezien. Als ik jou was zou ik die scheiding vergeten, ik ben liever we-

duwnaar.' Zijn mond kwam op haar oor. 'Hoort Annie mij?'

Ze knikte.

'Is Annie van mij?'

Ze knikte weer, haar keel zat dicht. 'Alsjeblieft.'

'Ja, sergeant.' Pieter liet haar los. 'Laat maar es kijken.' Ze zoog adem binnen. Hij wierp zijn regenjas af en dreef haar voor zich uit door de gang. Ze stiet de deur open en wilde de kamer in hollen, naar de telefoon, maar Pieter stak een voet uit en ze sloeg voorover tegen de vloer.

Het licht ging aan. 'Heel knus.' Pieter zakte schrijlings op haar billen, een knie aan elke kant, hij rukte haar armen naar achteren en trok haar jack uit, gooide het opzij. 'We doen de talibanse geitenneuker.' Hij begon zijn broek los te maken, verhief zich een stukje om bij de zoom van haar korte rok te kunnen en haar billen te kneden.

'Pieter, hou op!' Iets van zijn gewicht was van haar af en ze kon haar handen onder haar schouders krijgen. Haar hersens werkten, ze wist niet waar het mes was en ze begreep de handschoenen niet, maar ze rekende erop, dwong zichzelf om te denken dat hij haar alleen wilde verkrachten en kwellen, niet vermoorden. Zo gek kon hij niet zijn, terwijl ze op hetzelfde moment bedacht dat ze nergens op kon rekenen, niet wat Pieter betrof, niet meer. Hij trok aan haar rok en ze besloot dat ze genoeg had van de pijn en niet verkracht wilde worden, en dat ze alle wijze raadgevingen om zich niet te verzetten ging negeren. Ze drukte haar handen plat op de vloer en wierp zich met al haar kracht omhoog.

Pieter tuimelde naar achteren, zijn vuist sloeg tegen de lage tafel. Ze worstelde haar voeten onder hem uit en kroop op handen en knieën bij hem vandaan, naar de bank en het bijzettafeltje achter het andere eind.

Hij was in twee seconden overeind en stond er idioot bij, zwetend, zijn broek los en z'n witte overhemd eruit, maar ze werd bang van zijn ogen, de kat en de muis, en de bijtende

spot: 'Is Annie al bij een advocaat geweest?'

Ze trok zich op aan de bank. We zijn mensen, dacht ze, en ze zei: 'We kunnen toch praten?' en ze probeerde over de bank naar de leuning aan de raamkant te kruipen. De gordijnen waren open, maar achter het zwarte glas was niets dat haar kon helpen, alleen de schutting en een beetje licht van de dijk in de kleine tuin.

Pieter greep haar beet en drukte haar omlaag. 'Wat je mag doen is je bek houden. Kom hier.'

Ze spartelde tegen en klauwde zich over de bank. Pieter vloekte, scheurde haar rok aan flarden en zette een knie tussen haar benen. Hij dwong haar dijen uit elkaar, haar linkervoet sloeg opzij en op de vloer. Hij gromde en kwijlde en rukte haar slipje kapot, het voelde alsof ze in tweeën werd gesneden, maar ze had haar voet op de vloer en ze zette zich af, kreeg haar kin op de armleuning en haar arm eroverheen. Haar hand vond de telefoon. Ze schreeuwde om het geluid te overstemmen en wipte hem van de basis, hield hem vast en drukte blindelings op de ring van het menu, Irma was nummer één, de beltoets zat er pal naast.

Ze trok haar hand terug op de leuning en wierp hoofd en schouders omhoog zodat hij de telefoon niet zou zien, maar Pieter lette hoe dan ook nergens op. Hij greep haar heupen en trok haar billen omhoog en toen begon ze te schreeuwen. 'Pieter! Pieter! Laat me los! Niet doen! Help!'

Irma stond haar boeken bij te werken, Govert was haar laatste klant, een vertegenwoordiger die geregeld in haar hotel logeerde en meestal een afzakkertje aan de bar kwam halen voordat hij naar zijn kamer verdween. Hij zeurde een beetje over dat alles duurder werd vanwege de olieprijzen en dat de mensen steeds minder van zijn prachtige namaak-antieke meubels kochten. Ze bleef de vriendelijke gastvrouw maar ze was dankbaar dat de telefoon ging.

Ze hoorde Annie gillen. Ze wist wie Pieter was. Ze legde neer, was in twee stappen bij het brandweeralarm aan de wand naast de bar en sloeg het glas stuk. 'Govert, kom mee!' Ze griste een sleutel van het bord. 'M'n vriendin zit in de knoei.'

De vertegenwoordiger keek met halfopen mond naar haar en verroerde zich niet. Ze reikte onder de bar en holde eromheen, trok hem van z'n kruk. 'Hier, pak aan!'

Hij liet de honkbalknuppel zowat vallen. 'Ik eh... kun je niet beter de politie bellen?'

'Dat duurt te lang, de brandweer zit hier vlakbij, aan de andere kant van de dijk. Schiet op!'

Govert volgde haar onzeker naar buiten en de straat over. Hij zag geen levende ziel, het was na middernacht, Zeeland sliep. Irma hield stil voor een deur en stak haar sleutel in het slot. Govert stond hijgend achter haar, hij zat te veel in de auto en te weinig in zijn trainingspak. 'Wat ga je doen?'

Ze legde haar oor op de deur. Ze hoorde niets. 'Jij staat hier en als-ie eruit komt sla je hem neer,' zei Irma. 'Oké?'

'Hemel,' zei Govert.

Irma duwde tegen de deur. De ganglamp brandde. Ze hoorde niets. 'Annie!' riep ze. 'Ben je al thuis?' Ze stapte de hal in. Govert klemde zijn knokkels wit op de knuppel en kwam aarzelend achter haar aan. De deur naar de gang stond open. 'Annie? Je zou nog koffie komen drinken.'

Ze hoorden de snauwende stem van een man. Iemand trapte ergens tegenaan en toen kwam de man de gang op en sloot de deur achter zich. Pieter.

'Wat is dit voor gesodemieter? Wie ben jij?'

'Is Annie er al?' vroeg Irma. 'We hadden een afspraak.'

De man propte zijn overhemd in zijn broek. Hij had een vierkante borstelkop, ze kon zijn ogen niet zien maar ze hoorde en voelde zijn woede.

'Dat gaat dan helaas niet door.' Hij merkte Govert op, die de knuppel achter zijn rug probeerde te verbergen, en begon

schamper te grinniken. 'Ga maar naar huis, knul,' zei hij. 'Ik ben bij mijn vrouw, als dat misschien mag. We zijn liever met z'n tweeën.'

'Kan ik haar even spreken?' vroeg Irma.

'Nee, dat kunt u niet.' Hij klonk normaal, maar zijn gezicht bleef in de schaduw. 'U weet hoe dat gaat, als je mekaar een tijdje niet hebt gezien.' Hij grinnikte weer. 'Ze is even niet gekleed op bezoek.'

Hij wapperde met zijn handen en kwam op haar af. 'Oké,' zei Irma. 'Kalm maar.'

'Niks aan de hand,' mompelde Govert.

'Ingerukt dan maar,' zei Pieter, en hij dreef hen voor zich uit naar de hal.

Irma was als eerste buiten, ze zag iets in de straat en riep: 'Het is hier!' Ze draaide zich om naar Govert, die het huis uit werd geduwd: 'Hou de deur tegen!'

Govert kreeg een helder moment en stak zijn knuppel uit. De deur knalde erop. Twee mannen kwamen hollend de straat over, een in brandweeruniform, compleet met helm.

'Is er brand? De wagen komt eraan.'

'Mijn vriendin wordt verkracht,' zei Irma in paniek. 'Help me alsjeblieft.'

De brandweerman zette zijn schouder tegen de deur en struikelde zowat over zijn eigen benen toen die plotseling meegaf.

Pieter stond in de hal. 'Wat heeft dit te betekenen?' vroeg hij op hoge toon.

'Hou hem vast,' zei Irma. Ze passeerde de brandweerman en wilde langs Pieter. 'Laat me erdoor.'

Pieter blokkeerde haar weg. 'Ik zeg toch dat mijn vrouw u niet kan ontvangen. Ik begrijp dit niet goed.' Hij klonk ijzig kalm. 'Er staat hier niks in brand.'

'Laat die mevrouw maar even door, meneer.'

De brandweerman gebaarde Pieter opzij, zijn collega was

vlak achter hem en Govert stond met zijn knuppel in de deuropening. Pieter keek van de een naar de ander, alsof hij de vijand taxeerde. Zijn aarzeling duurde maar een paar seconden, toen ontspande hij zich. Irma glipte langs hem en opende de kamerdeur.

Ze hoorden haar roepen, 'Annie!' De deur ging achter haar dicht.

Even was het stil.

'Hoor es,' zei Pieter, op vertrouwelijke toon. 'Ik ben bij mijn echtgenote, ze houdt van spelletjes, niks aan de hand, we hebben mekaar een tijd niet gezien, u weet hoe dat gaat, bent u getrouwd?'

'We wachten wel even,' zei de brandweerman.

Pieter raapte zijn regenjas van de gangvloer en hield zijn horloge naar het licht. 'Ik denk dat ik maar naar huis ga,' zei hij nonchalant. 'Het spijt me van de commotie, maar de lol is er wel zo'n beetje af.'

'Straks misschien, meneer,' zei de brandweerman.

'Ik moet nog een eind rijden.'

'Anders komt de politie maar voor niks.'

Pieter verstrakte. 'De politie? Waar is dat voor nodig?'

De brandweerman keek hem aan en besloot het gemoedelijk te houden. 'Nou, ik weet niet wat nodig is, maar ze komen automatisch als er een brandalarm afgaat.'

'Het duurt nooit lang,' zei z'n collega. 'Dan kunnen wij ook naar huis.'

'Meid,' zei Irma. 'Verdomme, doet het pijn?'

Ze schudde haar hoofd, bewoog haar schouders, natuurlijk deed het pijn. Ze was halfnaakt, vooral de onderste helft, haar beha hing los onder haar kapotte bloes, ze had builen en beurse plekken, haar gezicht was rood en nat, haar lippen waren gezwollen, haar wang brandde, haar mond voelde alsof alle tanden los zaten.

'Ik moet naar boven.'

Irma hielp haar van de bank. Ze wankelde op haar benen. 'Het gaat al,' fluisterde ze. 'Waar is Pieter?'

'Ze houden hem vast.'

Ze strompelde door de kamer, leunde tegen de eettafel. 'Ik ben niet verkracht,' zei ze, met iets van voldoening. 'Het lukte hem niet, daarom werd hij zo kwaad.'

'Ze moeten hem opsluiten,' zei Irma. Ze zocht in het buffet en vond een tafellaken. 'Doe dit om je heen, ik haal je zo. De politie komt eraan.'

Irma gaf haar het laken, raapte het jasje van Pieter van de vloer en liep naar de gangdeur.

'Wacht Irma. Politie?'

'Wat dacht je dan?''

'Laat hem maar gaan.'

Irma kwam terug. 'Wát?'

'Ja, wat?' Ze had al nagedacht. 'De politie maakt het alleen maar erger. Ik ben niet verkracht, een echtelijke ruzie, het liep een beetje uit de hand, dat is alles.'

'Een beetje?' Irma staarde haar aan. 'Misschien moet je even in een spiegel kijken.'

Ze keek terug. 'Pieter is ziek. Ze slaan hem in de boeien en nemen hem mee. En dan? Morgen staat hij weer op straat en dan is hij pas echt kwaad. Hij had nu al een mes. De volgende keer is het zijn pistool.'

Irma beet op haar lippen. 'Wat wou je dan?'

'Ik heb geen idee,' zei ze. Haar schouders zakten. Ze kon dit niet oplossen. Vluchten. 'Misschien moet ik het land uit,' zei ze. 'Naar mijn grootmoeder. De enige die ik zal missen ben jij.'

Irma streelde haar wang. 'Shit,' zei ze.

De mannen stonden op een kluitje in de gang. De oudste brandweerman kwam naar haar toe.

'Hoe is ze?' vroeg hij fluisterend.

Irma gaf hem Pieters jasje. 'Een beetje toegetakeld, jullie waren er gelukkig snel bij.'

'Moet ik een dokter bellen?'

'Straks misschien. Ik breng haar eerst naar boven.' Irma keek over zijn schouder naar Pieter. 'Ze wil er geen politie bij. Laat hem maar gaan.'

'Geen sprake van,' zei de brandweerman. 'Dat kan niet eens. Als er een alarm afgaat komen ze automatisch, dat zijn de regels, ze moeten rapport maken. Het spijt me, maar als je vriendin geen klacht wil indienen, moet ze dat zelf aan ze uitleggen.'

Irma snoof gefrustreerd. 'Shit,' zei ze weer. 'Oké, hou hem dan in de hal en doe die deur dicht, ik wil niet dat ze hem ziet.'

De brandweerman knikte en keerde terug naar de anderen, legde een hand op Pieters schouder. Ze wisten niks van Pieter, hoe zijn stemming kon omslaan, zo totaal en volledig dat hij een andere persoon werd. Nu kwam hij gedwee in beweging, alsof een majoor een bevel in zijn oor had gefluisterd. Hij bleef staan toen hij moest blijven staan. Govert stond met z'n honkbalknuppel bij de open voordeur uit te kijken naar de politie. De jongere brandweerman deed de haldeur dicht en ging met zijn rug tegen het glas staan.

Irma haastte zich terug naar de kamer. 'Kom maar mee,' zei ze. 'Ik zet je onder de douche.'

'Je bent een engel,' zei ze. 'Weet je dat?'

'Niet zeuren,' zei Irma.

Govert zag de politiewagen de straat in komen en liep zwaaiend naar buiten. Pieter ontwaakte uit zijn trance, hing z'n regenjas aan de kapstok en griste zijn jasje uit de hand van de brandweerman. Hij trok het aan en veegde de kreukels eruit. Hij stond stram en recht, en keek met verbazing en onbegrip naar de open deur, waar een brigadier en een jonge agente

verschenen, allebei in uniform. De brigadier had zijn hand op zijn pistoolholster.

'Wat is er aan de hand?'

'Huisvredebreuk,' zei de brandweerman. 'Deze meneer viel de bewoonster lastig. Haar vriendin heeft ons gealarmeerd.'

'De bewoonster is mijn wettige echtgenote,' zei Pieter. 'Ik kwam haar alleen maar opzoeken, dat is m'n goed recht.'

'Er is een steunpunt huiselijk geweld,' zei de agente. 'Die waren er zo geweest.'

'Wij zitten vlak over de dijk,' zei de brandweerman. 'Dat was het slimste wat Irma kon doen.'

'Irma?'

De brandweerman blikte naar Pieter en zei: 'Dat hoort u nog wel.'

De brigadier knikte. 'Is die mevrouw aanspreekbaar?'

'Ze is boven.'

'Ik ga wel even kijken,' zei de agente. 'Dat is beter.'

'Ze kan doodvallen,' zei Pieter. 'Dit is flauwekul.'

'Huisvredebreuk is geen flauwekul,' zei de brigadier. 'En u mag uw mond houden tot u iets wordt gevraagd.' Hij knikte naar de agente, die de haldeur opende en de trap op ging.

'Oké,' zei de brigadier. 'Misschien kan de rest buiten wachten, het is hier een beetje vol. Mijn collega neemt zo jullie verklaring op.' Hij keek naar Govert. 'Is die meneer ook van de brandweer?'

'Ik ben een onschuldige hotelgast,' zei Govert.

'Mooi.' De brigadier wuifde de brandweer en Govert het huis uit. Hij hoorde stemmen, de onvermijdelijke nieuwsgierige buren. Hij deed de deur tot bijna dicht, trok zijn boekje en wendde zich naar Pieter.

'Eerst uw naam maar. Heeft u een legitimatie?'

Pieter tastte in zijn jasje. 'Pieter van Beers, ik ben sergeant bij de commando's in Roosendaal en ik hoop dat dit niet lang duurt want ik moet morgen erg vroeg in de kazerne zijn.' Hij

peuterde een legitimatiebewijs uit een portefeuillevakje.

'Een commandosergeant,' zei de brigadier. 'Nou, nou. Dit wordt een lelijke vlek op de staat van dienst.'

'Ik heb Afghanistan meegemaakt,' zei Pieter. 'Daar hadden ze respect voor ons.'

De brigadier keek op de kaart en schreef in zijn boekje. 'Draagt u een wapen?'

'Alleen m'n zakmes, dat heb ik altijd bij me, om een appel te schillen en zo.'

'Laat maar even zien.'

Pieter trok een wenkbrauw op. 'Waarom?'

'Ik kan u in de boeien slaan en fouilleren, of naar Goes brengen en vastzetten, dan nemen we uw mes en uw broekriem en de veters van uw schoenen in beslag.'

'De veters wordt lastig,' zei Pieter onaangedaan. 'Ik draag sneakers, met klittenband.'

De brigadier had zijn boekje in zijn linkerhand genomen en hield de rechter op zijn pistool. Pieter trok een schamper gezicht en nam het mes uit zijn broekzak. De brigadier klikte het open. Het had een elegant lemmet van zes of zeven centimeter, met een venijnige punt. 'Een echte Laguiole,' zei Pieter. 'Te koop in elke goeie winkel en iedereen mag het op zak hebben.'

'Mooi zo.' De brigadier klapte het mes dicht en stak het in de zak van zijn uniform. 'Wat kwam u hier doen?'

'Dat zei ik al, mijn echtgenote opzoeken.' Pieter verried geen irritatie, hij haalde zijn schouders op en zei op vertrouwelijke toon: 'Annie houdt van spelletjes, soms gaat het een beetje ruig, oké, dat krijg je vanzelf mee, dat snapt u vast wel.'

'Nee, dat ontgaat mij volledig,' zei de brigadier. 'U woont in Bergen op Zoom. Ik begrijp dat uw vrouw hier woont. Dat zal toch niet voor niks zijn. U komt midden in de nacht, met uw Laguiole op zak. Ze wilde u niet binnenlaten?'

'Dat hoort bij de spelletjes,' zei Pieter. 'Kan ik nu gaan?'

Er was geluid op de trap. De agente kwam naar beneden. De brigadier hield haar met een gebaar tegen. 'Kom maar even mee, meneer Beers.'

'Van Beers,' zei Pieter. 'Sergeant van Beers.'

De brigadier wachtte.

Pieter nam zijn jas van de kapstok, hing die over zijn arm en ging voor de brigadier uit. Een viertal buren, gewekt door de commotie, stond in het halfdonker te kletsen met Govert en de brandweermannen. Ze weken opzij toen Pieter naar buiten werd gebracht en in de politiewagen klom. De brigadier boog zich naar binnen. 'U blijft rustig wachten, meneer Van Beers. U kunt hier niet uit. We gaan dit netjes afhandelen.'

'Noem je dit een arrestatie?' Pieter grinnikte. 'Dat deden wij een beetje anders.'

De brigadier sloot het portier en keerde terug naar het huis.

De agente stond in de hal. 'Een ploert,' zei ze.

'Hoe is het?'

'Gebutst, ze heeft klappen gehad, maar ze is volgens haar zeggen niet verkracht. Ze kon op tijd bij de telefoon, haar vriendin van het hotel zat op een sneltoets.'

'Heb je haar verklaring?'

De agente schudde haar hoofd. 'Alleen van de vriendin. Die mevrouw heeft een douche genomen, ze kleedt zich aan, ze komt zo beneden. Haar naam is Annie van Beers, de man is inderdaad haar echtgenoot.'

'Neem maar vast de gegevens van de brandweer en die andere getuige, dan kunnen ze naar huis.'

'Moet ik er niet bij blijven?'

'Ik roep je als het nodig is.'

De agente trok haar boekje en ging naar buiten, ze deed de deur achter zich dicht.

De brigadier vouwde zijn armen voor z'n borst en leunde tegen de post van de open haldeur. Er was licht in de gang en uit een smeedijzeren sierlamp in de hal.

Een minuut later kwamen de twee vrouwen naar beneden. De brigadier hoefde niet te vragen wie het slachtoffer was, een knappe jonge vrouw in een roze joggingpak. Ze bewoog zich stijf, een wang was rood en gezwollen en hij kon zien dat ze ook op andere plaatsen pijn had, al probeerde ze dat te verbergen.

'Ik ben Erik Sijbrand,' zei hij. 'U heeft een vervelende ervaring gehad, als u wilt komt mijn vrouwelijke collega erbij?'

'Dat is niet nodig,' zei ze. 'Irma blijft erbij. Het spijt me van de overlast.' De brigadier schatte haar rond de dertig, ze was slank, met een smal gezicht, donkerbruine ogen, halflang haar dat zwarter leek dan het misschien was omdat het nog nat was van de douche. Hij wist niet waar ze vandaan kwam, maar de vrouw leek, ondanks de wang en het ruime joggingpak dat misschien andere builen en kwetsuren verborg, even vagelijk exotisch en Mediterraans als sommige Zeeuwsen, dankzij het Spaanse bloed uit de Tachtigjarige Oorlog.

'Annie wil geen aanklacht indienen,' zei de andere vrouw. 'Ik ben Irma, van de overkant.'

De brigadier had zijn boekje in de hand en keek verwonderd naar het slachtoffer. 'Pieter is mijn man,' zei že. 'Ik ben een tijdje bij hem weg, hij kwam onverwacht en het liep een beetje uit de hand, dat gebeurt soms.' Ze zuchtte, haar gezicht ernstig. 'Pieter was in Afghanistan en is daar nogal veranderd van teruggekomen, hij is niet de enige. Maar daarvóór is hij altijd goed en zorgzaam voor me geweest, en ik wil hem geen problemen bezorgen.'

Het klonk als een voorbereide tekst. De brigadier keek haar aan. Hij kon wel ongeveer raden wat haar redenen waren, ze had nagedacht. Hij krabbelde op zijn boekje, hij kon haar nergens toe dwingen, maar het stond hem niet aan. 'Het is uw zaak, maar ik moet niettemin een rapport maken, in verband met het alarm,' zei hij. 'Heeft u een legitimatie, of iets waaruit uw huwelijkse staat blijkt, of heeft u een samenlevingscontract?'

'Natuurlijk.'

Ze tastte in de zak van haar joggingbroek en haalde haar paspoort tevoorschijn. Ook voorbereid, dacht de brigadier. Het was een tamelijk nieuw paspoort. De foto klopte, en er stond dat ze de echtgenote, *wife* of *épouse* was van Van Beers. 'Ik dacht dat u Annie heette,' zei hij. 'Hier staat Esperanza.'

Ze glimlachte, met de gezwollen wang. 'Het is al Annie zolang ik getrouwd ben, Pieter begon me zo te noemen en dat doet nu dus iedereen, behalve mijn moeder.'

De brigadier kwam het huis uit. Hij sloot de voordeur achter zich en stak zijn boekje weg. Zijn collega had kennelijk de buren naar huis gestuurd en ook de brandweer was vertrokken. De sergeant zat achter in de patrouillewagen, de agente stond ernaast te praten met de hotelgast, die z'n honkbalknuppel onder de arm hield.

De agente knikte naar de man in de auto. 'Nemen we hem mee?'

'Wacht maar even. Als je de gegevens hebt van deze meneer mag hij naar huis, ik bedoel z'n hotel.' De brigadier knikte naar Govert. 'Zeer bedankt voor uw hulp.'

'Geen probleem,' zei Govert. Hij trok een kaartje en gaf het aan de brigadier. 'Bel me vooral als u ooit behoefte krijgt aan een mooie nieuwe salon of eetkamer.'

'Je weet maar nooit,' zei de brigadier effen.

De agente escorteerde Govert bij de auto vandaan. De brigadier ontsloot het voorportier en schoof op de passagiersstoel.

'Ik krijg hier wel claustrofobie,' zei Van Beers.

De brigadier ontstak de binnenverlichting en leunde met een arm op de rug van z'n stoel om hem aan te kunnen kijken. 'U heeft een betere echtgenote dan een man die zijn vrouw aftuigt verdient,' zei hij.

Van Beers haalde zijn schouders op. 'Wat ik zeg...'

'Hou je mond,' snauwde de brigadier.

Van Beers hief zijn handen op. 'Oké.'

De brigadier wachtte, omdat het andere portier werd geopend en zijn collega achter het stuur schoof. 'Uw vrouw wil er geen werk van maken,' zei hij toen. 'Maar dit is een heterdaadsituatie en u bent de dader, wij kunnen u arresteren, of uw vrouw daarmee instemt of niet. En dat gáán we ook doen als u het in uw hersens haalt om weer in haar buurt te komen. Ik geef u hierbij een officieel straatverbod. Begrijpt u wat ik zeg?'

'Het is desertie,' mompelde Van Beers.

'U stapt in uw auto en rijdt als de bliksem naar huis. Als u nog een voet in Kortgene zet of waar ook op Noord-Beveland pakken we u op en gaat u voor langer dan u lief is de bak in, daar zal ik persoonlijk voor zorgen.' De brigadier klikte het arrestantenslot los.

'Mag ik mijn mes terug?'

De brigadier haalde adem. 'Wat u mag is blij zijn dat ik u voorlopig op vrije voeten laat. Sodemieter mijn auto uit.'

Van Beers schoof naar de straatkant. Hij tastte blindelings naar de portierknop en zijn stem klom naar de huilerige kinderoctaaf van zelfmedelijden. 'Wat het is,' zei hij. 'Ik kan die vrouw niet meer volgen, ik weet niet wat haar mankeert.'

Brigadier Sijbrand opende zijn mond, maar het portier ging dicht voordat hij een geschikte opmerking kon bedenken. Een inrichting, dacht hij, dat is waar die man thuishoort.

De agente keek met opgetrokken wenkbrauw opzij. 'Een officieel stráátverbod?'

De brigadier knikte. 'Wij weten dat daar een civiele rechter voor nodig is en een vonnis of een kort geding, maar misschien weet híj dat niet.'

10

IK PARKEERDE DE BMW UIT HET ZICHT VAN DE WEG OP
het gras, achter de verwilderde haag. De woonschuur zag er
verlaten uit. Ik liep naar de deur en tikte zachtjes met de klopper. Als Miel niet thuis was, had ik net zo lief dat de boer me
niet hoorde of zag.

Miel was er niet.

Het was het simpele slot van keukens en schuren, dat had
ik de vorige keer al gezien. Ik had er een stuk ijzerdraad voor
in de auto, met een in de bankschroef omgebogen en mooi
haaks gehamerd uiteinde. Voelen en wrikken en klikken. De
eerste deur die ik met zo'n draad openprutste was die van de
voorraadkast van mijn moeder, het was mijn elfde verjaardag
en ik wilde mijn vriendjes tracteren op ingemaakte perziken
en gevulde koek.

Miel had een armoedige woonplek van vijf bij acht, in stukken gedeeld door houten wanden. Een minuscule slaapkamer
met een eenpersoonsbed, een minihal met een kapstok, wastafel en kratten met lege en volle pilsflessen, een betegelde
douche. De woonkamer die ik de vorige keer door het raam
had bekeken, had een klein keukenblok, een eettafel, een oude roodleren bank. Alleen de tv en dvd-speler zagen er recent

uit, de rest was uitdragerij of nalatenschap van de oorspronkelijke boerenknecht.

De woonkamer leek netter dan de vorige keer door het raam. Misschien had Miel een beetje opgeruimd omdat hij zijn broer over de vloer kreeg, maar luchten was blijkbaar niet bij hem opgekomen, want alles stonk naar slonzigheid en dichte ramen. Ik moest hard op het vastgeroeste stalraam van de bedompte slaapkamer bonken om het opengekanteld te krijgen. Ik zette het op de haak. Het bed was niet opgemaakt, een kast met kleren, een plastic mand met vuile was, sokken op de vloer, tijdschriften met blote meiden onder het bed, misschien uit het zicht geschoven voor de keurige broer. Mijn theorie was dat het eerder hier zou zijn dan bij Thomas thuis.

Als Miel en Josée van Esperanza wisten, zoals Brakveld vermoedde, dan wist Thomas dat nu ook, hij had de garage ontdekt en met zijn broer doorzocht. Ze moesten dingen gevonden hebben, in de garage of in de boerderij, of allebei. Papieren, adressen, brieven. Jozef had geen computer en de wereld draait nog steeds om papier, elke bedelaar heeft papier, al was het maar van de sociale dienst of het daklozencentrum. Ze hadden alles in een map gestopt, of een plastic tas, een schoenendoos. Thomas zou vooralsnog z'n gezin overal buiten willen houden, en dan was de schuur van de vrijgezel de veilige plek. Dat was de theorie. Ze konden ook een degelijke bankkluis hebben.

Ik weet van huiszoekingen. Soms is er een detail dat afwijkt, soms voel je waar je moet zijn. Ik heb een kanarie raar zien doen omdat hij op een lekkende zak cocaïne zat. De stortbak is, ondanks het cliché, nog steeds een plek waar je waterdicht verpakte drugs of het klassieke pistool kunt vinden. Maar het kan nooit kwaad om te beginnen met de vraag, of de bewoner een réden heeft om dingen te verstoppen, in z'n eigen huis. Of hij een réden heeft om huiszoeking door wie ook te verwachten. De broers hadden die reden niet. Ze wis-

ten niet eens dat ik de garage had ontdekt. Als het hier was, lag het waarschijnlijk gewoon op een plank in een kast.

Niet in de slaapkamerkast. Ik vond kleren en oude dozen met niks van belang, in een lager formicameubel sokken en ondergoed, een la met reservelampen, oude stekkers, batterijen, bric-à-brac. Ik zag nergens bergplaatsen in het timmerwerk of in het plafond, de vloer was linoleum met beton eronder, geen losse tegels. Ik haalde de bank en de luie stoel uit elkaar en ploegde door het keukenblok, de kasten, de pornodvd's en achter de tv. Er stond een kleine pc op de eettafel, maar ik zocht papier, geen pornosites. Ik vond papier, maar niks van belang.

De troosteloze troep deed denken aan de boerderij van de vader, die tenminste nog een verborgen leven had, afgezien van zijn Southern Lady. Het verborgen leven van de zoon bestond uit porno en misschien bermhoeren, en zou hoogstens de keurige oudste broer en de vrome zuster een zorg zijn. Vogels kwetterden aan de andere kant van het open raam. Misschien zat het in een konijnenhok in de boomgaard. Of in een afgesloten bureaula van de chef afdeling burgerzaken op het stadhuis.

Ik hoorde de brommer. De vorige keer stond m'n auto verderop langs de weg, ditmaal zou Miel een onbekende BMW op z'n gras zien en zijn deur niet op slot vinden. De bank stak weer normaal in elkaar en ik nam de leunstoel met uitzicht op de deur en bladerde door een *Playboy*.

Ik hoorde gestommel en toen schopte Miel de deur open, een koevoet slagklaar in zijn twee handen. Zijn jack had de kleur van de infanterie, maar hij keek eerder benauwd dan krijgszuchtig, en hij liet de koevoet zakken toen hij me herkende.

'Ha, die Miel.' Ik hield de *Playboy* op. 'Dat is nog es andere koek dan het *Algemeen Nederlands Tijdschrift voor Wijsbegeerte*.'

'Godver.' De vloek ontglipte hem. 'Wat doet u hier?'

Normale boze mensen gaan soms over op 'je', maar voor Miel bleef ik officieel gezag, het hoofd der school.

'Frisse lucht,' zei ik. 'Mijn moeder zei altijd dat je van slapen met het raam dicht een slechte huid krijgt en een verkeerde geest.'

Hij bleef besluiteloos staan.

'Ga maar even zitten,' zei ik, en ik wees naar de bank. 'Ik kom die papieren halen.'

Miel kwam gehoorzaam naar me toe en zakte op de bank. Ik hield m'n hand uit. 'Geef dat maar aan mij.'

Hij stond de koevoet gewillig af en speelde de mongool. 'Papieren?'

'Die jij en Thomas in de boerderij en in de garage hebben gevonden?'

Hij staarde me uilig aan.

Ik zette de koevoet naast m'n stoel en hield hem bij de kop vast, zoals een oudere Maigret zijn wandelstok. 'Jullie kunnen toch niet zo onnozel zijn om te denken dat ik die garage in Arcen niet zou vinden?'

'Ik weet niet wat u bedoelt.'

'Dan zal ik het je uitleggen. Ik zoek een rechthebbende op een deel van de nalatenschap van Jozef Weerman, dat is je vader. De rechthebbende is Esperanza Spruyt, en ik werk namens de officier van justitie en in opdracht van de bewindvoerder,' zei ik. 'Justitie reageert in het algemeen slecht op het achterhouden van informatie of andere vormen van sabotage door mede-erfgenamen. Sabotage kan er maar zo toe leiden dat je jouw deel van de erfenis verspeelt en voor de rechter komt. Je hebt al eens in de nor gezeten. Zeg het maar.'

Hij keek alsof hij wilde gaan huilen. 'Ik heb niks verkeerds gedaan.'

Mongolen zijn aandoenlijk en te goeder trouw. Ze bedreigen met hel en verdoemenis is zoiets als met een stok door de tralies van een te kleine kooi naar een marmot porren. Maar

dit mollige exemplaar legde het er een beetje te dik op. 'Haal dan nu die papieren maar en geef ze aan mij.'

'Welke papieren?'

Ik liet de koevoet los. Miel schrok van de klap waarmee het ijzer op de vloer kletterde. 'De papieren die jij en Thomas in de boerderij van je vader hebben gevonden, en in de garage in Arcen. Die brieven van Esperanza. Haar adres. Alles.'

'Ik heb niks,' zei Miel. 'Ik weet niet waarom u dat niet gelooft.' Hij zweeg even, alsof hij z'n hersens op orde moest brengen. 'Er was niks. Ja, van z'n AOW of van verkochte kalveren. Niet over dat geld, of over Esperanza. We wisten niks van aandelen, ook niet van Esperanza, dat zweer ik. De notaris zei dat ze in Arcen had gewoond. Die garage kwam toevallig, omdat…'

'Bedoel je dat je daar alleen de auto hebt gevonden en wat kleren?'

'Z'n kentekenbewijs, de groene kaart, die hebben we erin laten zitten.'

De wereld zit vol rare kostgangers, misschien was het tijdverlies en vooral zinloos om te proberen dit exemplaar te begrijpen. Een kennis die met geestelijk gehandicapten werkt, bekende me ooit dat hij in geval van reïncarnatie het liefst als een van hen zou terugkeren, omdat ze zo totaal onschuldig en volmaakt gelukkig zijn. Ik denk niet dat hij deze dikzak in gedachten had. Miel was geen debiel en geen mongool. Achter die simpele eerste indruk hingen schaduwen van sluwe berekening en iets broeierigs, dat me eraan herinnerde dat ik op m'n tellen moest passen.

Maar hij wist niks van Esperanza, daar begon ik van overtuigd te raken. Het schichtige gedoe van de broers had alleen te maken met Arcen.

'Wilden jullie die garage geheimhouden?'

Hij bewoog zijn schouders. 'We wisten nog niks van dat testament, nou ja…'

Knulligheid. 'En je dacht we houden onze mond en dan heb ik vast een auto? Was dat een idee van Thomas?'

Hij keek weg. 'Die heeft er niks mee te maken.'

Miel zou z'n broer niet verraden, dat viel te waarderen. Hij zat destijds ook liever een langere straf uit dan dat hij z'n partner verlinkte, die een aspergekweker het ziekenhuis in sloeg toen die hen betrapte bij z'n kantoorkluis met de salarissen voor de illegale Joegoslaven. De kweker herkende Miel voordat hij tegen de vlakte ging. *Mijn broer is een pechvogel.*

'Oké, Miel,' zei ik. 'Je kunt me dus niet helpen. Dat is jammer, ook voor jou, want er wordt geen erfenis uitgekeerd voordat ik Esperanza vind.'

Hij haalde zijn schouders op. 'Ze kan evengoed dood zijn. Of ze bestaat niet, volgens Josée is het een truc om ons te pesten.'

'Van je vader?' Ik keek naar hem. 'Zo te horen was hij niet erg geliefd. Kan iemand hem vermoord hebben?'

Weer de schouders. 'Ik was in Duitsland.'

'Je doet onnozeler dan je bent,' zei ik. 'Hou daar maar mee op.'

Een flits van irritatie. 'Het was toch een ongeluk?'

Ik knikte. 'Wat ga jij met het geld doen?'

'Een transportbedrijf, met een partner.'

'De partner van dat akkefietje bij de kweker?'

Miel verstrakte, z'n ogen gevaarlijker, de onmacht van de hond die bijt als hij in het nauw raakt. Ik was blij dat het breekijzer uit z'n buurt was. Het duurde maar heel even en toen zei hij: 'Sjef is een jeugdvriend.'

'Met dat mooie plan zul je toch hopen dat we Esperanza snel vinden, en niet over tien jaar of zo.'

'Ja, natuurlijk.'

'Proberen jullie haar zelf ook te vinden?'

Hij schakelde terug op onnozel. 'Hoezo?'

'Nou, volgens mij zijn jullie niet gek. Je hebt gezien wat ik

heb gezien, de auto, de kilometers, je kunt rekenen, en anders Thomas wel. Eens in de maand ergens heen, netjes in het pak, en niet ver weg. Je hoort dat testament en je denkt misschien dus niet de hoeren, maar een vaste vriendin, Esperanza, en ze woont daar ergens in de buurt?'

'Ze kan best een hoer zijn.'

'Die heten anders.'

'O ja?' Hij keek triomfantelijk. 'Er zit een Esperanza in Hookers, en ook een bij Sugababes.'

Ik deed onnozel terug. 'Wat zijn dat nou weer?'

'Meiden op het internet.'

Ik grinnikte om hem op z'n gemak te stellen. Ik wachtte een tel en vroeg: 'Wat was er nu eigenlijk met je moeder?'

Miel schrok, alsof ik te snel van de hoeren naar zijn moeder overstapte. 'Ze is overleden,' zei hij.

'Waaraan?'

'Tuberculose.'

'Konden ze dat niet genezen?'

'Ze kreeg een tweedehands hoogtezon van hem.' Hij keek naar het raam. 'Josée heeft altijd voor ons moeder gezorgd. Praat maar met haar als u over moord wil horen.'

Hij schrok, van het woord moord in zijn eigen tekst, of van zijn suggestie om met Josée te praten. Ik stond op. 'Dat is een goed idee.'

Miel kwam ook overeind. Hij sjorde aan zijn broek, en ik zag hem weer nerveus worden, omdat hem iets te binnen schoot. 'Ze weet niks van die garage,' zei hij.

'En dat wou je zo houden?'

Nu leek hij bedremmeld en gefrustreerd, het jochie dat op het schoolplein was gepest en daar maar niet overheen kon komen. 'Het is een beetje vervelend,' zei hij.

Een zonderlinge linkmiegel. Ik kon weinig hoogte van hem krijgen, behalve dat hij slimmer was dan hij leek, maar ik had, vreemd genoeg, ook een soort medelijden met hem.

Het opsporen van erfgenamen kan veel tijd in beslag nemen, daar zijn notarissen aan gewend. Ik was niet van plan om er langer over te doen dan nodig, maar Brakveld had die huis- verkoper nog niet achterhaald en ik raakte geïntrigeerd door de familie Weerman. Ik ben nieuwsgierig, en dat is een ziekte die het snelste te genezen valt met het oplossen van de raad- sels. Tot nog toe werd alles met de dag eigenaardiger.

Ik wilde ook met Josée praten omdat zij als eerste op de plaats van het delict of het ongeluk was geweest. Ik kon het delict-idee nog niet loslaten, wat de politie ook dacht. Het bleef op z'n minst bizar, dat de 'ijzersterke boer die honderd zou worden' vlak vóór zijn zeventigste verjaardag de geest gaf, en aldus op de valreep verhinderd werd om zijn plannen met zijn fortuin uit te voeren. Die plannen bleven een myste- rie. Misschien wilde hij het Katshuis kopen, compleet met de Southern Ladies, als bruiloftscadeau aan hoe heette ze, Ange- la. Er zijn vreemder dingen vertoond.

Josée woonde achter degelijke vitrage, als enige in haar straat en zeldzaam geworden in de rest van Nederland. De ra- men werden gewassen, het houtwerk geboend, de voortuin zag er ook piekfijn uit. De bel gaf gongtonen achter een gelak- te voordeur met een raampje met vitrage achter het ribbelglas.

Josée zelf zag er ook gewassen en geboend uit, geen spoor van make-up, een knot van muiskleurig haar, harde ogen. Kwaad en mislukking zijn er in alle soorten, maar ik begrijp nooit het soort levenslange ontevredenheid die de huid aan- tast en waar de mond een permanente streep van wordt, en die zelfs de vorm van het gezicht verandert.

Ik gaf haar mijn innemendste glimlach. 'U bent Josée eh…' Ik haperde, hoe heette Bertus ook weer?

'Culvert,' zei ze. 'Waar is het voor?'

'Het is voor de notaris. Mijn naam is Max Winter.' Ik hield de Meulendijk-kaart op. 'Dat is mijn legitimatie van het bu- reau van de officier van justitie, maar schrik daar vooral niet

van. Ik probeer de vierde erfgename op te sporen, dat is alles.'

'U bent hier verkeerd. Ik ben de tweede erfgename.'

'Misschien heeft u een idee over de vierde.'

'Jawel,' zei Josée. 'Mijn idee is dat ik hoop dat ze op een kerkhof ligt, met een zware steen erop.'

'Waar ze ook is. U heeft een erfenis te verdelen en dat gaat niet zonder haar. U heeft er belang bij dat ze zo snel mogelijk wordt gevonden.'

Ze glimlachte niet terug. 'Mijn man is niet thuis. Moet ik u binnen laten?'

Ik was niet nieuwsgierig naar de binnenkant van haar geboende huis. 'We zijn het snelste klaar als u met me naar de boerderij rijdt. Of moet u werken, u werkt bij de Aldi?'

'Ik heb mijn buik vol van de boerderij,' zei Josée. 'Ik zou niet weten waarom ik daarheen zou gaan.'

'Om mij een en ander te laten zien en uit te leggen, u was er als eerste bij. Nog gecondoleerd met uw vader, trouwens.'

Daar ging ze niet op in. 'Ik was er niet het eerste. Dat was m'n dochter.'

'Rosalie, ja. Ik heb haar er ook graag bij.'

'Is dit verplicht?'

'Het is wel beter.' Ik wuifde nog wat met m'n kaart om haar aan de officier van justitie te herinneren.

'De politie heeft alles al gedaan, waar is dit voor nodig?'

Ik stak de kaart weg en zweeg misschien iets te lang omdat ik een snedig antwoord moest verzinnen, en toen deed ze de deur dicht. Mijn hand ging weer naar de belknop, maar ik hoorde haar schelle stem: 'Roos! Kom beneden!'

Ik hoorde stemmen achter het gewreven hout. De deur ging weer open en ik keek naar een van de dochters, veertien volgens mijn informatie. Rosalie had een rond gezicht met vrolijke krullen en schrandere bruine ogen en leek niet op haar moeder.

'Hallo,' zei ze. 'Ik ben Janine, mag ik mee?'

De andere veertienjarige schoof haar opzij. Roos leek ook niet op haar moeder, ze leken op elkaar. Ze droegen verschillende truien, Roos de groene, anders zou je ze alleen uit elkaar houden als je ze goed kende, en dan nóg. Misschien leken ze op hun vader de bouwvakker, twee leuke meiden, klaar voor ondeugendheden. De moeder verscheen in een muisgrijze regenjas, ondanks het mooie herfstweer.

'Wat is er?' vroeg Josée.

Ik keek naar de eeneiige identiekelingen en bedacht dat ik ze uit elkaar moest halen. 'Alleen Rosalie,' zei ik. 'Dat is beter.'

'Beter waarvoor?' vroeg Josée, die de vraag van Janine niet had gehoord.

'Voor de objectiviteit.' Ik glimlachte naar Janine.

Janine keek teleurgesteld. Josée griste een jack van een kapstok, gaf dat aan Roos en duwde haar naar buiten. 'Ik neem m'n eigen auto,' zei ze. 'Roos, erin. Weet u de weg?'

'Ik rij achter u aan.'

Josée liep naar een glimmend gepoetste blauwe Kia, Roos in haar kielzog met haar jack over een schouder. Ik wuifde naar Janine, die pissig terugkeek en de deur nogal hard dichtdeed.

Het was een ritje van vijf minuten, ik wist de weg maar volgde braaf de Kia. Josée stopte midden op het zijerf en ik parkeerde de BMW aan de wegkant van de open loods. Toen ik me bij moeder en dochter voegde knikte Josée misprijzend naar het vermolmde dak van de boerderij. 'Ik durf het zowat niet te laten zien, zoals hij de boel heeft verwaarloosd, het is een schande.'

Haar broers hadden haar blijkbaar niet verteld dat ik hier al geweest was. 'We hoeven het huis niet in,' zei ik. 'Had uw vader geen hulp?'

'Húlp?' Josée snoof verachtelijk. 'Hij wou geen mens om zich heen hebben. Toen mijn moeder...' Ze haperde. 'De

buurvrouw wilde hem opzoeken en hij schoot haar met z'n geweer van het erf. Zo iemand was hij.'

Roos stond er stil bij. Ik keek naar Josée en knikte naar de tractor. 'Is dat de tractor?'

'Net zo'n roestbak als de hele rest.'

'Weet u hoe hij werkt?'

Josée gaf een schamper geluid. 'Ik moest er al op toen ik zo oud was als zij.' Ze knikte naar Roos. 'Ze weten niet hoe goed ze het hebben. Mest uitrijden, hooi binnenhalen.' Ze liep er-heen. 'Wat wilt u weten?'

'Hoe dat ongeluk kon gebeuren.'

'Ze hebben hem schoongemaakt,' zei Roos. 'De bak is er-af.'

Josée begon te wijzen. Ze klonk niet erg technisch, maar had geen moeite met dingen uitleggen. 'Die bak komt hier achterop. Je rijdt de Majoor ertegenaan. Het is stom dat het blok er nog op zat, dat is waar ze de wagen aankoppelen, maar iedereen laat dat zitten, het is extra werk. Om de bak op de hefinrichting te krijgen moet die gaatjesbalk eraf en dan heb je die twee armen, met die grote ogen erin, die zitten ook los, kijk maar.'

Ze wees en bewoog ijzeren dingen. Ik keek naar de vrouw en de dochter, de tractor had ik al gezien. Roos hield zich stil. Ze had niet de leukste moeder, maar ik denk dat kinderen meestal wel aan hun moeder wennen, streng of niet, het is de enige die ze hebben. Het rapport, en wat Brakveld me had verteld, suggereerden een warmere band met de vader.

'Die ogen kun je draaien, maar bij zo'n oude Majoor zit al-les vast,' zei Josée. 'Je schopt ertegen. Als het niet lukt doe je de hefinrichting een beetje omhoog, om de pinnen erin te krij-gen.' Ze stapte achter de tractor. 'Dit mag je dus nooit doen. Je gaat nooit tussen die bak en de tractor staan, als die bak een beetje te snel omhoogkomt, raak je maar zo gemangeld, dat staat er altijd op, maar dat heeft hij dus wel gedaan.'

'Dat weet u zeker?'

Ze trok een wenkbrauw op. 'Hij is dood, hè?'

Uit een ooghoek zag ik Roos zich afwenden en onder de loods vandaan lopen. Ze bleef op het erf staan, de rug naar ons toe. Ik keek naar haar rug.

Josée dwong me terug bij de les. 'Hij staat hier, dat blok zit er ook nog op, dat is extra gevaarlijk. Hij moet bij die schuifhendel van de hefinrichting.' Ze hing over de tractorstoel, reikte naar een sleuf boven het hoge rechterachterwiel en schoof met de knop. 'Hij trekt hem te hard of te ver naar zich toe.'

'Waarom?' vroeg ik.

Ze draaide zich om, keek ongelovig. 'Waaróm?'

'Hij zal die bak er toch niet voor het eerst aan hebben gekoppeld?'

'Nee, natuurlijk niet.' Ze fronste haar kloosterhoofd, zoekend naar een geschikte uitleg voor een imbeciel. 'Boeren doen stomme dingen. Vraag mij niet waarom,' zei ze. 'Waarom schiet hij vrouw Stinse van z'n erf? Waarom geeft hij zijn geld aan een sloerie waar nog nooit een mens van heeft gehoord in plaats van mijn moeder te redden? En als het te laat is, ook nog beweren dat je er spijt van hebt?' Haar stem imiteerde een zielepoot: 'Ik heb zo'n vreselijke spijt van de slechte relatie met mijn kinderen, ik heb zó'n berouw...'

'Zei hij dat?'

'Nou, volgens de kapelaan, maar heus niet tegen ons, dat kun je vergeten, al werd-ie honderd. Als-ie zo'n spijt had dan had-ie...' Ze zweeg abrupt.

'Wat?'

'Nou.' Gemelijk. 'Mij en Miel kunnen helpen, bijvoorbeeld. Hij barstte van het geld.'

Ik was blij dat Roos uit het zicht was, en naar ik hoopte ook uit het gehoor. 'Je zei dat hij je moeder had kunnen redden?'

'Ze had een kuur van zeven maanden nodig, dan kon ze he-

lemaal genezen volgens de dokters. Dat kostte veertigduizend gulden.'

'Was hij niet verzekerd?'

'Die boeren? Als ze iets verzekerden of geld uitgaven aan medicijnen dan was het voor de beesten. Maar meneer had geen geld, hij doet alsof z'n neus bloedt, terwijl hij honderdduizend in zijn zak heeft van die loterij. Dat hoor je dan bij de notaris, en dat het vier miljoen is geworden en dat het allemaal voor die snol is als wij er geen stokje voor steken.'

'En gaan wij dat doen?' vroeg ik dus maar.

'Godverdorie,' zei ze, minder volgens de kloosters.

Ik hield de druk erop. Ik was haar begonnen te tutoyeren, de oude intimidatietruc, maar ze scheen het niet te merken. 'En jullie wisten van niks?' vroeg ik.

'Hoezo?'

'Van zijn geld.'

'Hoezo?'

'Wat ik vraag. Je zei dat hij honderd kon worden.'

'Godzijdank niet,' zei Josée.

'Dat is dus een meevaller.' Ik keek naar haar. 'Lijk je op je moeder?'

De verandering schokte maar heel even. 'Nou, in elk geval godzijdank totaal niet op hém.'

Rare gedachten, die komen altijd, te veel Metsiers gelezen. 'Misschien vond hij dat ook? Dat je totaal niet op hem leek?' Ik liet het godzijdank ertussenuit, ze was een gepantserde tante, maar men kan het ook te dol maken.

'Het zal me een zorg zijn,' zei ze.

Ik dacht *what the hell*. 'Hoe zat het dan met die geldkist? Daar wist je toch van?'

Josée struikelde nergens over, ze werd alleen maar kwader en gaf haar standaardrepliek. 'Hoezo?'

Ik glimlachte. 'Nou, hoezo? Ik hoor van een van je broers dat er een geldkist was met twaalfduizend euro. Hij was weg,

en een dag na het testament was-ie weer terug, maar dan met vierduizend euro minder.'

Er kwam zwavel in de muisogen, van het giftige soort. 'Ik ben hier uitgepraat,' snauwde ze. 'Ik kan u niet helpen. U bekijkt het maar. Róós?'

Ze beende de loods uit en om de Kia heen en rukte haar portier open. Ik slenterde achter haar aan. Roos verscheen en Josée zwaaide een driftige hand. 'Kom mee, we gaan.'

Roos bleef staan en keek naar mij. 'Ik moest toch…'

'Absoluut.' Ik richtte me tot haar moeder, over de auto heen. 'Het spijt me, maar Roos moet me nog vertellen wat ze precies zag toen ze haar grootvader vond.'

'Geen sprake van.'

'U hoeft er niet bij te blijven. Ik breng haar keurig thuis.'

'Daar komt niks van in, Roos is minderjarig.'

Ik ben soms blij dat ik geen politie meer ben en er ongestraft op los kan improviseren. Ik klopte op m'n zak, daar zat de kaart van de oveejee, ex of niet. 'Dat ligt juridisch een tikje anders,' zei ik. 'Als het over pd's en verklaringen van ooggetuigen gaat, zijn er andere regels en wetsuitzonderingen in het geding, en bovendien…'

Roos maakte alles eenvoudiger. 'Mama, schei toch uit,' zei ze. 'Ik kom heus wel thuis. Ga nou maar.'

Josées gezicht bliksemde naar de dochter. Ik dacht dat ik haar nagels over het autodak hoorde krassen, maar toen stapte ze in de Kia, startte met veel lawaai en stak hard achteruit. Ik was blij dat mijn auto buiten haar wraakzone stond.

Het erf was leeg en even hing er een stilte. Roos keek nogal beduusd.

'Vind je dit moeilijk?' vroeg ik.

'Nee, ze doet wel vaker zo.'

'Je hebt een goeie band met je vader.'

Het meisje klaarde op. Haar bruine ogen konden niet van haar moeder zijn. De rest ook niet. 'Mijn vader is een schat.'

Ze verwarmde mijn hart. We liepen langs de loods en de oude auto van haar grootvader, naar de stalmuur waar het gebeurd was, achter de boerderij. Ik had die plek al gezien. Roos bleef staan en keek ernaar. Ik zag geen tranen, maar wel droefheid, iets van medelijden, en spijt.

'Ik hoorde de tractor,' zei ze.

'Ging je hem opzoeken?'

'Ja.' Dat glipte eruit en ze bloosde en probeerde de schade te herstellen. 'Ik bedoel ik fietste langs, ik hoorde de tractor.'

'Die zul je toch vaker hebben gehoord?'

Het woord vaker bracht een reactie, ze bloosde weer, een open boek van veertien. 'Het geluid was raar,' zei ze, snel. 'Alsof hij stond te zwoegen. Toen ik het zag, ben ik meteen weggerend.' Haar verklaring in het politierapport rook vooral naar puberale weerspannigheid. Ze had haar moeder gebeld.

'Zou je niet eerder je vader hebben gebeld?'

'Ja, natuurlijk, maar die wil geen mobiel bij zich als hij werkt. Mijn moeder heeft de tractor stilgezet.'

'Ging ze het huis in?'

'Dat weet ik niet. Ik moest direct naar huis.'

'Ben je zelf naar binnen gegaan? Ik bedoel voordat je moeder kwam?'

Ze keek me aan. 'Waarvoor?'

Ik haalde m'n schouders op. 'Water drinken, voor de schrik?'

'Nee,' zei Roos.

'Ik denk dat je vader wel gelijk had,' zei ik. 'Dat je grootvader een aardige man was. Hij werd een jaartje ouder. Ik denk dat hij erg alleen was, en misschien ongelukkig, denk je ook niet?'

Ze keek naar de grond. 'Ik weet het niet.'

'Ik raak hier gedeprimeerd,' zei ik. 'Laten we maar een beetje naar de rivier kijken.'

Ik knikte naar het hek aan het eind van het erf. Roos liep gedwee mee. Overal lag rommel, maar de zon scheen. Zon maakt alles mooier. Naast het hek was een wrakke stellage waar ze een eeuw geleden de met zand geschuurde melkbussen op zetten, als ze melkkoeien hadden. Ik schoof erop en klopte op het kaalgeregende hout naast me. Soms komen de confidenties gemakkelijker als ze niet recht tegenover je ogen staan.

'Ik ben een beetje benieuwd naar die ontbijtkoek,' zei ik.

'Dat was zomaar een idee van m'n vader.'

'En daarna ben je hier vaker geweest.'

Roos keek weg. Je zag de rivier niet, wel een vrachtschip dat boven het gras uit stak en op z'n gemak door het beeld schoof, richting België, onhoorbaar omdat het briesje uit het oosten kwam. Wat je hoorde was de provinciale weg naar Venlo, en vogels, en het ademen van Roos, als je goed luisterde. Ze was nerveus, omdat ze me prima begreep en wilde doen alsof ze me niet begreep, of omdat ze eigenlijk niet wilde jokken, ik dacht eerder het laatste.

Ik begon te vissen. Sporen van moord worden na een dag koud en na een paar weken siberisch. Op de plaats delict was in elk geval niks meer. Wat overblijft om naar te zoeken is het motief. Een trommel met AOW-spaargeld, een aandelenfortuin, als ze daarvan wisten. Er was niks verkeerd aan Roos, maar voor school was dit de verkeerde richting en ze fietste hier niet zomaar langs.

'Had je weer een ontbijtkoek bij je?'

Ze had het soort gezicht dat je niet wilt kwellen. Het heeft meisjesgeheimen, maar boven alles uit die jonge, hartbrekende onschuld, die je haar niet af wilt nemen omdat het een witte lelie is uit een betere wereld.

'Hij wilde je toch terugzien? Hij zag z'n kleindochter voor het eerst, hij vond dat leuk?'

'Jawel,' zei Roos. 'Ik kreeg twintig euro.' Ze bloosde weer.

'Wist je dat je die geldkist zou krijgen?'

'Hoe kon ik dat nou weten?'

'Voor de ontbijtkoek?'

'Nou.'

'Daarom denk ik dat je hem vaker ging opzoeken, en dat hij je erg aardig vond.'

'Het was voor de ontbijtkoek, dat stond toch in het testament?'

Het zat in de weerspannige toon. 'Roos,' zei ik. 'Je bent een schat van een meid, maar dat is kletspraat.'

'Niks hoor,' zei Roos.

Ze keek opzij en ik keek terug, en toen kwam ze op de rand van tranen en begon te stamelen: 'Het was niks. Hij was een lieve man. Shit.' Dat kwam luider, kwaad en droevig. Ze wendde haar gezicht af. 'Het was gewoon zielig, daarom, maar als mijn moeder dat te horen krijgt...'

Het zal niet waar zijn, dacht ik. Meisjes van veertien, ik had geen benul, maar het paste niet bij het beeld dat ik van Jozef Weerman kreeg, ondanks de Southern Ladies, en al had hij volgens Miel en Josée zijn vrouw vermoord door haar niet te redden met zijn loterijwinst.

'Niemand hoort iets van mij,' zei ik. 'Maar ik wil wel weten hoe het zit met die geldtrommel.'

'Hij vroeg of ik terugkwam, dan kreeg ik weer twintig euro,' zei Roos. 'Oké, nou.' Ze beet haar lippen hard op elkaar. 'Toen zei hij: je krijgt twintig euro als ik je borsten mag zien.'

'*Right.*'

Misschien beviel mijn intonatie haar niet. 'Zo was het heus niet,' zei ze. 'Hij kwam er nooit aan. Hij bleef vijf meter bij me vandaan. Het had niks met seks te maken.'

Nou ja, dacht ik. Daar zijn definities van. Ik keek naar haar borsten, daar kon een man wel opgewonden door raken. 'Waarmee had het dan wel te maken?' vroeg ik.

'Ik weet het niet.' Dat klonk kortaf, maar ik zag dat ze het daar niet bij wilde laten. Haar gezicht kreeg weer die mooie

glans, meer dan naïeve onschuld, meisjes zijn eerder volwassen dan de puberjongens. 'Hij was een lieve man, oké, het was een beetje zielig. Ik deed m'n bloes omhoog en dan keek hij ernaar, zonder iets te zeggen, dat was alles, een minuut misschien, en dan kreeg ik twintig euro en liet hij me gaan. Ik zei dag grootvader. Soms zei hij dag Roos terug, maar meestal niks en dan stapte ik op de fiets. Dat is alles.'

'Je ging niet met hem naar binnen?'

'Niks hoor. Dat heeft hij ook nooit gevraagd. Hij had natuurlijk niet altijd geld in z'n zak dus als-ie me zag komen, ging hij eerst de boerderij in om de twintig euro te halen. Het was, eh, zakgeld. Van thuis krijg ik niet veel.'

'Je ging dus vaak?'

'Nou, vaak, eens per week? Soms ging Janine, hij kon het verschil toch niet zien.' Ze giechelde, maar niet erg vrolijk. 'Er was een dvd die ik wou kopen, die kostte vijftien euro. Daarom ging ik die ochtend.'

Kleine zakenvrouwtjes. *Ach gossie*, zou Nel zeggen. 'Vertelde hij je van die trommel met geld?'

'Nou, zoiets. Het was onze schatkist, zei hij. Een koektrommel in z'n slaapkamer.'

Ik klopte op haar knie. 'Je hebt hem wel verdiend, vind ik.'

'De helft is voor Janine, hoor. Maar ik wist niet dat m'n grootvader hem aan mij ging geven, anders had ik er heus niks van gezegd.'

'Aan je moeder?'

'Ja, nou, ze kwam zondag na de begrafenis uit de kerk en begon afschuwelijk tegen mij tekeer te gaan.' Roos trok aan een krul en keek naar de hemel. 'Zo is ze nou eenmaal, ze kan het niet helpen. Ik dacht haar vader is dood, maar het enige wat ze doet is schelden op die rotboerderij die niks meer waard was en dat hij te gierig was om een cent opzij te leggen voor zijn kinderen. Toen zei ik van de trommel, het viel eruit, dat was stom, maar ik was zo kwaad.'

Ik grinnikte. 'Dat doen we soms.'

Roos knikte. 'Ze wou weten hoe ik dat wist en toen zei ik dat hij me een keer twintig euro had gegeven. Van de rest niks, ik was blij dat ze niet verder vroeg, maar ze wou er meteen met me heen. Toen heeft ze hem gevonden.'

Een komedie voor het patronaatstoneel.

'Maar daarvóór wist ze er niks van?'

'Natuurlijk niet.' Roos keek naar me. 'Ze heeft in geen tien jaar een woord met mijn grootvader gewisseld.'

'Weet je waarom dat is?'

'Ik weet alleen dat ik het niet snap.'

Ze was een leuke meid, intelligent en goed opgevoed, met de strenge moederhand en de zachtere van de vader. 'Dank je, Roos,' zei ik. 'Ik zal je thuisbrengen.'

'U zoekt Esperanza?'

'Je klinkt alsof je haar kent.'

'Nou, iedereen praat over haar, dat is alles. Voor het testament had niemand ooit van haar gehoord. Oom Thomas ook niet, dan had Bianca me het wel verteld, dat is m'n nichtje.'

'Weet je dat zeker?'

Roos knikte, ernstig. 'Ik ben erg benieuwd naar haar. Ik hoop stiekem dat ze heel anders is dan ze allemaal denken. Zo heet ze ook. Esperanza is hoop, ik heb het opgezocht. Denkt u dat u haar kunt vinden?'

'Dat is de bedoeling. Dit zijn maar omwegen, net zoals die van jou naar school.'

Roos glimlachte weer, we waren bondgenoten en ik bewaarde haar geheimen. Ze keek het weiland in en toen zei ze: 'Weet u, het was raar, maar als mijn grootvader naar me keek… Ik kan het niet goed uitleggen, maar soms leek het net alsof hij eigenlijk niet naar mij keek, maar naar iemand anders.'

Josée zette haar Kia op het gras. Miel z'n brommer stond tegen de schuur en de deur was niet op slot. Ze had haar zwarte tas bij zich. Ze rook gebakken eieren. 'Miel!'

Haar broer stond een koekenpan heen en weer te schuiven op z'n gasstel. 'Nou, dat zal toch minstens de tweede keer in mijn leven zijn dat jij hier binnenkomt.'

'Ik moet met je praten,' zei ze.

Miel draaide het gas uit. 'De zuster spreekt.'

'Ik wil dat je iets doet.'

Hij schoof de eieren uit de pan op een porseleinen bord. 'Hij eet vroeg, hij gaat straks biljarten. Heb jij honger?'

'Wil je naar me luisteren?'

Miel nam een flesje pils uit een krat en droeg zijn bord naar de tafel. De eieren lagen op twee sneden brood met ham. Josée keek ernaar, trok haar neus op. 'Je hebt geld nodig,' zei ze.

Miel nam een opener en wipte de kroonkurk van de bierfles. Hij dronk uit de fles, veegde met de rug van zijn hand over zijn mond en keek naar zijn zus. 'Wat jij nodig hebt, is een soort leven,' zei hij. 'Volgens mij is doodgaan ongeveer het enige wat je elke dag aan het doen bent.'

'Doodgaan doet iedereen.'

Miel schudde zijn hoofd. 'Misschien is het jouwe begonnen toen Thomas het huis uit ging.'

Josée verstrakte. 'Je kletst uit je nek.'

Hij prikte een stuk uitsmijter aan zijn vork. 'Ik zat bij Thomas in de auto en toen bedacht ik dat, over jou. Mensen gaan niet hun hele leven dood. Ze groeien, net als bomen, ze bereiken wat en dan gaan ze dood. Je hoeft niet naar mij te kijken, ik heb plannen.'

'Ik moet zo naar huis,' zei ze. 'Een fatsoenlijke maaltijd maken voor m'n gezin. Wat deed je bij Thomas in z'n auto?'

'Ik begin een transportbedrijf met Sjef Tegelaar.'

'Weet je wat vrachtwagens kosten?'

Miel dronk van z'n pils. 'Ze hoeven niet nieuw te zijn.'

'Arme sukkel,' zei ze. 'Je snapt het niet. Wat je zou kúnnen hebben.'

'Een gesprek met mijn zus,' zei hij.

'Ik wil alleen dat je er iets aan doet. Ik kan hier niet mee naar Thomas.'

Miel kauwde op z'n uitsmijter en keek naar zijn zus, die haar tas openmaakte en er een in plastic gewikkeld voorwerp uit nam. Ze legde het voor hem op de tafel.

Miel stopte met kauwen toen hij besefte waar hij naar keek. 'Hoe kom je daaraan?' vroeg hij verbijsterd.

'Uit de boerderij. Boven in z'n klerenkast.'

Miel raakte het niet aan. 'Wat moest híj met een pistool?'

'Ratten schieten? Wat maakt het uit?'

Zijn zus wist niks van tweede levens en geheime garages, hij dacht aan de grap met Thomas, Jozef als geheim agent van de BVD, elke maand een envelop met salaris en instructies. Plus pistool. Hij moest er plotseling om grinniken.

Zijn zus dacht dat hij de spot met haar dreef en werd kwaad. 'Wát?'

'Niks.' Hij stopte z'n gegrinnik. Zijn zus kwam niet voor niks met een pistool bij hem opdagen. 'Wat moet ik daarmee?'

'Je bent slim genoeg om dat zelf te bedenken.'

'Ik denk nu even net zo lief niet.'

Josée negeerde dat, ze groef weer in haar tas en schoof een dikke envelop naar het bord van haar broer.

Miel stak twee vingers in de envelop en keek erin. 'Waar haal je dát vandaan?'

'Koop wat je nodig hebt en huur een auto.'

'Je praat als een tv-serie.'

'Vind jij het normaal dat die hoer een miljoen krijgt?'

'Dat hele miljoen is al niet normaal.'

'Maar het is er. Wil je alsjeblieft even meedenken? Zonder die hoer krijgen we elk zeshonderdduizend euro.'

'Ik ga biljarten,' zei Miel.

Josée legde haar hand op de envelop. 'Anders vraag ik die partner van je, waar je de bak voor indraaide? Hij is je wat schuldig, maar hij zal hoe dan ook graag vijftigduizend euro verdienen. Geef me z'n adres maar.'

'Vijftigduizend?'

'Of meer als hij meer vraagt. Ik betaal, van mijn aandeel. Of ik betaal jou.' Ze keek hem aan. 'Je bent een slons maar geen lafaard.'

'Ik zou niet weten hoe ik het mens moest vinden.'

'Doe niet zo onnozel. Oscar weet waar die detective uit-hangt.'

Iets in haar toon. 'Oscar?'

'Je biljartvriend.'

'Waar ken jij Oscar van?'

'Hoe bedoel je?'

'Wie doet er onnozel?'

'Ik heb bij hem in de klas gezeten, dat is alles.'

Miel keek ironisch naar haar. De hele situatie begon absurd te worden. 'In de klas. Ach, gossie.'

'Ja, gossie,' zei ze, kwaad. 'Gewoon met de rest, op school. Weet jij veel? Je liep vijf jaar achter.' Ze hoorde haar stem schel en snauwerig worden en bond in. 'Je hoeft die man maar te volgen,' zei ze, kalmer. 'Hij brengt je er vanzelf naar toe. Je kunt mijn auto gebruiken.'

'Ik heb al een auto.'

'Ja, op twee wielen.'

'Onze geliefde pistolenman had een geheime auto in een ge-heime garage. Een keurig gewassen Peugeot, om naar de hoe-ren te gaan. En een paar nette pakken, daar past Bertus mis-schien in.'

Josée staarde hem aan. 'Is dat je uitstapje met Thomas, naar Arcen?' Ze probeerde zich in te houden. 'Waarom mocht ik dat niet weten?'

'Je hoort het nou toch?'

De etterbak. Josée hield zich in, dit liep anders dan ze had gewild. Het lukte Miel altijd om haar van haar stuk te treiteren, dat was al zo sinds hij een snotjochie was. Ze deed niet voor niks al levenslang haar best om hem buiten de deur te houden.

Ze haalde diep adem. Ze wilde geen ruzie maken, ze had hem nodig. Ze nam haar hand van de envelop. 'Je kunt er hoe dan ook beter een huren,' zei ze. 'Dat is vierduizend, voor de kosten.'

Miel fronste naar de envelop en begon te grijnzen. 'Ah,' zei hij. 'De verdwenen vierduizend.'

'Hij betaalt het zelf,' zei Josée, haar mond hard.

11

ER ZAT EEN JONG ECHTPAAR IN DE IKEA-WACHTKAMER.
In het kantoor ertegenover was de kale assistent papieren aan
het sorteren die een kopieermachine eruit stampte. 'Goeie-
morgen?'

'Meneer Brakveld heeft een bespreking,' zei hij.

'Ik heb hem een seconde nodig.'

'Gaat u zitten.' Hij liep ijverig naar zijn bureau en greep de
telefoon. 'Meneer Winter is hier.'

Brakveld kwam al door de tussendeur voordat ik een stoel
kon nemen. Hij droeg een net pak en had haast. 'Max. Ik heb
mensen in m'n kantoor en ook in de spreekkamer.' Hij trok
de deur achter zich dicht. 'Oscar zal je dat adres in Rotterdam
geven, maar misschien hoef je daar niet eens meer heen. We
werden gisteren gebeld door iemand die Esperanza kent.'

Ik keek naar Oscar, die weer druk was met z'n sorteerwerk
en deed alsof hij niet luisterde. 'Wie was dat?'

'Een vrouw, ze had een advertentie gezien. Die Esperanza
heet volgens haar Spruyt, ze woont bij haar in de buurt. Ze
gaat haar zo gauw mogelijk inlichten.'

'Vroeg ze naar de erfenis?'

Hij grinnikte. 'Mensen zijn nieuwsgierig. Ik heb me op de

vlakte gehouden, alleen maar dat het substantieel was.'
Substantieel. 'Waar belde ze vandaan?'
Hij was al bijna weg. 'Roosendaal.'
'Woont Esperanza daar?'
'Dat neem ik aan.'
Ik wilde niet boos worden. Misschien had ik te lang op de planeet van de bedriegers geleefd, maar zijn oudere en ervaren voorgangers zouden complete gegevens van zo'n opbeller hebben geëist en die controleren alvorens zelf terug te bellen, en dan nog zouden ze geen erfenis als substantieel in het vooruitzicht stellen. 'Heb je het nummer van die dame?' vroeg ik.

Brakveld had zijn hand op de deurknop. 'Ze had haast, ik heb het niet gevraagd, maar misschien zit het in de telefoon. Oscar, kun jij dat nagaan?'

Oscar zette de kopieermachine stil en ging gedienstig naar z'n bureau.

'Wacht, voordat ik het vergeet.' Ik trok de envelop uit m'n binnenzak. 'Hier zit anderhalfduizend euro in, het hoort bij de nalatenschap.'

'Hoe bedoel je?'

'Een verhaal waar je nu geen tijd voor hebt.'

'Leg maar neer dan. Oscar, maak een kwitantie. Ik bel je zodra ik van Esperanza hoor, dan kunnen we het afronden?'

De deur ging dicht. Oscar knutselde met de telefoonknoppen, schreef een nummer op en gaf me het papiertje. 'En het adres van Maas,' zei ik. 'In Rotterdam?'

'Ik dacht dat dat niet meer...' Hij keek naar mijn gezicht, haalde z'n schouders op en gaf me een ander velletje papier. Ik gaf hem de envelop. Hij liet de bankbiljetten eruit vallen.

Ik reikte naar het telefoontoestel. 'Ik bel even,' zei ik.

Oscar telde bankbiljetten. Ik toetste het nummer van z'n briefje.

Een man. 'De Poort van Kleef?'

'Is dat een café?'

'Hotel, café, restaurant de Poort van Kleef. Zeg het maar?'

Ja, wat? *Kunt u nagaan welke dames gisteren uw telefoon hebben gebruikt? Meent u dat nou?* 'Sorry,' zei ik. 'Ik denk dat ik een verkeerd nummer heb.'

Ik legde neer. Oscar schreef een kwitantie voor me uit. Ik stak hem weg. 'Wie was de jonge kapelaan die de begrafenis van Jozef Weerman deed?' vroeg ik.

'Oh.' Een rimpel op het schrale voorhoofd. Zijn ogen hadden de mistige aquareltint van jeukgevende zeedieren, een glibberige kwal, maar daar kon hij natuurlijk weinig aan doen. 'Ik denk dat u pater Bruno bedoelt, in de Gerardus Majella. Maar u bent toch klaar?'

'Ik ben klaar als Esperanza in het kantoor hiernaast zit.'

'Ah, ja, natuurlijk. Maar pater Bruno zal er weinig van weten, hij is hier nauwelijks een jaar?'

Dat was wat iedereen beweerde.

Het adres van Frederik Maas was in Rotterdam, ik was in Limburg. Misschien hoefde ik niet naar Rotterdam, als het optimisme van de jonge notaris over mijn pessimisme triomfeerde en Esperanza morgen bij hem voor de deur stond, maar de kapelaan zat in m'n hoofd. Als je vaak genoeg hebt moeten terugkeren voor een los eindje dat eerst onbelangrijk leek en later de zaak openbrak, krijg je het compleet afwerken van locaties er vanzelf ingehamerd.

De Gerardus Majella was een stevige Limburgse kerk van donkere baksteen. Een zijdeur was open. Je hoopt altijd dat iemand op het orgel speelt en in sommige kerken is dat ook zo, op elk uur van de dag, maar dan meestal op een band voor de toeristen, met een dwarsfluit erbij, of erger, een gitaar met blij gezang, in de trend van wat een verstandige bisschop destijds de frisdrankliturgie noemde. Deze kerk was stil, ik zag alleen de vier evangelisten aan weerskanten tussen gebrandschilderde ramen, Maria boven kaarsen en bloemen in haar

eigen kapel rechts voorin, en Jezus aan het kruis.

Ik zou daar wel even in een bank willen zitten om uit te rusten en de dingen te overdenken die in kerken als vanzelf bij me opkomen, zoals verlies, en de vraag of het toeval een bestierende harmonie heeft, maar het was vijf uur en ik wilde naar huis om mijn overhemden in de was te doen en in m'n eigen bed te slapen. Rumpt was een uur rijden, en wie weet gingen priesters om zes uur aan tafel, de oude pastoor en zijn jonge kapelaan, met een glaasje miswijn en diverse parochiezaken, en misschien een soort leegte, die bij het celibaat hoort en die niet helemaal opgelost kan worden door met Jezus te trouwen. Dat denk ik tenminste.

De deur van de pastorie ging open terwijl ik naar de bel reikte. Een man trok een hond achter zich aan naar buiten. De hond was geelwit en langharig, hij zat aan een touw. De man had sluik donker haar en donkere ogen en het smalle, nogal ascetische gezicht dat ik had gezien op een schilderij van Sint-Franciscus, maar dan met vogels eromheen.

'Hallo,' zei hij. 'U moet even wachten, Mina is zo klaar, u kunt wel naar binnen gaan, hoor.'

'Ik kom niet voor Mina.'

'Oh. Ik dacht dat u haar broer was. Ze wordt opgehaald, voor een verjaardag.'

'Ik zoek kapelaan Bruno.'

'Dat ben ik.' Hij droeg geen priesterboord, wel een donkere broek en een kloostergrijze trui. De hond rukte wild aan het touw en de kapelaan rukte hem terug en gaf hem een fikse trap. 'Carlo! Hou je gemak!' Hij grinnikte verontschuldigend naar me. 'Ik wou hem net uitlaten. Hij is jong, ze moeten alles leren. Carlo!'

'Zal ik meewandelen?'

'Waar gaat het over?'

'Jozef Weerman.'

'Oh.' Hij dacht na en knikte. 'Dan gaan we in de tuin. Ik pak m'n jack, als u hem even vasthoudt?'

Hij duwde het touw in m'n handen en verdween de pastorie in. Carlo begon direct tegen me op te springen. Ik weerde hem af, een bek vol tanden en kwijl, hetgeen hem voornamelijk aanmoedigde. Misschien was een kapelaansvoet in de ribben geschikter, maar ik zwaaide een strenge vinger en zei: 'Carlo, ga als de sodemieter liggen.'

Misschien was het de vreemde stem, want Carlo deinsde terug, tot het eind van het touw, en ging op zijn achterste zitten. Zijn staart zwiepte stof van de tegels. Hónden, dacht ik.

De kapelaan kwam terug, in een gewatteerde groene jekker. Ik gaf hem het touw en Carlo werd weer wild en pater Bruno zwaaide zijn voet. 'Hij is hardleers,' zei hij. 'Of een masochist. Kom maar mee.'

We liepen langs een ligusterhaag over platgetrapt grind tussen de kerk en de pastorie. Achter de pastorie waren lage buxushagen en grasperkjes, een fontein en een stenen bank, het leek iets voor brevierende pastoors. We zaten naast elkaar op de koude steen. Er kwamen geen vogels van de kerk gefladderd om uit zijn hand te eten, maar de kapelaan trok Carlo naar zich toe en maakte het touw aan z'n halsband los.

'Vooruit dan maar,' zei hij. 'Als Govert het ziet zijn we nog niet jarig, Govert doet elke week de tuin. Je hebt nu van die kartonnetjes met ingebouwd poepschepje, maar daar loop je dan mee in je zak tot je een vuilnisbak tegenkomt.'

'Het is veel gedoe,' zei ik. 'Mijn naam is Max Winter.'

Carlo zwierf tussen de perkjes, dronk van de fontein en hurkte er pal naast. 'Hemel,' zei de kapelaan. 'Uitgerekend dáár. Bent u familie van Jozef Weerman?'

'Nee. Zegt de naam Esperanza Spruyt u iets?'

'Zeker. Althans Esperanza, dat vergeet je niet gauw. Is Spruyt haar familienaam? Het klinkt als een rare combinatie. Waar is het voor?'

Ik trok mijn kaart. 'Ze wordt genoemd in het testament van Jozef Weerman. Notaris Brakveld heeft me gevraagd om haar op te sporen.'

'Ach,' zei hij. Zijn gezicht werd zachter, zijn stem ook. Hij keek vluchtig naar mijn kaart terwijl hij het touw om zijn linkerhand wikkelde. 'Jozef heeft het dus toch gedaan. Daar ben ik blij om.'

'Dat hij een testament heeft gemaakt?'

'Dat hij aan Esperanza heeft gedacht. Ik hoop dat hij ook iets heeft gedaan voor zijn kinderen?'

'De kinderen zijn voornamelijk boos.'

Hij keek verwonderd opzij. 'Waarom? Hij was beslist niet van plan om ze te onterven.'

'Zij krijgen de boerderij. Na aftrek van de belastingen is dat ruim twee ton. Maar ze gaan het aanvechten.'

De kapelaan fronste. 'Dat begrijp ik niet, als ze de boerderij krijgen?'

'Hij had ook een aandelenportefeuille, die hij aan Esperanza wilde nalaten.'

Hij knikte. 'Hij vertelde me dat hij een loterij had gewonnen en daar iets van had belegd, volgens hem kon dat nu wel een paar ton waard zijn. Een soort appeltje voor de dorst, hij gebruikte een deel van de opbrengst. Maar in zijn testament zou wat ervan over was voor haar zijn.'

'De waarde is meer dan vier miljoen euro.'

Hij staarde verbijsterd naar zijn hond, die klaar was bij de fontein en nu door de perken zwierf en her en der een achterpoot optilde om zijn territorium af te bakenen. 'Lieve hemel,' zei hij.

'Wist u dat niet?'

'Nee. Hij dacht aan een paar ton. Het was niet erg duidelijk.' De kapelaan wreef zijn handen, een onbewust Pilatusgebaar, maar zonder de schijnheiligheid. 'Als mensen met een priester komen praten, gaat het meestal over een ander soort boekhouding.'

Ik glimlachte terug. 'Ik zit hier naast u omdat ik het idee kreeg dat Jozefs andere boekhouding me misschien kon helpen bij het vinden van Esperanza.'

'Volgens hem woont ze in Arcen.'

'Dat was erg lang geleden.'

Hij knikte. 'Vier miljoen. Hij zag eruit als een armoedzaaier.'

'Dat geld is kennelijk beter voor hem belegd dan hij zelf kon vermoeden.'

'Kreeg hij dan geen afrekeningen?'

'Dat is een ingewikkeld verhaal.' Ik keek naar hem. 'Kwam hij voor die andere boekhouding speciaal naar ú?'

Hij grinnikte, met goedaardige spot. 'U bedoelt dat ik erg jong en onervaren ben om de biecht van een oude man te horen?'

'Volgens zijn kinderen bent u hier nog geen jaar.'

'Ik vroeg ooit aan een jonge rechter waarom mensen die z'n grootvader konden zijn, hem in vredesnaam serieus zouden nemen. Het is het kleed, en de functie, en omdat ze je nodig hebben. Ik hoef gelukkig niemand te veroordelen, maar het is min of meer hetzelfde. Ik ben het oor dat luistert.' Kapelaan Bruno zweeg even. 'Hij kwam niet speciaal voor mij. Hij wandelde op een avond de kerk in en ik was daar toevallig. Ik ben daarna een paar keer bij hem thuis geweest. Daarom vraag ik me nu af... Carlo! Kom hier!'

De hond was bezig richting straat te verdwijnen, maar holde gewillig terug. Misschien hoopte hij dat zijn baas wilde spelen, of was hij toch een masochist. De kapelaan greep zijn halsband en knoopte het touw eraan, trok de hond naar een in bolvorm geschoren buxus en bond het touw om de dunne stam. De hond ging liggen hijgen, bek open, tong eruit, ogen op de baas.

'Ik ben niet verder gekomen dan de keuken,' zei de kapelaan op zachte toon. Hij knikte, als tegen zichzelf. 'Hij wist

het dus niet, u zegt dat het ingewikkeld is, maar ik kan het me niet voorstellen.'

'U beweerde dat hij spijt en berouw had, volgens de kinderen. Komen we hier in het biechtgeheim?'

'Hij heeft niet gebiecht, maar vertrouwen is de natuurlijke metgezel van het kleed en de functie.'

Ik keek naar zijn plechtigheid, en hij grinnikte terug.

'Hij is dood,' zei ik.

De grimas veranderde in een glimlach en zijn ogen gingen naar de koele hemel boven de kerk. 'Misschien was hij net op tijd om daar een rustige plek te verdienen.'

Ik wist niet of hij hier ook de spot mee dreef. Jonge priesters in moderne tijden, ze willen bij de voornaam worden genoemd. Bruno. 'Schuld en boete?' vroeg ik dus maar.

'Hij was erg ongelukkig, en eenzaam.'

'En rijk.'

De kapelaan keek naar zijn hond. 'Oudere mensen kijken terug op hun verleden,' zei hij. 'En sommigen krijgen last van dingen die ze verkeerd hebben gedaan. Elke slechte daad bergt zijn eigen wraakengel in zich, ik weet niet meer wie dat zei. De ergste straf is misschien dat je pas spijt van verkeerde daden krijgt als je ze niet meer ongedaan kunt maken. Ik ben dus een veel te jonge kapelaan, maar ik heb allang ontdekt dat mensen daar zwaar onder gebukt kunnen gaan.'

'Hij werd gehaat door zijn kinderen,' zei ik, om hem bij de les te houden.

'Dat was een van de dingen die hem kwelden.'

Ik blikte tersluiks op mijn horloge. 'En Esperanza?'

'Ook. Hij heeft haar slecht behandeld en in plaats van hem aan zijn lot over te laten redde ze zijn leven.'

Ik zuchtte en keek naar hem. 'Ik durf nauwelijks aan te komen met de politievragen van wat en waar en wanneer en waarom, maar Esperanza is een van zijn erfgenamen. Ik begrijp vertrouwen, maar als hij een slechte daad wilde goedmaken, zult u

hem misschien willen helpen om die wraakengel van z'n schouder te krijgen en een plek daarboven te verdienen.'

De kapelaan lachte. 'Touché.'

'Wie is Esperanza?'

'Een meisje dat zijn leven heeft gered.'

'Bij wijze van spreken?'

Hij schudde zijn hoofd. 'Beslist niet. Het is lang geleden. Hij kwam uit Venlo, midden in de nacht. Hij had veel gedronken. Er stond een meisje te liften, vlak buiten Venlo. Hij nam haar mee. Ze kwam van een schoolfeest, ze had de laatste bus gemist, ze moest naar Arcen. Ze heette Esperanza. Jozef zei dat hij over de dijk ging omdat hij een paar glazen op had en de politie uit de weg wilde blijven. Hij begon haar aan te randen en het meisje weerde hem af, ze probeerde uit de auto te springen. Hij hield haar beet en reed een loskade op om daar te stoppen, maar in de worsteling trapte hij op het gas in plaats van op de rem en ze schoten de rivier in. Hij was dronken, hij kreeg z'n riem niet los, hij had de deuren vergrendeld, hij kon niet eens zwemmen, maar het meisje hield het hoofd koel, ze deed haar raam open en liet de auto vollopen, alles volgens het boekje, en ze wist eruit te komen. Ze was veertien. Een ander meisje zou zo'n man misschien aan z'n lot overlaten en ervandoor gaan.' Hij zweeg en glimlachte in zichzelf. 'De oude pastoor zou zeggen dat ze behalve zijn leven ook zijn ziel heeft gered, die rechtstreeks naar de hel zou zijn gegaan.'

Veertien. Ik dacht aan Roos.

'Jozef herinnerde zich weinig van de rest, hij was bewusteloos, maar Esperanza heeft hem er dus uitgehaald. Je komt niet tegen zo'n kade op, ze heeft hem dus zwemmend naar het eind ervan moeten slepen en hem daar op de oever getrokken. Toen hij bijkwam was ze mond-op-mondbeademing op hem aan het doen. Zodra hij buiten gevaar was, is ze naar een boerderij gerend om hulp te halen. Daarna heeft Jozef haar nooit meer gezien.'

'Ze kwam niet mee terug?'

'Nee. Jozef dacht dat ze zich bij die mensen heeft opgeknapt en direct naar huis is gegaan of is thuisgebracht. Hij durfde er niet naar te vragen. Dat begrijp ik wel.'

'Is er politie bij geweest?'

'Dat weet ik niet, misschien voor de verzekering. Zijn auto moest er natuurlijk uitgetakeld worden. Die mensen hebben hem op de been geholpen en hij heeft iemand gebeld om hem op te komen halen en naar huis te brengen.'

'Naar huis?'

'Ja, waar anders?'

'Welk jaar was dat?'

'Negentig of eenennegentig? Het was eind juni. Zijn vrouw leefde nog. Hij had een erg ongelukkig huwelijk.'

Ik knikte ijverig. Jozefs biecht aan de kapelaan strekte niet tot Arcen en het deed er niet toe, maar volgens de jaartallen in mijn hoofd ging Jozef beslist niet naar huis, al was het maar omdat hij de verkeerde kleren droeg. Hij belde Smeets, en had hem goed betaald om het takelwerk te regelen. Oude vochtkringen op de bekleding, dezelfde Peugeot, toen nog praktisch nieuw.

'Hij wilde ook geen boer worden,' zei ik. 'Heeft hij u verteld wat hij wél wilde?'

'Nee. Alles zat hem tegen. Daarom begrijp ik dat geld niet. Me dunkt dat hij daar zijn leven mee had kunnen veranderen.' Hij keek me aan. 'Dat is toch tragisch?'

Het minste wat ik kon doen was hem uit zijn verwarring helpen. 'Hij wist niet dat de portefeuille zo hard groeide. Hij nam er elke maand anderhalfduizend euro uit. Hij wilde geen afrekeningen. Dat is vreemd, maar er zijn nu eenmaal vreemde mensen.'

'Daar weet ik alles van,' zei de kapelaan.

De vraag was natuurlijk of Jozef Weerman de portefeuille ook aan Esperanza zou hebben nagelaten als hij had geweten

dat die vier miljoen waard was. 'Hij had het meisje minstens kunnen bedanken,' zei ik. 'Of belonen, daar had hij geld genoeg voor.'

De kapelaan gebaarde vaag. 'Ja.'

'Vindt u dat niet vreemd, dat hij nooit contact met haar heeft gezocht? Zelfs niet na de dood van zijn vrouw?'

'Uit schaamte misschien. Mensen hebben ook een neiging om dingen te willen vergeten of verdringen, dat is vaak gemakkelijker. Het komt dan later terug, enfin, dat zei ik al. Ook dat van zijn vrouw, hij had die loterij gewonnen, en hij had haar met dat geld misschien kunnen redden. Nu zou hij dat hebben gedaan, maar in die tijd was hij hardvochtig genoeg om te denken dat haar minnaars dat maar moesten doen.' Hij zweeg abrupt en beet op zijn lippen.

Minnaars? De brave mijnwerkersdochter? Ik dacht aan Jozefs eigenaardige formulering in het testament. Misschien wist hij dat Miel en Josefien niet van hem waren, maar van de postbode. Het maakte niet uit, ik zocht Esperanza, geen onbekende vaders. De zaak was al ingewikkeld genoeg.

'Pardon,' zei de kapelaan. 'Neem me niet kwalijk, deze dingen doen er niet meer toe. Ik wilde alleen maar zeggen dat Jozef spijt had, over zijn vrouw en zijn kinderen, en vooral Esperanza.'

Ik hielp hem naar neutraler terrein. 'In het testament noemt hij haar Esperanza Spruyt. Hoe wist hij haar achternaam, en zelfs die spelling met Griekse y? Hij ziet een liftster, wat zegt zo'n meisje? Hoogstens dag meneer, ik ben Esperanza, ik heb de bus gemist, komt u toevallig langs Arcen?'

'Ik heb geen idee,' zei hij. 'Maar voor hem was Esperanza zoiets als een beschermengel, de enige in zijn leven die kwaad met goed beantwoordde. Hij zat te huilen in de kerkbank, een verloren ziel. Ik kon hem niet troosten, een oude man heeft al die teksten en wijsheden wel gehoord. Ik kon hem alleen de praktische raad geven om te proberen zijn ziel te verlichten

door er iets aan te doen, iets goed te maken zolang hij dat nog kon. Toen zei hij dat hij wat geld had belegd.' De kapelaan glimlachte. 'Vroeger liet de zondaar dan alles na aan de kerk,' zei hij, met aangename ironie. 'Maar misschien heb ik hem geholpen bij zijn besluit om dat testament te maken, voor Esperanza. Het is verdrietig dat de kinderen boos zijn, het is ook wel erg veel geld. Geld doet rare dingen met mensen, maar misschien zou Esperanza moeten instemmen met een redelijker verdeling. Vier miljoen is nogal buitensporig.'

'Het meeste gaat naar de belastingen,' zei ik.

Hij knikte. 'Ja, maar dan nóg.'

Ik wilde naar huis en slapen in mijn eigen bed, maar ik was nog niet binnen of ik had de smoor alweer in. De smoor is een kleinigheid waar iemand anders je in een handomdraai vanaf helpt met behulp van een leuke glimlach en een gebakken eitje bij het ontbijt.

Het had niks te maken met de Weerman-erfenis, of met het zoeken naar Esperanza. Esperanza maakte me nieuwsgierig. Een meisje dat op haar veertiende haar potentiële verkrachter van de dood redt en hem tot leven wekt, met nota bene haar meisjesmond op de zijne.

Het was meer omdat het huis aan de Linge niet vrolijker werd van dat mooie beeld. Dronken worden deed ik niet meer, sinds Corrie op een ochtend kwam schoonmaken en haar werkgever met een lege whiskyfles uitgeteld op de bank aantrof, met zoveel verdronken hersencellen dat hij moest vragen hoe ze ook weer heette.

Sorry, mijn naam is Corrie. Een sprinkhaan, destijds tenminste, toen ze het hier leuker had, met CyberNel en Hanna, die haar *Sorry* noemde omdat wij dat ook deden, maar dan als ze er niet bij was. Na het auto-ongeluk van drie jaar geleden dat CyberNel en Hanna het leven had gekost, ontpopte Corrie zich onverwacht eigenwijs en koppig genoeg om haar

strenggereformeerde ouders te trotseren en de stuurloze weduwnaar niet in de steek te laten. Ze is minder sprinkhaan en minder verlegen, ze komt nog steeds, twee ochtenden per week.

Corrie was die ochtend geweest, het huis rook naar gewassen ramen, spiritus, glassex, en het spul dat werksters op hout spuiten om het in één handeling met een doekje stofvrij en glanzend te krijgen. Ik had onderweg gegeten, in het wegrestaurant in Waardenburg dat altijd Isabelles restaurant zou blijven, nog zo'n naam in de achteruitkijkspiegel. Ik nam een glaasje cognac bij de koffie en keek naar het nieuws. Presidentsverkiezingen en bomaanslagen, dure olie, schaars wordende rijst en maïs en soja omdat de producenten er biobrandstoffen van maakten, met als gevolg prijsverhogingen en voedselrellen. Volgens de jongste berekeningen zou de Noordpool bovendien al binnen vijf jaar zomers geheel ijsvrij zijn, in plaats van pas na mijn dood in 2030.

Men kon levenslang ongelukkig blijven, zoals Josée van plan leek te zijn, maar als we niet bijtijds het compromis hadden uitgevonden, zou de mensheid vijfduizend jaar geleden al zijn uitgestorven. We vergeten en verdringen, zoals de kapelaan zei. Alles verandert, maar op de lange weg naar het einde maakt het brein hier en daar geheugenfoto's, om mee te nemen en te bewaren. Ik zag er nu een, over het smeltende ijs van de Noordpool heen, glas cognac in de hand. Het is een foto in de spiegel, in halfnaakte wanordelijkheid, ik heb mijn armen om haar middel en houd haar gevangen tegen de wastafel. CyberNel wast mijn hand, die ik openhaalde bij het loswrikken van een volgzender in de bumper van m'n BMW. Ze heeft sterilon in haar tasje en spuit het erop. Dat is de foto, die wonderbaarlijkheid, haar aandacht, de roze gloed van liefde. Daarna sluipen we het hotel uit en jakkeren naar Antwerpen, om een moordenaar te grazen te nemen.

Een jongetje zei dat hij Stas heette en zijn vader ging roepen. Gezinsleven. 'Brakveld.'

'Max Winter.'

'Ja. Ik heb nog niks uit Roosendaal gehoord. Misschien was het een andere.'

'Dat denk ik ook.'

Mensen bellen op erfenisadvertenties, ze zijn nieuwsgierig of vervelen zich. Ik kon hem op de kast jagen door op te merken dat gokken op twee Esperanza's Spruyt me een geheide methode leek om geld weg te gooien, maar ik wilde zijn nobele vertrouwen in de mensheid niet verzieken. Ik wilde verder met de Weerman-zaak. Niet omdat ik verlegen zat om werk, maar omdat ik betrokken begon te raken bij de winnaars en de verliezers, het zijn altijd mensen. Het overkomt me vaker en het is niet erg professioneel. Het is een onredelijk gevoel van verantwoordelijkheid dat behalve extra kopzorgen meestal weinig nuttigs oplevert.

'Ik ga morgen naar Rotterdam.' Rotterdam, Roosendaal, allemaal dezelfde kant uit. 'Oké?'

Harry Brakveld vond het prima.

Ik schakelde de tv en de lichten uit en was halverwege de trap toen de oude kranten me te binnen schoten. Ik keerde terug, deed het licht weer aan en opende de achterdeur. Ik zwaaide naar de donkere nacht, om het beweeglicht, of hoe dat ook heet, aan de gang te krijgen. Nel had dat licht geïnstalleerd nadat iemand 's nachts op z'n gemak naar de carport was gewandeld om een volgzender onder m'n BMW te kleven. Nel was een jonge moeder. Haar dochter sliep boven. Het had ook een bom kunnen zijn. De kranten lagen in de kofferbak.

Ik bracht ze naar binnen en legde ze op mijn bureau. Ze waren allemaal uit 1991, dat was me in de boerderij opgevallen, en daarom had ik ze meegenomen. *Limburgs Dagblad, De Limburger.* Ik sloeg er een open en nog een, neusde in katernen

met nieuws uit de tijd dat ze stukken Berlijnse Muur bij opbod verkochten en China nog sliep. Ik wist niet wat ik zocht. Ik vouwde ze dicht, legde ze terug zoals ze in Weermans la hadden gelegen en keek ernaar.

Waarom bewaarde hij oude kranten?

China zou hem een zorg zijn. Uitslagen van de Duitse klassenloterij, maar die had hij twee jaar daarvóór al gewonnen. Eerder iets plaatselijks.

Het was een nette stapel, alles in vieren gevouwen, de ruggen naar één kant, de koppen boven. Een hooiberg is de beste plaats om een hooispriet te verbergen. Zijn vrouw leefde nog. Maar na haar dood had hij dat plaatselijke politiebericht over het dappere meisje dat het leven redde van een te water geraakte automobilist in een zilveren lijst boven zijn bed kunnen hangen. Alleen waren dit allemaal maandagedities, van juni tot september. Donderdags naar de Southern Ladies. Misschien was Jozef gefrustreerd geraakt en aan de drank gegaan omdat Angela er niet was en hij hem niet overeind kreeg bij Melanie. Maar als dat in zijn vaste nacht van donderdag was gebeurd, zou je eerder kranten van vrijdag of zaterdag verwachten.

Volgens kapelaan Bruno was er geen politie bij geweest. Dat kon vreemd lijken, maar misschien niet in Limburgse rivierdorpen waar ze nog aan burenhulp deden. In die tijd ressorteerde dit waarschijnlijk nog onder de Verkeersgroep Rijkspolitie te Herkenbosch, en tegen de tijd dat die er waren, als ze al kwamen, zat iedereen aan de koffie bij de buren en viel er hoogstens nog een auto uit het water te takelen. Er zou misschien een bericht in *De Limburger* hebben gestaan als een van die buren een bijbaantje had als plaatselijk correspondent. Dat leek onwaarschijnlijk toeval.

Ik keek naar het stapeltje. De gevouwen ruggen waren groezelig, alsof er ongewassen boerenvingers en duimen langs waren gegaan. Een van die ruggen, ongeveer midden in de sta-

pel, leek donkerder en meer beduimeld dan de rest. Ik nam de bovenste helft van de stapel. Ik kon direct zien dat *De Limburger* die nu bovenop lag ontelbare malen was opengeslagen en weer dicht was gevouwen. Dat was zorgvuldig gedaan, maar vouwen slijten nu eenmaal. De hooispriet in de berg.

Het was een binnenpagina, logisch. Plaatselijk en regionaal sportnieuws. Maandagkranten zijn sportkranten. De pagina was beduimeld en groezelig, behalve op en rond de zwart-wit-foto van een veertienjarig meisje in ééndelig badpak, badmuts in de hand, met een kort bericht eronder.

Voer voor de psychiater.

Honderd keer, duizend keer. Jozef vouwt de krant open, strijkt de pagina glad, legt zijn handen aan weerskanten van de foto, kijkt ernaar, zonder hem met een vinger aan te raken. Hier ontdekt hij de achternaam, met de Griekse y. Hij weet niet dat hij een fortuin bezit, hij is moederziel alleen in het droevigste van alle huizen. Waar denkt hij aan? Hij kijkt naar een ander veertienjarig meisje, raakt haar niet aan, ziet iemand anders. Esperanza Spruyt uit Arcen is zaterdag j.l. jeugdkampioene geworden van de zwemclub Venlo. Volgens de plaatselijke correspondent is ze een veelbelovend talent. Ze gaat in september op voor de provinciale kampioenschappen.

Als de datum van de kapelaan klopt, is dit nauwelijks een week nadat ze haar dronken aanrander van de verdrinkings-dood redt. Daarover geen woord.

Misschien gebruikt ze haar hersens. Ze holt naar de buren. Nee, u hoeft de politie niet te bellen, een ongelukje, ik heb hem eruit gehaald, kunnen jullie hem alsjeblieft op de been helpen? Ik moet naar huis, ik krijg op m'n donder. Ze wil geen politie of dit soort publiciteit. Ze wil het vergeten. Wat ze wil is zaterdag zwemmen en kampioen worden, geen arm-slag missen, geen adem verspelen aan trauma of zenuwen.

Misschien zat er een tweede hooispriet tussen de septem-berkranten, maar ik vond niks dat er meer beduimeld uitzag

dan de rest. Het provinciale kampioenschap niet gewonnen, geen foto, misschien stond haar naam tussen de deelneemsters, maar Jozef ging niet duizend keer naar een naam zitten staren als hij daar in een andere krant een foto bij had.

Ik keek naar de zwart-witfoto van de jonge Esperanza. Ze had een mooi, smal gezicht, met die donkere zweem van Spanje rond de ogen en boven de mond, de ogen leken zwart, met lange wimpers, het steile, halflange haar was beslist zwart, het viel slordig op haar schouders, misschien had ze net haar badmuts afgenomen en het losgeschud. Ik zag geen zenuwen van het drama van de week ervoor. Esperanza keek vrolijk, ze stráálde van levenslust, dat kon ik zien en voelen. Een slank, kordaat meisje, een sexy veertienjarige, die kon dromen en koelbloedig zijn, een jonge Penelope Cruz.

12

EEN HUIS IN DE VOSSIUSSTRAAT. IK HAD MIJN REISTAS IN
de auto, want ik zou hier geen Esperanza vinden. Misschien
had ik dit per telefoon kunnen doen, maar erheen is altijd beter, al was het maar om met hulp van de oveejee-kaart te laten
zien dat je geen telefonische verkoper van verwarmingsketels
bent. Je ploetert door het alfabet, in de hoop dat je onderweg
naar z een paar letters kunt overslaan. Naast de deur stond H.
MAAS. Ik had liever F. MAAS gezien. Ik fronste naar het bordje. De deur ging open.

'Dag mevrouw. Ik zoek een meneer Frederik Maas, ik
kreeg dit adres...'

'Frederik was mijn broer.'

Was? Ik keek naar haar, de frons nog op m'n gezicht. Een
lange grijze vrouw, nogal uitgeblust, een bril en een rok met
meel erop, en het alfabet hield al z'n letters.

'Hij is vijf jaar geleden gestorven,' zei ze.

'Dat spijt me,' zei ik.

'Ja. Waar is het voor?'

Ik tastte naar de oveejee. 'Uw broer had destijds een huis in
Limburg, het gaat eigenlijk om een mevrouw Spruyt, die op
datzelfde adres heeft gewoond, ze had een...'

'Glória?'

Ze keek vol afkeer naar mijn kaart, alsof ze een foto van Gloria Spruyt onder het plastic zag, in plaats van mijn vriendelijke gezicht.

'Kent u haar?'

'Nou, kennen? Fred bracht het mens een paar keer mee, dat is ook alweer twintig jaar geleden, hij heeft met haar samengewoond, wat, zes jaar? Hij wou zelfs met haar trouwen, maar dat is gelukkig...'

Afgebroken, opgelost, ontraden door de zuster; ik zag geen ring aan haar knokige vingers. Voorzichtig maar. 'Gloria was al eerder getrouwd geweest, meen ik?'

'Ja, daarom heet ze dus Spruyt, hè. Zelf had ze zo'n Spaanse naam, daar hebben we nog tachtig jaar... enfin.' Ze sloot haar gezicht en ik zag dat de deur weldra ging volgen.

'Ze had toch een dochter?'

'Zo'n scharminkeltje.' Ze knikte. 'Ik kan u niet helpen. Het was zielig voor mijn broer. Ik was blij dat ze opkrasten.'

Ik hield mijn hand klaar voor de deur. 'Weet u toevallig nog waarheen? U zou me daar erg mee helpen.'

'Met Gloria?' Ze hinnikte schamper. 'Wat moet u dáármee?'

Notarissen en toekomstig fortuin zouden een springtij van jaloezie en een dichte deur opleveren. Ik wuifde de kaart met het woordje ex dat geen mens opvalt. *Misbruik wordt gestraft.* 'Het betreft een onderzoek van justitie, ik kan daar helaas geen gegevens over verstrekken,' zei ik. 'Dat zult u begrijpen.'

'Justitie?' Ze kreeg een visioen met tralies erin waarover ze haar voldoening nauwelijks kon verbergen. 'Krijgt ze moeilijkheden?'

'Ja, wat ik zeg, mevrouw. Ik kan daar helaas geen...'

Ze vatte dat op als een bevestiging. 'Nou, dat is haar verdiende loon. Ze heeft mijn broer doodongelukkig gemaakt,

hij was ziek, het is een schande dat ik het zeg, ik heb gedaan wat ik kon, maar hij had gewoon genoeg van het leven.'

Zelfmoord? Ik knikte meevoelend. Onderzoek alles en behoud het goede, maar dit leek voornamelijk verspilling van tijd. 'Het is van belang dat we haar zo snel mogelijk vinden,' zei ik op vertrouwelijke toon.

'Ze woont in Zeeland, onder een andere naam, dat zal dus wel niet voor niks zijn, hè, dat justitie haar niet kan vinden?'

'Dan begrijpt u hoe belangrijk uw hulp is.'

Ik was blij dat ze geen spiegel was, men kan ziek worden van de eigen gluiperigheid, maar de vrouw zag alleen een oprechte wetsdienaar of bondgenoot. 'Ze had de gotspe om een kaartje te sturen voor de begrafenis,' zei ze. 'Het zou mooi zijn als ze daardoor ten val kwam.'

Ten val. 'Soms is zo'n kleinigheid genoeg,' zei ik. 'U heeft dus een adres?'

Ze knikte, triomf. 'Ze noemt zich nou Magan in plaats van Spruyt, maar mij houdt ze niet voor de gek, want wie heet er nou Gloria? Het is in Sint-Annaland, dat is op Tholen, en daar kwam ze dus vandaan, wilt u binnenkomen?'

Ik hoefde niks van het mens, alleen dat adres. 'Ik zou niets liever doen,' zei ik. 'Maar met dit soort zaken mag je geen seconde verliezen. Aan u zal het niet liggen, maar als mensen ergens lucht van krijgen, zijn ze maar zo met de noorderzon verdwenen.'

'Ja, natuurlijk, u heeft groot gelijk.' Ze knikte enthousiast. 'Ik haal het meteen.'

Ze holde haar huis in en ik vroeg me af waarom ze dat laatste levensteken van de gehate Gloria in vredesnaam had bewaard. Daar kwam ik ook niet uit. Erfeniszaken. Ruzieboedels. Oorlog. De zaak stond bol van de kwade geesten, daar hoefde het woord erfenis niet eens voor te vallen.

De vrouw kwam terug en gaf me een kleine envelop. 'Het adres staat achterop,' zei ze. 'U mag het hebben, hoor.'

'Dank u wel.' Ik stak de envelop weg zonder ernaar te kijken. 'Ik ben blij dat u dit heeft bewaard.'

'Nou,' zei ze. 'Misschien moest het zo zijn.' Ze gaf me een benige hand. 'Zet haar maar achter de tralies.'

De snelweg, en Zeeland. Frisse lucht, oktoberzon. Alle eilanden aan elkaar gelast met indrukwekkende bruggen en dijken, veilig achter de Deltawerken, ze hoefden de wateren ertussen maar dicht te gooien en Nederland had er een boel grond bij. Flevoland was ook zo begonnen, met een dijk.

Er zat een kaartje in de envelop, in het handschrift van een vrouw die nog de tijd nam om haar woorden te kiezen en ze met zorg op te schrijven. *Beste Hennie, het spijt me dat je broer is heengegaan, ik kan je niet troosten maar wees overtuigd van mijn oprechte gevoelens van deelneming, ik hoop dat hij vrede heeft gevonden. Gloria.*

Sint-Annaland was een mooi stadje, met een jachthaven en een Voorstraat met middeleeuwse huizen en winkels en een groot plein met bomen en een kerk aan het eind ervan. Het adres van Gloria lag in een nieuwere wijk, een straat met kleine huizen voor bejaarden of vrijgezellen, tuintjes ervoor en erachter, molentjes en kabouters, en plaats genoeg voor de auto. De gordijnen voor de woonkamer van nummer 12 waren dicht en ik stond zachtjes te vloeken voor een gesloten deur.

De buren. In het tuintje van nummer 14 stond een kleine vrouwenfiguur in een zandstenen kom, met een schaal op haar hoofd waar water uit stroomde. Een grijze man met vriendelijke rimpels deed de deur open. Zijn blauwe ogen zwommen achter dikke brillenglazen.

'Neem me niet kwalijk dat ik u stoor.' Ik gebaarde naar het buurhuis. 'Ik krijg geen gehoor bij mevrouw Magan...'

'Gloria is in Murcia.'

Welja, dacht ik. 'Murcia?'

'Dat is in Spanje. Haar moeder is ziek. Wij hebben de kat

zolang in huis en zorgen voor de planten. Ik weet niet hoe lang dat gaat duren. Is het dringend?'

'Eigenlijk wel. Is haar dochter ook in Murcia? Esperanza?'

Hij grinnikte. 'U zal Annie bedoelen, zo heet ze al sinds ze getrouwd is, dat vond Pieter gemakkelijker. Dat is haar man, hij is militair.'

'Heeft u hun adres?'

Hij begon te aarzelen. 'Mag ik vragen waar het voor is?'

'Natuurlijk, neem me niet kwalijk.' Ik trok mijn kaart. 'Het is voor een notaris, het betreft een testament.'

'Oh? Daar zal ze van opkijken. Erft ze van die Frederik Maas uit Rotterdam?'

'Nee, dit is uit Limburg, daar heeft ze destijds gewoond.'

'Ja, dat was dus met die Frederik.'

'Het gaat om iemand anders.' Ik kreeg pijn in mijn kaken van het glimlachen. 'U zou me erg helpen met dat adres.'

'Pieter is gelegerd in Roosendaal, maar ze wonen in Bergen op Zoom.'

Roosendaal. Die verdomde Poort van Kleef. 'Wat is z'n achternaam?'

'Pieter van Beers.'

Hij ging het adres opzoeken. Ik keek naar de vrouw onder de schaal. Ze stond waarschijnlijk op een circulatiepompje, anders zou het water niet weten waar het heen moest en over de rand van de fontein stromen en de tuin blank zetten. Dat hadden ze in Zeeland al een keer gehad.

Ik belde uit de auto, al was het maar om te controleren of er niet wéér een dichte deur op me wachtte. Niemand nam op, maar een militair klinkend antwoordapparaat meldde dat Pieter en Annie van Beers na achttienhonderd uur op dit nummer bereikt konden worden.

Ik kroop met de rest van het verkeer door de tunnel en Rotterdam uit en volgde de A29 naar Oud-Beijerland en de Ha-

ringvlietbrug. Dinteloord, Steenbergen, Halsteren, Bergen op Zoom. Ik probeerde mijn idee van Esperanza te combineren met een beroepsmilitair. Wat lag er in Roosendaal? 's Avonds naar huis, een werkend echtpaar, geen kinderen? Ik boekte een kamer in een Novotel en reed naar het adres van de sergeant, ook al was het nauwelijks vijf uur. Zeventienhonderd uur. Ze woonden in zo'n vriendelijke slaapwijk uit de jaren zeventig, rozenstruiken in de voortuin.

P. van Beers. Niet P. en E.

Ik verwachtte geen reactie toen ik aanbelde, maar ik hoorde een ongeduldige mannenstem: 'Een ogenblik!'

Ik stapte opzij. Er was een kleine erker. Voor de onderste helft van het zijraam hing een crèmekleurig rolgordijn, tegen inkijk vanaf de straat waarschijnlijk. Ik moest op mijn tenen gaan staan om eroverheen te kunnen kijken. Een man in militair uniform stond met z'n rug naar me toe in de telefoon te praten.

Ik stapte terug naar de deur en wachtte. Hier was ruimte voor bomen en gras. Een vrouw duwde een kinderwagen over het brede trottoir, in de schaduw van de bomen. De lucht rook naar zee. Boven de huizen aan de overkant hing een kleine wolk meeuwen. Ik luisterde naar hun stemmen. Esperanza was nog niet thuis, anders zou ze naar de deur zijn gekomen.

Ik hoorde een klik en draaide me om. Een gespierde man, met een hoekige broskop en sergeantsstrepen. 'Ja. Goeiemiddag!' Een bariton voor het excercitieterrein.

'Meneer Van Beers, of moet ik sergeant zeggen?'

'Ik heb nog geen tijd gehad om me om te kleden.'

Ik had m'n Meulendijk-kaart al in de hand. 'Ik kom eigenlijk voor uw vrouw.'

'Ja.' Misschien begon hij al z'n zinnen met 'ja', anders kon hij gedachten lezen. 'Annie is er niet.' Hij stak een kordate hand uit. 'Ik ben Pieter.'

Hij zag eruit als zo'n marinier voor het serieuze werk in Irak, of om rekruten mores te leren, hij brak m'n hand zowat. 'Max Winter.'

'Ja. Kom binnen.'

'Oké. Maar als ze niet thuis is…'

'U krijgt vast een pilsje.'

Na het afweergeschut van de andere erfgenamen was welkom zijn een nieuwe sensatie.

De sergeant stapte opzij en deed de deur achter me dicht.

Een slordig aan de kapstok gehangen regenjas en zware jacks keurig aan hun kraaglussen in de kleine hal, laarzen eronder en twee paraplu's. De lichtblauwe regenjas zou de sergeant te klein zijn, de kleinste paraplu te geel. De keukendeur stond open, achterin een ruitjesdeur naar de tuin. De sergeant gebaarde naar de gang en zei: 'Links uit de flank.'

Hij volgde me de woonkamer in. 'Val maar ergens neer. Ik haal de pils.'

Ik bleef staan en gaf hem m'n kaart. 'Eerst maar even dit, voor de duidelijkheid?'

'Ja.' Hij bestudeerde de kaart. Hem zou het woordje ex niet ontgaan. Zijn ogen waren lichtblauw, het melkblauw dat een eindje voor de uitgang van een gletsjer door het ijs begint te dringen. Ik schatte hem op begin veertig, maar van dichtbij zag je grijs door het kortgeknipte donkerblond op zijn schedel, niet in de zware wenkbrauwen. Achter hem hing zo'n Spaans namaakzwaard dat elke toerist koopt als hij langs Toledo komt. Hij zou nu toch moeten vragen waar ik voor kwam.

'Een onderzoeksbureau, bent u privédetective?'

'Hoe laat komt uw vrouw thuis?'

'Is dat een leuk beroep?'

'Dat hangt van de dag af, net als in het leger neem ik aan?'

Hij gaf me de kaart terug. 'Ik heb twee missies in Afghanistan achter de kiezen. Dat is een ander beroep.'

'In mijn beroep wordt meestal eerst gevraagd waar je voor komt.'

'*Right.*' De sergeant knikte. 'Om te beginnen voor een pilsje. Gaat u zitten, twee seconden.'

Hij verdween. Ik bleef staan. De achtertuin had geraniums die het 's nachts koud begonnen te krijgen, uitgebloeide rododendrons en een meeuw op een houten schuurtje. Populieren staken boven de gevlochten schutting uit. De kamer was keurig, met twee potplanten en lichtgrijs, kamerbreed tapijt. Het enige Spaanse, behalve de pseudo-Toledo, was een oude donkere kast, ik had dezelfde gezien in Blanes, dat was lang geleden. Alle andere meubels waren in de blonde Zweedse houtsoorten. Het was eerder koel en militair dan gezellig, ik had meer warmte verwacht, zuidelijkheid. Een koelbloedige Spaanse? Ik was benieuwd naar de Esperanza van twintig jaar na het zwemkampioenschap, maar er waren geen foto's van mevrouw Van Beers. De enige foto in de kamer stond op de schoorsteenmantel van een kleine inbouwhaard, die er op de schone tegelrand en achter gesloten glazen deuren uitzag alsof hij zelden of nooit werd gebruikt. Een ingelijste sergeant, prominent rechtop tussen andere staande en hurkende militairen.

De sergeant kwam met flesjes en glazen. 'Gaat u toch zitten. Goed nieuws is altijd welkom, al heb ik er niks aan.'

'U weet dus waar ik voor kom?'

Hij gaf me een flesje en een glas. 'U was in Sint-Annaland bij de buren, over een testament waar Gloria in wordt genoemd?'

De kat, de planten en de telefoon. De sergeant zakte op de kunstleren bank en schonk pils in zijn glas. Ik nam de leunstoel die er haaks op stond, met de rug naar het raam.

'Hoe laat verwacht u Esperanza?' vroeg ik.

'Annie.' Hij grinnikte. 'De enige die haar nog Esperanza noemt, is haar moeder, Essie of Esper is wat mij betreft ook

niks, of Anza?' Hij lachte, luider. 'Ik heb altijd Annie gezegd. Gloria is in Spanje, ik kan u dat adres geven, maar dat zijn keuterboertjes en ze hebben misschien niet eens een telefoon. Wat erft ze? Ze droomt van een sinaasappelboomgaard.'

Hij ontweek m'n vraag weer.

'Ik werk voor een notaris in Gennep, het gaat om Esperanza,' zei ik. 'Annie. Werkt ze ergens?'

'In dat restaurant aan de weg naar Roosendaal.' Zijn stem veranderde abrupt. 'Bedoelt u dat het voor *Annie* is?'

'Als zij de Esperanza is die ik zoek.'

Dat moest blijkbaar bezinken of hij moest nadenken, want hij zweeg zowat een halve minuut. 'Nou, dat zal ze leuk vinden,' zei hij toen. 'Van wie komt dat?'

'Waarschijnlijk weet ze zijn naam niet eens, ze heeft iemand het leven gered toen ze veertien was.'

'Ah, dat is mijn Annie. Is het de moeite waard?'

'Dat kan de notaris haar beter vertellen.'

De sergeant haalde zijn schouders op, hief z'n glas en glimlachte vertrouwelijk, mannen onder elkaar. 'U kunt het net zo goed aan mij vertellen, want ik krijg het toch van haar te horen, mijn vrouw en ik hebben geen geheimen.' Er was iets geforceerds aan zijn luchtige toon, maar misschien had hij een rauwe stem gekregen van het dagelijkse gebrul op het excercitieterrein.

De man was nieuwsgierig, dat was normaal. Ik wilde niet onbeleefd zijn. 'Ik hoop dat u het niet erg vindt, maar ik leg het haar zelf liever uit, anders moet ik het twee keer doen. Haar eigen naam is toch Spruyt?'

'Zo heette haar vader, maar Gloria heeft haar meisjesnaam weer genomen. Ze heeft dat ook voor Annie veranderd.' Zijn schouders bewogen. 'Esperanza.' Hij zat na te denken. 'Veertien? Toen woonde ze in Arcen. Komt het daar vandaan?'

'In die buurt, ja.'

Ik zag hem aarzelen, of tobben, als over een schaakpro-

bleem, maar ik zag hem niet direct als een schaker. 'Ik dacht dat het om haar moeder ging,' zei hij toen. 'Dan had het niks uitgemaakt, dat adres kan ik u zo geven.' Hij zuchtte. 'Annie wordt lastiger, want ze is er een paar weken tussenuit met een vriendin, die heeft zo'n camper. Ze zijn in Bretagne. Daar schijnt het altijd te regenen, behalve pal aan de kust.'

Ik onderdrukte mijn irritatie. 'Heeft ze geen telefoon bij zich?'

'Als Annie mij belt gebruikt ze het mobieltje van haar vriendin.'

'Geef me dat nummer dan maar.'

'Ja, dat bedoel ik dus.' Zijn ogen dwaalden naar het Toledo-zwaard. 'Als ik dat had, maar ik kan haar niet bellen, het is zo'n gemaskeerd nummer.'

'Hoe heet die vriendin?'

'Suzan.'

'Waar woont ze? Misschien kan ik haar man bereiken, of haar familie? Iemand zal dat nummer toch weten?'

'Daar gaat het nou juist om.' De sergeant begon geïrriteerd te raken. 'Ze zijn er halsoverkop vandoor gegaan.'

Eigenaardig. 'Allebei?'

Een flits van schrik of verwarring, hij herstelde dat snel en begon te grinniken. 'Morele steun. Annie helpt haar uit de brand. Ze houden dat nummer geheim omdat de vriendin moeilijkheden heeft met haar man, ze is als de dood dat hij achter haar aan komt. Ze is op de vlucht, gedeserteerd zeg maar.'

Zijn ogen dwaalden weer door de kamer. Zijn verhaal kon waar zijn, al klonk het nogal verzonnen. 'Gedeserteerd?'

'Dat is het vuurpeloton.'

'In Afghanistan misschien.' Ik herinnerde me plotseling wat er in Roosendaal lag. 'U bent bij de commando's.'

'*Right.*'

Ik knikte. 'Als die Suzan ook bij dat restaurant werkt, weet

daar iemand misschien haar nummer?'

'Nee, Annie kent haar niet van haar werk. U zult op mij moeten wachten.' Hij klonk nogal ruw. 'Ze belt me heus wel.' Zijn toon werd weer anders. 'Soms belt ze erg laat, als ze me mist.'

'Oké.' Ik dronk m'n glas leeg en stond op. 'Bedankt voor het pilsje.' Ik gaf hem m'n kaartje. 'M'n telefoonnummers staan erop, vraag of ze me belt, of bel me zelf zodra u iets hoort, ook al is het laat.'

'*Right*. Gaat u terug naar Limburg?'

'Ik blijf in de buurt tot ik van uw vrouw hoor.'

'Ik heb een logeerkamer, als u wilt?'

Een avond met de sergeant. 'Dank u, maar ik heb al een kamer geboekt in het Novotel.'

'Dat is jammer.' De sergeant stond ook op. 'Ik moet morgen erg vroeg naar de kazerne, dus samen ontbijten zit er waarschijnlijk niet in, maar ik had graag nog wat willen kletsen. Het is een saaie boel zonder vrouw. Ik zal u uitlaten.'

Ik knikte. 'Als ik niks hoor, bel ik u.' Ik trok mijn boekje. 'Heeft u een mobiel nummer?'

Hij gaf het me en liep met me mee naar buiten. Hij was erg vriendelijk. Het begon donker te worden. 'Is dat uw auto?'

'Hij is beter dan hij eruitziet.' Ik ontsloot het portier. 'Komt u trouwens ooit in de Poort van Kleef, in Roosendaal?'

De sergeant grinnikte. 'Jaren geleden misschien. Hoe dat zo?'

Het kon geen kwaad. 'De notaris kreeg een telefoontje van iemand die een Esperanza Spruyt beweerde te kennen. Het kwam daarvandaan.'

Hij stond nog naar mijn auto te kijken en ik kon zijn ogen niet zien, maar zijn lichaam leek te verstrakken. 'Dat lijkt me stug,' zei hij. 'Wie was die man?'

'Het was een vrouw. Ze had een advertentie gezien.'

De sergeant ontspande en klopte op mijn schouder, zijn an-

dere hand wuifde als naar een lastige wesp. 'Flauwekul,' zei hij. 'Haar moeder is in Spanje, haar vader is dood, die zeik-fred uit Arcen is ook dood en ze heet Annie van Beers. Esperanza Spruyt bestaat niet meer.'

Ik at in het hotel en dronk er een halve fles bourgogne bij, de telefoon lag naast m'n bord, niemand belde. Na de varkens-haas met de champignonsaus begon het leeggelopen restaurant met de laatste zwijgende dienster achter de serveerbalie op zo'n desolaat schilderij van Edward Hopper te lijken, en ik verhuisde naar de bar voor de koffie. Daar waren nog een handvol vertegenwoordigers plus een meute vrolijke Poolse bustoeristen, waarvan er één, lichtelijk aangeschoten, de klep van de piano lichtte en het *Warsaw Concerto* inzette. Er was geen orkest en de piano was geen Steinway en de Pool was geen Horowitz, maar zijn landgenoten raakten in trance, en de vrouwen trokken zakdoeken uit diverse tasjes om hun ogen te betten.

Het deed me aan bombardementen en oorlog denken.

Ik ging naar m'n kamer en nam m'n pyjama en m'n adresboekje uit m'n weekendtas en legde die op het bed. Ik legde m'n mobiel ernaast. Het adresboekje was een oud exemplaar met een slappe zwarte kaft en het stond vol doorhalingen en er met potlood en balpen her en der tussen geprutste namen en telefoonnummers. Soms ben ik blij dat ik te lui ben om alle nog actuele adressen over te schrijven in een nieuw exemplaar.

Ik zat op het bed, keek naar de digitale cijfertjes op het tv-toestel en bedacht dat oude veteranen weinig slaap nodig hadden. Ik wilde m'n mobiel paraat houden voor de sergeant, of nog beter voor Esperanza rechtstreeks uit Bretagne, en gebruikte de hoteltelefoon.

Er werd niet direct opgenomen, misschien deed hij een dutje achter de televisie. Hij kon ook in Zuid-Afrika zijn.

'Hallo?'

Fransen en Italianen zijn volgens mij de enigen die zich nog met hallo of pronto melden, maar Van Nunen had waarschijnlijk goede redenen om zijn naam niet te noemen. Hij leefde nog.

'*Margaba kiefak*,' zei ik. 'Hoe staat het met de pisangslurpers?'

'Sjaislurpers. De pisang zijn schuivers.' Het bleef een ogenblik stil. 'Max Winter,' zei hij toen.

'Er mankeert niks aan uw geheugen.'

'Nou, dat boek, er kwam van alles tussen.'

Wat ertussen kwam was dat de oude Korea-veteraan een generaal die zijn zoon had laten vermoorden aan flarden schoot tijdens de dodenherdenking op de Dam. Er was geen veteraan uit Korea, Libanon of Bosnië die niet achter hem stond, en om heisa en een landelijk schandaal te vermijden, werd de zaak in de militaire doofpot gestopt. De generaal kreeg een erebegrafenis, en Van Nunen moest geruisloos het land uit.

'Ik wist niet zeker of ik u zou bereiken,' zei ik.

'Mijn vrouw is twee jaar geleden overleden,' zei hij.

'Dat spijt me,' zei ik.

'Ik wilde haar hier begraven, dus ben ik terug in Hoenderloo. Ze weten ervan, maar ik heb nog veel vrienden en hou me gedeisd, dat is de afspraak.'

'Ik kom u een keer opzoeken,' zei ik. 'Als dat mag?'

'Je bent welkom. Maar daar bel je niet voor.'

'Dat geef ik toe. U bent de enige die overal relaties en vrienden heeft. Ik heb nogal dringend informatie nodig over een commando-sergeant, hij ligt in Roosendaal.'

'Niet wéér zo'n Stolz-figuur?'

'Dat denk ik niet. De sergeant is getrouwd met iemand die een erfenis gaat krijgen, maar de man geeft me een soort verkeerd gevoel.'

'Je kijkt door je vizier en je nekharen kriebelen van iets dat achter je zit?'

Ik grinnikte. 'Dat zal het zijn.'

Het was niet alleen de sergeant, van wie ik geen hoogte kon krijgen. Er was ook iets aan het huis. Mensen kunnen in twintig jaar totaal veranderen, maar dit huis paste niet erg bij mijn voorstelling van de levenslustige Esperanza die haar dronken aanrander uit het water redde.

'Ik heb niemand bij de commando's in Roosendaal, maar wel in de centrale registers,' zei Van Nunen. 'Ik kan dat proberen. Ik pak een pen.'

Ik zag hem door die mooie kamer gaan. Hij was alleen, een stramme oude weduwnaar, waarschijnlijk niet meer in staat om nog veel in zijn prachtige tuin te doen, maar hij huurde toen al jongens in van een of andere Jozef-stichting daar in de buurt.

Zijn adem kwam door de telefoon. 'Een legernummer zou makkelijk zijn,' zei hij.

'Dat heb ik niet. Zijn naam is Pieter van Beers, ik schat hem rond de veertig, hij woont in Bergen op Zoom.' Ik wachtte terwijl hij de naam opschreef en gaf hem het adres. Ik gaf hem ook de telefoonnummers van m'n hotel en m'n mobieltje, dat naast me op het bed lag, tot dusver zwijgend.

'Is dat alles wat je van hem weet?'

'Hij is in Afghanistan geweest, twee keer.'

'Ah. Dat maakt het eenvoudiger.' De oude man zweeg een paar seconden. 'Sommigen komen daar even verkreukeld vandaan als destijds uit Bosnië.'

'Hij ziet eruit als een harde jongen.'

'Dat zegt geen moer.'

'Nee, waarschijnlijk niet,' zei ik.

'Oké,' zei Van Nunen. 'Ik zal iemand bellen. Misschien heb ik morgen eind van de ochtend iets voor je, maar een compleet dossier zal wel meer tijd kosten.'

'Ik ben al blij met hoofdzaken. Bij voorbaat dank.'

'Je hebt dingen voor mij gedaan, ik doe graag iets terug. Zo werkt het. Ik bel je.'

Hij hing op. Ik kleedde me uit en ging naar bed. Mijn mobiel bleef stil.

13

IK NAM DE TIJD VOOR HET ONTBIJTBUFFET, AAN EEN TAFEL
aan het raam met uitzicht op de parkeerplaats. Mijn BMW
stond verscholen achter een vrachtwagen van Harry Vos. De
zon scheen. Polen werden in een bus geladen. Misschien hadden ze de Deltawerken gedaan en gingen ze terug naar
Gdansk. Daar kwam de bus in elk geval vandaan.

Ik kreeg de kriebels van de zwijgende telefoon. Esperanza
had haar echtgenoot kennelijk niet gemist, in die camper in
Bretagne, ook niet midden in de nacht. De oen had mij kunnen bellen; vanochtend desnoods, als hij die nacht net zoals ik
z'n telefoon vrij had willen houden. Ook al viel er niks te melden. Hij moest vroeg naar de kazerne. Mijn ontbijt zat vol
zinloze observaties en gedachten. Ik werd gedwongen om tijd
te verknoeien, dat zat me vooral dwars. Misschien kon ik dat
even goed doen in het wegrestaurant waar Esperanza werkte.

Ik ging naar boven en poetste m'n tanden. Ik besloot mijn
kamer nog een nacht aan te houden, maar ik pakte m'n spullen in de weekendtas en nam die mee. De keurige jongeman
aan de balie keek naar m'n tas en stelde voor om gemakshalve
de twee nachten maar vast af te rekenen. Daarna wenste hij
me een voorspoedige dag.

Ik wandelde naar de parkeerplaats, onder een blauwe oktoberhemel. Harry Vos was weg. Terwijl ik m'n portier opende, zag ik dat m'n voorband lek was.

Ik wierp mijn tas op de achterbank, gooide het portier dicht en vloekte naar de postduiven die over de parkeerplaats vlogen, gelost in België, op weg naar Groningen? Ik opende de kofferbak, maakte het reservewiel los, tilde het eruit en pakte m'n gereedschap. Ik wrikte de wieldop eraf, draaide de bouten los, schoof de krik eronder en trapte de BMW omhoog. Ik begon te zweten en trok m'n jasje uit.

Ik nam het wiel eraf en controleerde de band. Het ventiel zag er gezond uit en ik vond geen andere beschadigingen dan aan mijn humeur. Het kostte twintig minuten voordat ik het reservewiel erop had, de lekke band, krik en kruissleutel in de kofferbak, m'n vuile handen min of meer schoongeveegd aan een poetslap. Ik zat een tijdje te hijgen achter het stuur, voordat ik startte en stak twee meter achteruit.

Het stuur deed raar en de rechterkant flapperde. Ik stopte direct en stapte weer uit. Glas kraakte onder mijn schoenen. De andere voorband was ook lek. De tegels voor de neus van de BMW lagen bezaaid met glasscherven.

Ik dacht aan sabotage, en aan de sergeant, maar hij zou in dat geval hebben moeten weten waar ik ging parkeren en voordat ik hier aankwam een emmer met glasscherven hebben moeten verspreiden. Dat was onmogelijk. Bovendien kon ik geen enkele zinnige reden voor hem bedenken om me een vertraging te bezorgen van wat, een of twee uur?

Misschien lag dat glastapijt er al en was ik er met de voorwielen overheen gereden toen ik de auto de vorige avond in het donker naast Harry Vos parkeerde. Misschien had Harry met een stel collega-chauffeurs een feestje gehad of een wedstrijdje bierflessen stukslaan. Misschien was een stel Polen stiekem aan de wodka gegaan, uit het zicht van hun vrouw, achter de wagen van Harry Vos. Russen gooiden

glazen over hun schouder stuk om vrouwe Fortuna aan hun kant te krijgen, misschien deden Polen hetzelfde met wodkaflessen op parkeerterreinen. Dat moest dan dus óók zijn geweest voordat ik hier kwam, om halfzeven op klaarlichte avond.

Ik vroeg me ook af hoe de statistieken zouden denken over de kans dat niet één, maar twéé degelijke tubeless Michelinbanden lek raakten van zo'n glasveldje. Voor een lekke band misschien, oké, veertig procent. Drie procent voor twee? De keurige receptionist kon het ook moeilijk geloven, de hotelparking werd dagelijks gecontroleerd door de klusjesman die tevens de tuinen onderhield en rondreed met bezems en zo'n afvalwagentje. Hij belde een bandenspecialist, die de maat en het type wilde weten zodat ze nieuwe banden konden meebrengen, voor het geval dat.

Enfin.

Ik keerde terug naar de parkeerplaats om de specialisten op te vangen, zette me in het open portier van de BMW en toetste het mobiele nummer van de sergeant in.

Hij nam direct op. 'Sergeant Van Beers.'

Ik hoorde geen militaire geluiden. 'Max Winter. U bent niet op de schietbaan.'

'Nee. Ik heb niks van Annie gehoord, anders had ik u wel gebeld. Misschien zijn ze gaan stappen en vond ze het te laat, ze weet dat ik vroeg op moet.'

'Ze belt soms toch ook erg laat?'

'Correct. Maar dit keer niet, ik kan daar niks aan doen.'

'Belt ze op dit nummer of op de vaste telefoon?'

'Altijd de huistelefoon. Ze zal vanavond wel bellen, ze kan een dag overslaan, maar nooit twee. Ogenblik.' De lijn was even stil, en toen hoorde ik zijn nijdige stem: 'Nou, dan moet je niet bij mij zijn, maar bij het bataljon.' Een zucht, en: 'Ja?'

Een kleine bestelwagen met de naam van een garage erop reed langzaam het terrein op en ik kwam overeind en begon te

zwaaien. 'Ik vroeg me af of u haar misschien kunt hebben gemist? Was u de hele avond thuis?'

'Ja, natuurlijk, hoezo?'

De bestelwagen stopte, er stapten twee monteurs uit. Ik gebaarde naar de auto en liep er een eindje vandaan. Ze trokken een rijdende krik uit de laadruimte en gingen aan de slag.

'Nou, even naar de kroeg, of een wandelingetje? Het was een mooie avond.'

'Geen sprake van.' De sergeant raakte geïrriteerd. 'Ik weet niet wat u van me denkt, maar als ik een afspraak maak hou ik me daaraan. Annie heeft niet gebeld, dat is alles.'

'Oké,' zei ik. 'Sorry. Ik word ongeduldig, het zit een beetje tegen en ik heb meer te doen.'

'Een dag extra,' zei hij, een tikje schamper. 'Militairen wachten hun halve leven voor nop. Ga naar de bioscoop, mijn vrouw belt u vanavond of vannacht, daar kunt u op rekenen.'

Een dag extra. Het klonk oprecht en onschuldig, maar ik begon het gevoel van de oude veteraan te krijgen, dat met het vizier en de nekharen. De sergeant wist in welk hotel ik zat. Hij liep mee naar buiten, uit beleefdheid, of om mijn auto te bekijken en het kenteken in zijn hoofd te prenten. Hij had bij z'n tv zitten wachten op het telefoontje van Esperanza, of hij was goed in het spelen van verontwaardiging.

Ik stak de telefoon weg. De auto stond op de krik, een van de monteurs schroefde het rechtervoorwiel eraf en zijn collega had het linker uit de kofferbak op de tegels gelegd en wrikte de lekke band eraf. 'Heren,' zei ik.

'Da's goed pech.' De krikman knikte naar de glasscherven die voor de auto lagen te glinsteren in het zonlicht. 'Beetje raar, of niet?'

'U bent er snel bij,' zei ik.

'We zitten om de hoek. Ik denk dat we wel kunnen plakken, dat scheelt veel geld.'

Zijn collega draaide de linkertubeless en stopte. 'Een gaat-

je, het lijkt meer op een spijker, maar die blijft er meestal in zitten. Ik zie niks.' Hij keek teleurgesteld, met aan flarden gesneden banden had hij nieuwe kunnen verkopen.

'Gaat het lang duren?'

'Halfuurtje.'

'Ik wacht in de bar.'

Ik kocht een krant bij de receptie. Serveersters waren aan het opruimen in het restaurant en dekten de tafels voor de lunch, of het diner. De bar was verlaten, de piano stil. Een aardige jongedame haalde koffie voor me. Ik sloeg de krant open. De telefoon jingelde in mijn zak.

'Max Winter.'

'Oscar Greshof, ik verbind u door met notaris Brakveld.'

'Oké.'

De telefoon klikte en ik hoorde mijn naam noemen.

'Max,' zei Brakveld. 'Schiet het een beetje op?'

'Esperanza is getrouwd met een commandosergeant, Pieter van Beers. Ik heb hun adres in Bergen op Zoom, maar daar is ze niet.'

'Kan ik de papieren er vast heen sturen?'

'Vanwaar de plotselinge haast?'

'Nou ja.' Harry zweeg even. 'Oscar wordt om de haverklap gebeld en aangeklampt.'

'Door de kinderen?'

'Dat is nou eenmaal het platteland. Ik ben nieuw, maar iedereen kent mekaar hier van jongsaf. Oscar heeft bij Josée op school gezeten, hij zit met Emiel in de biljartclub, hij weet van hun beroerde jeugd. Dat geeft een soort... nou ja, hij heeft met ze te doen en ik snap best dat hij het vervelend vindt om ze de hele tijd te moeten afpoeieren. Hoe dan ook, hoe eerder ze duidelijkheid krijgen of voor een voldongen feit komen te staan, hoe beter.'

'Ik zou toch nog even wachten, in elk geval wat Bergen op Zoom betreft,' zei ik.

'Klopt dat adres dan niet?'

Ik zag de monteurs de bar in komen. 'Harry, ze is daar niet. Je hoort zo gauw mogelijk van me,' zei ik. 'Vandaag nog.'

Hij mopperde nog wat en ik borg m'n telefoon weg en keek op mijn horloge. Halftwaalf. Ik stond op. 'Heren.'

'Het is voor mekaar hoor,' zei de oudste.

Ze hadden de banden geplakt of dichtgelast, want het waren maar kleine gaatjes. Ze vonden dat het op sabotage leek, maar het kon natuurlijk ook een grappenmaker zijn geweest, dat kwam ook voor. Ze hadden de oorspronkelijke voorwielen er weer op gemonteerd, want dat was beter voor de balans. Het reservewiel zat op z'n plaats in de kofferbak. Ze gaven me de sleutels en hoefden geen koffie, wel graag cash, voor het voorrijden en een uur werk. Aan hun gezichten te zien waren ze het met me eens dat ze de flinke fooi wel hadden verdiend.

Ik was de laatste hotelgast en de ochtendreceptioniste had tijd genoeg om adressen en telefoonnummers van restaurants aan de weg naar Roosendaal voor me op te zoeken. Er waren er twee. Het eerste was al raak, in zekere zin althans. Ik meldde me keurig met mijn eigen naam en vroeg naar Annie van Beers.

'Die werkt hier niet meer,' zei de dame aan de telefoon.

'Oh? Sinds wanneer is dat?'

'Dat weet ik niet precies.'

'Heeft ze een andere baan?'

'Dat kunt u beter aan háár vragen. Ze woont in Bergen op Zoom, wilt u dat adres hebben?'

'Misschien kunt u me doorverbinden met de personeelschef, of de manager?'

'Ik zal kijken. Een ogenblik.'

Drie seconden. 'Van Duin?'

'Max Winter, van het bureau van officier van justitie Meu-

lendijk in Amsterdam. Ik probeer een van uw werkneem-sters…'

'Annie van Beers werkt hier niet meer. Misschien kunt u haar thuis bereiken.'

'Daar is ze niet. Wanneer heeft ze ontslag genomen?'

'Een tijdje geleden. Is ze in moeilijkheden?'

'Nee, integendeel. Het gaat over een testament.'

Hij gaf een schamper geluid. 'Dat is leuk, maar ik kan u niet helpen. Ze heeft hier gewerkt, dat is alles. Goedemiddag.'

Hij verbrak de verbinding.

Ik reed langs het huis, nam de eerste straat rechts, parkeerde voor de winkel van een bloemist en stapte uit de auto. De bloemist keek vanachter z'n bloemen naar me. Toen ik m'n portier sloot, ging m'n telefoon.

'Max Winter.'

'Het duurde even,' zei Van Nunen. 'Dat komt omdat het iets ingewikkelder was dan alleen een staat van dienst.'

'Ogenblikje.' Ik opende het portier en ging zitten, m'n voeten op het trottoir.

'Komt het slecht uit?' vroeg Van Nunen.

'Nee, integendeel. U bent sneller dan ik durfde hopen.'

'Wat was jouw indruk van de sergeant?'

'Wat ik al zei, ik kon niet goed hoogte van hem krijgen. Een beetje grillig, instabiel?'

'Het gaat ze niet in de kouwe kleren zitten.'

'Ja.' Hij dacht aan Korea, dat beter, of minstens duidelijker was geweest dan Bosnië, met z'n gruwelen die zijn zoon had beschreven in zijn dagboek dat hem achteraf het leven had gekost.

Van Nunen schraapte zijn keel. 'Pieter van Beers heeft twee missies in Afghanistan gedaan. Uruzgan, dat was bedoeld als een opbouwmissie, de bevolking helpen met scholen bouwen, enzo. Maar tijdens z'n tweede uitzending ontaardde dat in

een regelrechte vechtmissie tegen de Taliban, bommen en veldslagen, je weet niet meer wie de vijand is, een bom in een kinderwagen, zenuwenwerk. Mijn mening is dat we dat hele Afghanistan beter aan de Russen hadden kunnen overlaten.'

'Osama bin Laden,' zei ik.

'Die hadden ze ook afgemaakt, dan waren er geen vliegtuigen op New York geweest en zaten onze jongens thuis. Enfin, als, als. De loop van de geschiedenis.'

Bin Laden zat volgens mij in de Russische tijd overal behalve in Afghanistan, maar ik wilde de oude man niet tegenspreken. 'Iemand trapt een vlinder dood.'

Hij grinnikte. 'Hoe dan ook, Van Beers is een maand voor het einde van zijn tweede uitzending naar huis gestuurd. Hij is beschadigd en zit elke week bij de psychiater. Mijn man kan niet bij dat dossier, hij hoort wat ze altijd zeggen: posttraumatische stress, met tijd en goede begeleiding kun je daar misschien overheen komen. Wat niet helpt, is dat ze deze prima soldaat uit z'n peloton hebben gehaald en een baantje bij de foerier hebben gegeven.'

'Is dat verkeerd?'

'Het betekent dat ze hem niet vertrouwen met een geweer in z'n handen. Misschien niet onverstandig, maar voor de man zelf is het een ramp.'

'Hij is een soldaat.'

'Ja, een ervaren commando, met een prachtige staat van dienst. Dat is zijn beroep, daar heeft hij voor gekozen, hij is er trots op. Foeriers zijn andere mensen dan frontsoldaten. Ik heb niks tegen foeriers, maar als je gewend bent een peloton aan te voeren, dan wil je geen ondergoed uitdelen of de maat nemen van een uniform voor de échte soldaat. Dat is tragisch, het verziekt zijn leven. Als hij ergens gefrustreerd door raakt, is het dat, geloof me maar.'

'Frustratie,' zei ik. 'Misschien was het dat.'

'Kijk maar een beetje uit,' zei Van Nunen. 'Ik krijg nog een

en ander, als je meer nodig hebt, kun je me vanavond bellen. En vergeet niet me op te zoeken, al was het maar om je het verschil uit te leggen tussen de sjaislurpers en de pisangschuivers.'

'Oké.'

Ik bedankte hem. De bloemist begon te begrijpen dat ik geen bloemen kwam kopen en gebaarde dat ik beter ergens anders kon parkeren. Ik tikte op mijn pols, stak optimistisch vijf vingers op en wandelde naar de straat van de sergeant. Hij was in de kazerne in Roosendaal, waar hij andere militairen afblafte en naar het bataljon verwees als ze klachten hadden over te kleine schoenen. Ik wist niet in wat voor auto hij reed, misschien had ik daar naar moeten vragen toen we voor z'n deur de míjne stonden te bekijken. In de voortuin naast die van de sergeant zat een jonge vrouw op kniebeschermers grond los te harken en onkruid te wieden tussen late rozen. Toen ik stilstond om een sigaret op te steken, keek ze op en glimlachte over de lage heg heen naar me. Ik wuifde terug.

De voortuin van de sergeant had ook rozenstruiken, maar die zaten vol uitgebloeide bloemen. Ze misten de vrouw des huizes, en militairen hadden niks met rozen.

Misschien moest ik eromheen, maar ik dacht aan de buurvrouw tussen haar rozen en belde aan de voordeur. Het rolgordijn voor het erkerraam was volledig gesloten. Ik hoorde niks. Ik wachtte en trok aan m'n sigaret.

Toen ik naar de erker stapte, hoorde ik de deur. 'Nondeju,' zei de sergeant. Hij bleef in de deur staan, een hand achter zijn rug. Hij zag er een beetje verwilderd uit, in burger, en woedend.

'Niet in de kazerne?'

'Fuck,' zei hij. 'Waar ik ben heeft niemand een flikker mee te maken.'

'Ook niet in Bretagne? Uw vrouw, bedoel ik.'

Hij haalde zijn schouders op en stapte achteruit, alsof hij me binnen wilde laten.

Binnen gaf me een ongezond gevoel, ik ging niet verder dan de drempel en zei losjes: 'Ik dacht: laat ik het maar proberen, misschien is ze onverwacht thuisgekomen, dat zou toch kunnen?'

'Ze is er niet.'

'Dat begrijp ik. Ik kom niet binnen, u hoeft me alleen maar te vertellen waar ze is, dan ben ik weg.'

Hij stond uit het licht en ik kon zijn ogen niet goed zien, maar zijn hand kwam plotseling achter zijn rug vandaan, met een pistool. 'Oké,' zei hij. 'Kom toch maar even binnen.'

Ik stak mijn handen omhoog tot naast m'n schouders, de linker met de sigaret. Ik keek niet naar het pistool, ik probeerde zijn ogen te zien. De verborgen hand had me moeten waarschuwen, maar ik had geen reden om aan geweld te denken, laat staan aan pistolen. Het enige wat ik had gedacht, was dat hij nogal vreemd reageerde voor een man wiens vrouw een erfenis kreeg. Elke normale man zou dat leuk vinden en over de aankoop van een caravan beginnen te denken. Mijn Beretta lag honderd kilometer verderop in m'n bureau in Rumpt. Ik was niet van plan om naar binnen te gaan.

'Ik schiet je overhoop,' zei hij. 'Het maakt mij niet uit.'

Soms is een pistool niet meer dan een gebaar, maar de sergeant klonk veel te onverschillig. Het drong met een schok tot me door dat hij gek of labiel genoeg was om me, op klaarlichte dag en pal voor z'n deur, overhoop te schieten.

'Als u haar adres niet weet, dan ben ik hier klaar,' zei ik als een grootvader tegen een wispelturig kind, en wéér was ik niet voorbereid op zijn bliksemsnelle linkerhand, die mijn jack greep en me naar binnen sleurde.

Ik hapte naar adem, en toen namen m'n reflexen het over. Hij had m'n jack nog beet, maar het pistool wees naar het plafond terwijl hij me langs zich heen trok en een voet uitstak om de deur dicht te trappen. In diezelfde seconde drukte ik mijn sigaret in zijn hals.

De sergeant schreeuwde, klauwde naar mijn pols en rukte m'n hand met de sigaret uit zijn hals. Ik schouderde hem opzij tegen de kapstok, om bij de deur te komen. Ik vond de knop en draaide eraan, maar voordat ik de deur open kon krijgen, greep de sergeant me bij de kraag, rukte me achteruit en sloeg me met zijn pistool buiten westen.

De pijn was een flits. Ik wist niet eens of ik viel of in elkaar zakte, het was daar te donker.

14

'NEE,' ZEI IK. 'WACHT.'

De draaimolen tolde langs ogen en een gezicht en kon niet stoppen. Een rechthoek van licht flitste voorbij. De ogen waren er weer, blauw maar niet blauw, misschien van dat Ierse groen. Ze keken als naar een boek dat ze niet goed kon lezen. Er zat rood haar boven, of eerder paarsig bruin, kortgeknipt, als een kleine helm, toen draaide ik weer langs het licht.

Vingers raakten mijn wang. De ogen kwamen terug, nu met wimpers en wenkbrauwen, een neus, een mond die iets verlangde of hoopte, een glimp van witte tanden, een gladde hals, een opstaande kraag, lichtblauw of groen. Ik wilde niets liever dan die mond geven wat hij scheen te verwachten, een kus misschien, en ik vroeg of ze met me wilde trouwen.

Mijn goede oor hoorde kristal, dat was zoals ze lachte, het werd een stem.

'Ik ben al getrouwd,' zei ze. 'Met Jessica.'

'Illusies,' fluisterde ik, omdat dat woord zich opdrong.

M'n hoofd begon pijn te doen omdat de wereld terugkwam. De vrouw zat op haar knieën naast me, er lag een militaire jas onder mijn hoofd. Ik was in de hal. Een oor was doof. De voordeur stond open. Ze zat comfortabel op de kniebe-

schermers over haar blauwe jeans en ze rook naar verse aarde.

'Ik wilde het alarmnummer bellen.' Haar hand lag boven mijn oor, aan de kant waar de pijn zat. 'Een ambulance, maar u zei nee, wacht.'

'Oké.'

'Niet bewegen,' zei ze, toen mijn hoofd wilde knikken. 'Er is nauwelijks bloed, het wordt een buil. Zal ik aspirine halen?'

'Waar is de sergeant?'

'Hij is weg.'

'Weg. Wanneer?'

'Ik hoorde geschreeuw en de deur sloeg dicht. Even later zag ik Van Beers, hij rende naar zijn auto en reed weg. U kwam niet naar buiten, ik dacht dat jullie hadden gevochten. De deur stond een eindje open.'

'Wat voor auto?'

'Een jeep.'

'Van het leger?'

Ze had geen pijn in haar hoofd en kon ermee schudden en er die ironische glimlach bij doen. 'Hij blijft, hoe heet dat, *in character*. Een Wrangler, maar wel legergroen. Dat is volgens Annie speciaal besteld, hij betaalt hem elke maand af. Ik ben Claire.'

'Claire.' Ik glimlachte. 'En Jessica.'

Nog meer ironie. 'Een beetje detective had dat zo gezien en me niet ten huwelijk gevraagd. Max Winter. Dat moet u me niet kwalijk nemen.' Ze raapte mijn portefeuille en Meulendijk-kaart van de vloer. 'Normaal rol ik geen zakken, maar ik wilde weten wie u was.' Ze geneerde zich.

'Ik zou hetzelfde hebben gedaan,' zei ik.

'Maar u heeft een soort excuus, als detective, en bovendien een lichte hersenschudding.'

'Het valt wel mee.' Het gonzen nam af, misschien had de klap iets in de gehoorbuis of tegen het trommelvlies gedreven dat nu terug naar zijn oude plaats begon te zwemmen.

'Kunt u opstaan?'

'Uw ogen komen uit Ierland.'

'Misschien moet ik alsnog een ambulance bellen.' Haar hand stopte de portefeuille in mijn binnenzak. 'We gaan eerst zitten.' Ze trok aan mijn schouders. Ik zat recht en wachtte tot de plotselinge draaikolk kalmeerde. Ik voelde boven mijn oor, het was daar kleverig en zacht en bezig een buil te worden.

'We gaan naar hiernaast, dan maak ik het schoon.'

'Beter hier, ik heb weinig tijd.'

'Misschien komt Van Beers terug.'

'Die komt niet terug.'

Claire hielp me overeind. Ze was een rozenverzorgster, geen verpleegster, anders zou ze zeggen dat ik voorlopig niet mocht lopen en rijden. Ik stond een paar seconden te wankelen en strompelde door de gang. Ze draaide de keukenkraan open en ik stak mijn hoofd eronder.

'Ik zoek aspirine,' zei ze. 'Als iemand daar kilo's van in huis heeft is het Annie.'

Ik liet het water over m'n hoofd en gezicht lopen. Het water was koel. De sergeant was gek. Hij reed ergens heen, met een pistool op zak. Hij wist waar Esperanza was, of niet. Ik had mijn hoofd in een theedoek toen Claire terugkwam.

'Ibuprofen,' zei ze. 'Wel zo goed. Begin maar met twee.'

Ze nam een glas en hield het onder de kraan. Ze was een paar jaar ouder geworden sinds haar fata morgana in de hal, maar nog even Iers, met die troostrijke, brede glimlach. Ik slikte de pillen. Ze spoot een wolkje nevel uit een busje boven mijn oor, het was koud en prikte.

'Ik zoek zijn vrouw,' zei ik. 'Ze wordt hier Annie genoemd, maar ze heet Esperanza, geboren Spruyt, het is ingewikkeld, vooral omdat ze tien of vijftien jaar geleden de meisjesnaam van haar moeder heeft gekregen of aangenomen, dat is Magan.'

'Annie is er een paar weken geleden vandoor gegaan.'

'Waarheen?'

'Ik weet alleen dat ze groot gelijk heeft. Die man is volstrekt onberekenbaar geworden, Jes en ik hebben haar meermalen moeten opvangen. Wat wil een privédetective van haar?'

'Het is voor een notaris, in verband met een testament.'

'Oké,' zei ze, op dezelfde toon als het 'leuk' van de manager.

'Ik ben goed in smoezen,' zei ik. 'Als ik andere bedoelingen had, zou ik waarachtig een betere verzinnen dan een waarop iedereen 'oh, leuk' zegt. Het gaat om een testament en ze erft geld. Ik begrijp niet wat de sergeant tegen een erfenis voor zijn vrouw heeft, of wat hem überhaupt bezielt, maar ik ben bang dat hij weet waar ze is.'

'Ik wil je heus wel geloven,' zei ze. 'Detectives sporen mensen op.' Haar toon werd zakelijk. 'Krijgt ze veel?'

'De term is substantieel.'

Claire trok het klittenband los en legde haar zwarte kniestukken op het aanrecht. 'Wat hem in dat geval kan bezielen, afgezien van dat hij haar graag in elkaar slaat, is dat ze bezig is om van hem te scheiden.'

'Weet je dat zeker?'

'O, ja. Er zijn twee mogelijkheden. Of hij probeert het weer goed te maken, of hij wil de hele erfenis. Esperanza?'

'Zo heet ze.'

'Die naam past bij haar.'

'Ik moet haar vinden voordat hij haar vindt,' zei ik.

Claire knikte. 'Pieter is ziek. Hij slaat haar een bloedneus en komt een uur later met bloemen. Ze heeft het lang volgehouden omdat ze van de oude Pieter hield en omdat de psychiater beweert dat ze die terugkrijgt. Ik denk dat hij het weer met de bloemen gaat proberen.'

'En daar valt ze voor?'

'Misschien niet meer, maar het gaat om de vergissing die Pieter maakt. Pieter leest geen wetboeken. Hij weet alleen dat

ze in gemeenschap van goederen getrouwd zijn en hij denkt dat hij zijn rechten verliest als de scheiding wordt uitgesproken voordat die erfenis wordt uitgekeerd. Dat is wat de meeste leken denken.'

'Je praat als een advocaat.'

'Ik bén advocaat,' zei Claire. 'Jessica ook. We hebben het haar tien keer aangeboden, vrouwenopvang, straatverbod, juridische bijstand. Maar die erfenis komt hoe dan ook in de gemeenschap.'

'Ook als ze gescheiden zijn?'

Ze keek meewarig naar me. 'Je bent net zo'n leek. Het maakt geen verschil of de rechter vandaag een scheiding uitspreekt. Voor de wet geldt de datum van overlijden van de erflater. Dat is het moment waarop het legaat, of wat het ook is, in de gemeenschap komt.'

Het duizelde me een beetje, maar als Van Beers dacht zoals alle leken, kon hij in de waan verkeren dat hij beter een alles ervende weduwnaar kon zijn dan een gescheiden man, als hij het tenminste op een natuurlijke dood of een ongeluk kon laten lijken.

Ik knikte. 'Waar is ze?'

'Dat weet ik niet,' zei Claire. 'Als Pieter haar adres weet, is het hier misschien ergens te vinden. Ik kan niet meedoen aan illegale huiszoeking, maar ik kan wel een koptelefoon opzetten en de andere kant uit kijken.' Haar ronde gezicht glimlachte weer. Ze had rossige sproeten. 'Misschien kun je er sneller achter komen in het restaurant waar ze werkte. De manager heet Rik van Duin.'

'Die heb ik al gebeld. Hij weet niet waar ze is.'

Claire knikte. 'Of hij beschermt haar.' Ze nam haar kniestukken van het aanrecht. 'Denk je dat je kunt rijden?'

'Geen probleem.'

'Ik zal hem opbellen. Ga er maar heen.'

Ze kwam tegenover me staan en arrangeerde mijn haar

over mijn oor, om de buil te camoufleren. 'Een monnikskap zou beter zijn,' zei ze.

Ze rook beslist naar rozen. 'Weet je zeker dat je niet met me wilt trouwen?'

Claire hield m'n hoofd vast. 'In een volgend leven misschien,' zei ze, en ze kuste me op de wangen.

Esperanza's wegrestaurant had de gebruikelijke zelfbediening en het was behoorlijk druk, zo tegen lunchtijd. Ik werkte me langs toeristen en chauffeurs naar een meisje dat tafels leegruimde en gebruikte bladen in een wagentje schoof. Ze had een plaatje met CARLA op haar linkerborst. 'Pardon,' zei ik. 'Ik zoek meneer Van Duin, de manager. Ik denk dat hij me verwacht.'

'Wie kan ik zeggen?'

'Max Winter. Het is dringend.'

'Ik zal voor u kijken. Wacht hier maar even.'

Ze liet haar wagen in de steek en repte zich naar de kassa's en een deur erachter. Ik dacht erover om een blad te nemen en daar iets te eten op te zetten, of minstens koffie, maar er was een lange rij. Ik wachtte bij de kassa's.

Carla verscheen weer, gevolgd door een lange man in een net grijs pak. Het meisje knikte naar mij en de man kwam met uitgestoken hand op me af. 'Van Duin,' zei hij.

Ik drukte zijn hand. 'Dit gaat over...'

Hij onderbrak me met een handgebaar, keek naar de serveerster en vroeg of ik koffie wilde.

'Ik heb niet veel tijd.'

'Ik ook niet. Carla, kun je koffie naar het terras brengen? Tweemaal.'

Hij liep bruusk voor me uit naar een deur. Op het terras waren maar twee tafels in gebruik. Het was koel weer, maar er stond geen wind, en ik had m'n jack aan. Van Duin bracht me naar de tafel die het verst weg was.

'Sorry dat ik kortaf was,' zei hij. 'Maar ik wil dit graag onder ons houden.' Hij nam de stoel met uitzicht op de deuren en de rest van het terras. 'Mevrouw Huibers heeft me gebeld en uitgelegd dat het in orde is, maar ik wil toch iets van legitimatie zien.'

'Natuurlijk.' Ik gaf hem mijn Meulendijk-kaart.

'U heeft me vanmorgen gebeld,' zei hij. 'Ik kets iedereen af omdat Annie liever onvindbaar blijft. Ik mag haar graag. Esperanza.'

'Ik begrijp dat u haar beschermt,' zei ik.

'Ze had een blauw oog en een gebroken rib. Ik heb haar ergens ondergebracht, ik neem aan dat ze daar nog is.'

Met een vriendin in Bretagne.

Hij zweeg demonstratief toen hij Carla het terras op zag komen. Het meisje zette een blad met koffie tussen ons in en Van Duin bedankte haar. Toen ze terugliep, nam Van Duin zijn telefoon en toetste een nummer in. 'Ik check even,' zei hij. 'Irma, dit is Rik. Is Annie nog in je hotel?'

Ik dronk koffie en keek over de parkeerplaats. Geen legergroene jeeps.

'Geen probleem,' zei Van Duin in z'n mobiel. 'Ik heb een meneer Max Winter die haar zoekt. Nee, dat is in orde, anders zou ik hem niet te woord staan. Maar als ze werkt, stuur ik hem eerst bij jou langs, dan kun jij het uitleggen. Is dat goed?'

'Boek een kamer voor me,' zei ik. 'Als ze iets vrij heeft.'

Hij knikte en luisterde naar z'n telefoon. 'Vertrouw mij nou maar, die meneer is oké. Heb je een kamer voor hem?' Hij keek naar me. 'In elk geval vannacht. Max Winter. Dank je. Ik heb weinig tijd, ik bel je vanavond, oké?'

Hij stak zijn mobiel weg. 'Annie is in Kortgene, dat is op Noord- Beveland, een uurtje hiervandaan. Ze heeft een tijdelijk adres schuin tegenover Irma's hotel, en een baan in het havencafé. Is dat een buil?'

De wind had hem blootgelegd en ik veegde mijn haren er weer overheen en pakte mijn boekje. 'Tegen een deur gelopen.'

'Ja.' Hij gaf me het adres en ik schreef het in m'n boekje. 'Volg de weg Zeeland in, en voorbij Goes rechtsaf.'

'Ik kom er wel.'

'Ik wens u succes,' zei hij. 'Als u het goed vindt... Er zit een sollicitant op me te wachten...' Hij stond op, keek me aan en knikte, als tegen zichzelf. 'Als er iemand een leuke meevaller verdient is het Annie,' zei hij. 'Ik mag lijden dat die erfenis haar helpt om van die man af te komen. Doe haar mijn groeten.'

Hij gaf me snel een hand en liet z'n koffie onaangeroerd staan. Ik dronk de mijne en gebruikte het moment om Brakveld te bellen. Oscar verbond me door.

'Ik ga nu naar Kortgene, dat is Zeeland. Esperanza heeft daar een tijdelijk adres, ze werkt als serveerster in het havencafé. Als je nog steeds haast hebt, kun je die papieren vandaag nog op de bus doen.'

Harry was opgelucht. Ik wilde hem het adres geven, maar hij onderbrak me en zei: 'Zijn we niet sneller klaar als je haar zelf hierheen brengt?'

Een veilige escorte was méér dan alleen praktisch. 'Dat is een goed idee,' zei ik. 'Ik hoor wel of ze weg kan, maar ze moet vanavond tot sluitingstijd werken, dus dat zal waarschijnlijk pas morgen worden. Ik bel je zodra ik iets weet, dan kun je tijd voor haar vrijmaken.'

Ik nam nog een slok van Van Duins koude koffie en stond op. Ik hield m'n ogen op het parkeerterrein gericht terwijl ik naar m'n auto liep. Ik had geen namaakjeep gezien toen ik hierheen reed, en ik zag er ook geen op het drukke terrein. Een paar chauffeurs stonden te praten naast het open portier van een DAF-truck, toeristen stapten uit een Groningse bus, iemand las een krant in een grijze Ford, een moeder zette haar

huilende kleuter in een stoeltje en in de riemen achter in een kleine Renault.

Ik stak achteruit en koerste langs rijen auto's en vrachtwagens de parkeerplaats af en de snelweg op, terug naar Zeeland.

Ik lette meer op de auto's dan op het stadje. Er stonden geen legergroene jeeps. Het hoogseizoen was voorbij, maar er werd nog volop gezeild en gevaren, voornamelijk door het wat oudere en niet aan schoolvakanties gebonden publiek. Dat rustiger najaarstoerisme slenterde langs winkels en dronk thee en Zeeuwse aperitieven voor diverse café's en achter glas op terrassen, uit de wind. Er was een beetje wind, maar oktober begon op een Indian summer te lijken, nog afgezien van het feit dat elke Zeeuw meent te weten dat de zon in Zeeland meer schijnt dan waar ook elders.

De Delta Marina was gemakkelijk te vinden, aan het eind van de hoofdstraat linksaf, een dijk op en weer af, naar een rijtje moderne gebouwen tussen de weg en de haven; winkels voor de zeilsport, een restaurant. Ik parkeerde ertegenover en wandelde erlangs, het watersportcafé lag aan de achterkant, pal aan de haven. Ik duwde de glazen deur open en ging naar binnen.

Er zaten twaalf mensen aan een paar tafeltjes en twee mannen op krukken aan de bar, waar een veertiger in blauw overhemd de koffiemachine bediende. Esperanza liep door het café. Ik herkende haar direct, ook al was ze twintig jaar ouder dan op de krantenfoto, en haar zwarte haar langer en steil, met een zwarte band in haar nek, een paardenstaart. De opgetogen veertienjarige was nu een vagelijk exotische volwassene, die twee uitsmijters naar een tafel droeg. Ze bewoog zich geroutineerd en efficiënt, met een sierlijke elegantie als extra.

Ik nam een tafel bij het raam. Het café zag er modern uit, of recent gemoderniseerd, in nogal primaire kleuren. De haven

lag er pal achter, met steigers vol zeiljachten en motorboten, sommige al in hun winterhoezen.

'Goedemiddag,' zei Esperanza. 'Wat kan ik u brengen?'

Ik had meer koffie gedronken dan me lief was, ik begon honger te krijgen. 'Een whisky met veel ijs,' zei ik. 'Met iets te eten erbij, bitterballen, kaas? Ik zie dat u het druk heeft, maar ik wil graag even met u praten?'

Haar glimlach verdween. 'Waarover?'

Ik wist niet goed hoe ik dit moest aanpakken. 'U hoeft niet ongerust te zijn,' zei ik. 'Dit is in verband met een testament. Ik heb u alleen maar gevonden omdat uw vrienden ervan overtuigd waren dat het in orde was, u moet de groeten hebben van Claire Huibers en Rik van Duin.' Ik glimlachte. 'Die konden het eerst ook nauwelijks geloven, maar ik kom echt van een notaris.'

Esperanza stond stokstijf. Ze was bang, omdat ze het niet kon begrijpen. Ik stopte mijn Meulendijk-kaart in haar hand. 'U kunt Van Duin bellen,' zei ik.

Ze vluchtte in wat ze wél begreep. 'Whisky, portie kaas.'

Ze nam mijn kaart mee. Ik zag haar achter de bar gaan en met de man in overhemd praten. Ze gaf hem mijn kaart en hij fronste ernaar. Hij keek in mijn richting, terwijl Esperanza in een ruimte erachter verdween. Ik hoopte dat ze kaas ging snijden, of een telefoon opzocht, in plaats van op de vlucht te slaan via een achteruitgang. De man koos een fles uit de stellage boven zijn hoofd en schonk whisky in een glas. Hij bukte zich en tilde een ijsemmer op z'n bar.

Esperanza verscheen weer, te snel om getelefoneerd te kunnen hebben. De barman legde mijn kaart op haar dienblad en praatte op fluistertoon tegen haar. De twee mannen aan de bar keken toe. Het zag er vriendschappelijk uit. Esperanza knikte naar de barman, liep om de bar heen en kwam naar me toe.

Ze zette whisky en kaasblokjes op de tafel en legde mijn

kaart ernaast. 'Ik heb maar even,' zei ze, nerveus. Ze nam de stoel tegenover me.

'Tot hoe laat moet u werken?'

'Dat wisselt. Tot de laatste klant weg is, dat kan elf uur worden.' Ze zat stijf op haar stoel.

'Rik van Duin heeft een kamer voor me gereserveerd in het hotel van Irma.'

Claire, Rik, Irma, ik strooide met voornamen om vertrouwen te wekken en ik zag dat ze zich begon te ontspannen. Ze droeg weinig make-up, ze was ontsnapt uit een beroerd huwelijk en haar donkere ogen bleven onrustig. Ik kon die onrust en haar argwaan beter begrijpen dan de gezwollen wang en de donkere verkleuring op haar rechterslaap die er, een maand na dat laatste geweld en haar vlucht, niet meer zouden moeten zijn.

Ze kuchte iets uit haar keel. 'Ik begrijp er niet veel van,' zei ze. 'Ik denk dat u zich vergist. Ik ben…'

Ze keek opzij, een alerte serveerster die meer hoorde dan ik, of misschien vóélde ze de opgestoken hand aan een tafel bij de andere deur. Ze herademde toen de barman sussend naar haar gebaarde en er zelf op af ging.

'Ik heb lang naar u moeten zoeken,' zei ik. 'Er zijn advertenties geweest in de kranten en op internet, maar dat leverde niets op. Dat komt waarschijnlijk omdat we naar een mevrouw of mejuffrouw Esperanza Spruyt zochten.'

'Nou,' zei ze, zonder te glimlachen. 'Dat is lang geleden'.

'Ik kwam er pas bij de buren van uw moeder in Sint-Annaland achter dat ik eigenlijk op zoek was naar Annie van Beers.'

Een schaduw. 'Iedereen noemt me Annie,' zei ze. 'Maar dat duurt niet lang meer. Ik heet Esperanza Magan. Ik ben al bij een advocaat geweest voor een echtscheiding.'

'Hoe is het met uw grootmoeder?'

'Ze viel van een trapje en brak haar been en werd pas de volgende dag gevonden door de postbode. Ze is bijna tachtig.

Mijn moeder is er direct naartoe gegaan.' Haar gezicht klaarde op, een eerste glimlach, een zonnige herinnering. 'Mijn grootmoeder woont in een klein gehucht buiten Murcia met een moestuin en twee katten. Ze is een taai Spaans vrouwtje, en ze wil nog niet dood. Ik ben naar haar genoemd.'

Ik glimlachte met haar mee. 'Lijkt u op haar?'

'Volgens mijn moeder wel.'

Ik knikte en nam een slokje van m'n whisky.

Ze wachtte tot ik mijn glas neerzette en zei: 'U hoeft geen u te zeggen.'

'Oké. Esperanza. Ik ben Max. Die erfenis komt uit Limburg. Ik wil je daar als het kan morgen naartoe brengen. Je moet iets hebben om je te identificeren, een paspoort bijvoorbeeld.'

Ze raakte weer in de war, misschien ging het te snel. 'Ik kan niet zomaar weg,' zei ze. 'Bovendien weet ik niets van een erfenis, dat moet een vergissing zijn. Limburg?' Ze gaf een schamper geluidje. 'Dat is eeuwen geleden. Ik kon nauwelijks lopen.'

'Maar wel zwemmen.'

'Zwemmen...' Er kwam een rimpel in haar voorhoofd.

'Je was veertien en je hebt een man het leven gered. Weet je dat niet meer?'

Natuurlijk wist ze dat nog. Niemand vergeet zoiets. Ze had het weggestopt, doelbewust, lang geleden. Waarschijnlijk al direct erna, omdat ze zwemkampioen wilde worden en daar geen zenuwengedoe met de politie bij kon gebruiken. Ze besefte misschien ook dat ze als heldin of bekende Nederlander een prooi zou worden van het mediacircus dat onvermijdelijk zou volgen. Ze had het weggestopt en er nooit over gepraat, zelfs niet met haar echtgenoot. Ze staarde me een paar seconden zwijgend aan, eerst perplex en toen volstrekt ongelovig.

'Die ouwe viezerik?'

Ik grinnikte. 'Zijn naam is Jozef Weerman. Hij is onlangs

gestorven. Een maand voor zijn dood ging hij naar de notaris om een testament te maken. Je erft een aandelenportefeuille. Na aftrek van de belastingen et cetera is dat ongeveer een miljoen euro.'

Weer te snel. Ik dacht dat ze flauw ging vallen. Ze greep naar de tafelrand voor houvast en begon diep adem te halen. 'Goeie hemel,' zei ze toen. 'Ik moet...' Ze stond abrupt op en vluchtte naar de toiletten.

De barman stond elders af te rekenen, hij zag haar door het café hollen en keek dreigend naar mij. Ik wuifde geruststellend, at een stukje kaas en dronk van m'n whisky.

Het was halfzeven, alles had veel tijd gekost, plus een klap op mijn hoofd. Ik was doodmoe en verlangde naar aspirines en een hotelbed, maar ik voelde me nogal voldaan. Sommige mensen kopen een lot en hun valt onverdiende en onterechte rijkdom in de schoot zonder dat ze ooit een klap hebben uitgevoerd of zelfs maar één betekenisvolle daad hebben verricht. Ik kende Esperanza's betekenisvolle daden niet, maar ze moest behoorlijk trouw en standvastig zijn om te blijven hopen en geloven dat de psychopaat weer de liefhebbende echtgenoot van vroeger kon worden. Ik dacht aan de kapelaan, kwaad met goed beantwoorden deed ze al op haar veertiende. Ik was geen kapelaan, ik hoefde alleen maar een vermiste erfgenaam op te sporen, maar ik had beslist het gevoel dat Esperanza haar miljoen verdiende.

De barman beende naar de toiletten, hij wachtte onder het blauwe neonlicht. Esperanza kwam tevoorschijn. Ze praatte met hem. Klanten werden ongeduldig. De barman zag er niet blij uit.

Een minuut later kwamen ze terug, de serveerster naar mij en de barman naar de klanten. Esperanza zei op zakelijke toon: 'Goed, Menno heeft vanavond een afspraak, dus ik moet werken tot we dichtgaan, maar voor morgen is het in orde. Hoe laat wilt u vertrekken?'

Haar gezicht was nog nat, ze had zich opgefrist en haastig afgedroogd. 'Zo vroeg mogelijk,' zei ik. 'Kom in het hotel ontbijten, dan rijden we daarna weg.'

Ze knikte en bleef even zitten. 'Een miljoen?'

'Soms is het niks, soms is het vrijheid.'

'Ik ben...' Ze zocht een geschikt woord en giechelde om het ouderwetse exemplaar dat bij haar opkwam. 'Beduusd,' zei ze.

Ik zette mijn auto voor het hotel in de Weststraat, nam mijn weekendtas eruit en keek naar de lage huizen aan de overkant. In een ervan woonde Esperanza. In de hal achter de hoteldeur stonden racefietsen met Noorse vlaggetjes. Er was een houten trap, een lounge en een glazen deur naar de bar. Daar was niemand, maar toen ik de deur opende, verscheen er prompt een jonge vrouw.

'Irma?' vroeg ik.

'Max Winter?'

Irma gaf me een stevige hand, over de bar heen. Ze was zichtbaar blij om me te zien. 'Ik had u eerder verwacht.'

'Ik ben eerst in de haven gaan kijken.'

'Heeft u Annie gesproken?'

'Ja, maar ze had het druk. Het was nogal een verrassing voor haar.' Ik schatte haar even oud als Esperanza, maar Irma was een hoofd groter en blond. Ze had de directe charme van perfecte gastvrouw.

'Wie zou niet verrast zijn?' Irma lachte. 'Ik ben heus wel jaloers,' zei ze, alsof ze mijn gedachten kon raden. 'Maar ik ben vooral blij voor haar. Is het een vergeten oom uit Amerika, zoals in meisjesboeken van vroeger?'

'Een automobilist gaf haar een lift en reed met z'n dronken kop de Maas in. Ze heeft hem eruit gehaald en het leven gered. Ze was veertien, jeugdkampioen van de zwemclub.'

'Die Annie.' Irma lachte weer, schudde ongelovig haar

hoofd en zei hetzelfde als Van Duin. 'Ik mag lijden dat het genoeg is om van die man af te komen.'

'Meer dan genoeg.' Ik glimlachte terug. 'Als het goed is, hoort ze het morgen van de notaris, we hebben afgesproken dat ze met me meerijdt naar Limburg.'

'Goed,' zei Irma. 'Hoe eerder hoe beter.' Haar toon werd zakelijk en ze reikte naar een sleutelkast. 'Het is op de eerste etage, we hebben geen lift. Heeft u al gegeten?'

'Nog niet.'

'Er is een goed restaurant aan de Hoofdstraat, u kunt hier achterlangs, binnendoor. Waar staat uw auto?'

'Eigenlijk nogal verkeerd, pal voor die garage hiernaast.'

'Geen probleem, laat maar staan.'

'Wat bedoelt u met hoe eerder hoe beter?' vroeg ik.

'Annie is mijn vriendin, soms hebben mensen daar niet veel tijd voor nodig. Het is niet dat ik haar kwijt wil, maar ik denk aan haar veiligheid. Ze kan hier niet blijven. Die man weet waar ze woont.'

Ik zette mijn tas op de vloer. 'Weet u dat zeker?'

'Heeft ze daar niks van gezegd?' Irma zuchtte, misnoegd. 'Een paar nachten geleden drong hij met geweld haar huis binnen en probeerde haar te verkrachten. Ze kon godzijdank op een sneltoets drukken en belde mij, ik hoorde haar gillen door de telefoon. En ook godzijdank zit de brandweer hier vlakbij. Die waren er meteen en even later kwam de politie.'

'*Merde*,' zei ik hartgrondig. 'Hoe kwam hij aan haar adres?'

'Een van z'n korporaals kwam hier toevallig langs en zag haar haar huis in gaan. Hij was extra razend omdat de halve kazerne er blijkbaar eerder van wist dan hij.'

Stom toeval. Maar Van Beers zat niet in een huis van bewaring. 'Hebben ze hem laten gaan?'

Ze bewoog haar schouders. 'Annie wilde geen klacht indienen. Misschien heeft ze gelijk: hij is haar wettige echtgenoot, dus als ze hem arresteerden zou hij de volgende dag weer op

straat staan. Het enige wat de brigadier kon doen, was hem een straatverbod geven. Ik hoop dat hij zich daaraan houdt.'

Hoop was mooi. Brigadiers konden op eigen houtje geen officieel straatverbod uitdelen, maar misschien was de sergeant ook in dat opzicht een leek en maakte het indruk. 'Weet hij waar ze werkt?'

'Annie dacht van niet. Hij heeft haar bij haar huis opgewacht, daar is ze door die korporaal gezien. Misschien dacht hij dat ze van een feestje kwam, of van de bioscoop. Sindsdien houden de buren en ik onze ogen en oren open. Bovendien heeft ze mijn pistool.'

Ik staarde haar aan. 'Uw wát?'

Irma grinnikte. 'Het is een hagelpistool, maar wel negen millimeter. Ze kan er iemand de stuipen mee op het lijf jagen en er schade mee aanrichten, van dichtbij tenminste.'

'Ze zijn illegaal, zeker de negen millimeter.'

'Destijds nog niet,' zei Irma. 'Mijn vriend heeft het gewoon bij een postorderbedrijf voor me gekocht, omdat ik hier 's avonds vaak alleen ben. Annie kan ermee omgaan. We zijn naar Colijnsplaat gereden om te oefenen.' Ze keek aandachtiger naar mijn gezicht en fronste, misschien zag ze de buil. 'Volgens mij heeft u een zware dag gehad,' zei ze. 'Ga eten en vroeg naar bed. Uw kamer ligt aan de voorkant, maar dit is een straat zonder lawaai.'

Ik veegde onwillekeurig over de buil. Mijn pijnlijke kop was toe aan een zacht kussen en een paar uur donkere stilte, maar ik besefte ook dat een commando-sergeant handiger dan wie ook zou zijn in het verdekt opstellen van voertuigen en van zichzelf. Bovendien zou hij, tenzij zijn hersens onherstelbaar door elkaar waren geklutst, een anonieme huurwagen gebruiken. 'Misschien ga ik straks nog een beetje rondwandelen,' zei ik.

'Hij zou het straatverbod aan zijn laars moeten lappen, en ze heeft dat pistool,' zei ze.

'Ja. *Annie, get your gun.*'

Irma lachte leuk. 'Bovendien zijn er de buren en zelf ga ik nooit voor middernacht naar bed. En vanavond zeker niet voordat Annie veilig thuis is.'

15

MENNO'S VRIENDIN SUZY WAS OM ACHT UUR IN HET CAFÉ gekomen om iets te eten. Ze wilde natuurlijk alles horen van Esperanza over de wonderlijke erfenis en wat ze ermee van plan was. Om negen uur vertrok ze naar Menno's boot. Hij bleef in de keuken tot de laatste eters vertrokken, daarna was Esperanza met hem mee naar buiten gelopen om afscheid te nemen. De rest kon ze gemakkelijk in haar eentje af.

Ze serveerde pilsjes en praatte met de klanten. Ze wilde niet laten merken hoe opgewonden ze was. Ze bracht koffie met cognac en likeur naar het vriendelijke echtpaar dat al een week achter in de haven lag met een motorjacht. Ze aten altijd in de stad maar kwamen elke avond langs voor de koffie. 'We boffen zo met het weer,' zei de vrouw. 'We hebben dolfijnen gezien in het Veerse Meer.'

'Bruinvissen,' zei de man.

'Hij weet het altijd beter.' Ze keek naar Esperanza. 'Je buil is zowat weg, maar een motorboot is veiliger.'

Esperanza glimlachte. Een klap van de giek gehad, dat kon de beste zeiler overkomen. Ze had nog nooit gezeild. Ze kon een zeiljacht kopen en naar Griekenland zeilen, met een leuke vriend. Het was te nieuw en te plotseling – verwarrend. Ze

zou moeten wennen aan het idee dat ze kon doen wat ze wilde. Op dit moment voelde ze alleen een soort verlamming. Ze grinnikte halfslachtig en ging langs de tafel met de bridgers. Najaarstoeristen waren vaak oudere mensen. Als ze een tijdje in een haven lagen, leerden ze elkaar kennen, en bridgen of klaverjassen in het café was leuker dan elke avond met z'n tweeën voor de tv in de kajuit. Ze zag Koos en Leo binnenkomen en haastte zich naar de bar. Ze kende intussen alle vaste klanten. Koos en Leo waren buren in de flats in de Spuikom en ze hoefde niet te vragen wat ze wilden drinken.

'Annie, je ziet er nogal tevreden uit,' zei Koos toen ze pils voor hen tapte. 'Verliefd geworden?'

'Hij mag het niet weten,' zei ze.

Leo grinnikte. 'Ze bedoelt jou.'

'Droom maar verder.' Ze spoelde glazen en keek naar de haven. Het begon donker te worden.

Een miljoen.

Wat als ze die bus niet had gemist? Of niet zo verlegen was geweest? Ze wist alles nog: een akelige man. Ze herinnerde zich zijn gluiperige vriendelijkheid, of het goed was dat ze buitenom reden, over de dijk, omdat hij een paar glaasjes had gedronken. Ze was te verlegen of te bang geweest om te zeggen dat hij moest stoppen en dat ze eruit wilde. Ze kon zijn handen nog voelen en zijn adem ruiken. De vriend van haar moeder kon ook zo ruiken en naar haar kijken, maar Fred werd nooit zo dronken dat hij haar moeder vergat. Hij liet het bij zogenaamd toevallige aanrakingen, oh sorry, en ze kon er meestal wel voor zorgen dat ze niet alleen met hem in huis was.

Met deze man was ze wel alleen geweest, en hij had de portieren van zijn auto vergrendeld. Ze was in paniek geraakt omdat ze het raam niet direct open kon krijgen. Toen ze eruit was en haar hoofd boven water had en adem kon halen, viel

de angst van haar af. Ze was woedend geweest en ze had er-over gedacht, ze zwom al bij de auto vandaan, maar na twee slagen besefte ze dat ze die man niet kon laten verdrinken.

Daarom kreeg ze nu een miljoen.

Ze begreep niks van dat testament. Hoe die man aan haar naam was gekomen, of waarom hij nooit eerder van zich had laten horen, al was het maar om haar te bedanken. Waarom dat twintig jaar had geduurd. Waarom hij al dat geld aan háár naliet en niet aan iemand anders. Had hij niemand anders? Waaraan was hij doodgegaan? En waarom nu, precies op het moment dat ze voor het eerst in haar leven dringend verlegen zat om hulp en geld? Karma, zou Irma zeggen. Morgenochtend, bij het ontbijt.

Het kon geen vergissing zijn en ook geen grap. Zelfs Pieter wist niet van de dronken automobilist die ze twintig jaar gele-den uit het water had gehaald en die dus Jozef Weerman heet-te.

Irma belde om halftien om te zeggen dat Max Winter de deur uit was gegaan om een oogje in het zeil te houden. Esper-anza beloofde bij haar langs te komen voordat ze naar huis ging.

Omstreeks tien uur was Max Winter het café in gekomen. Ze had hem koffie geserveerd en hij zat een tijdje de klanten te observeren en uit het raam te kijken terwijl ze aan het werk was; het was toen nog tamelijk druk en ze had nauwelijks tijd om met hem te praten. Hij zei dat Irma hem had verteld dat Pieter haar was komen lastigvallen. Hij vroeg of Pieter wist dat ze van hem wilde scheiden.

Ze had hem gerustgesteld. Pieter had een straatverbod en zou zich niet in Kortgene durven vertonen. Hij wist natuurlijk dat ze wilde scheiden, maar niet dat ze al bij een advocaat was geweest.

Ze had lang geaarzeld en het uitgesteld, omdat de afstand haar een vals gevoel van veiligheid had gegeven waarin ze aan de goede jaren met Pieter kon denken en misschien weer hoop kon koesteren. Maar Pieter had zelf voor de laatste druppel gezorgd door in haar huis binnen te dringen en haar in elkaar te slaan. Ze besefte dat ze hem niet meer kon helpen. De volgende keer zou hij haar vermoorden... over een week, een maand. Ze wist het nu zeker: de goede tijd was voorbij; genoeg was genoeg.

Irma had de ochtend erna meteen haar advocaat gebeld en een afspraak voor haar gemaakt. De advocate werkte in een groepspraktijk in Goes, maar had ook een privékantoor in haar verbouwde boerderij buiten Kortgene. Ze was een kordate en zakelijke dame, die maar naar haar hoefde te kijken om te weten waar ze voor kwam.

'Duurzame ontwrichting,' had ze gezegd. 'Verwacht u dat hij zich gaat verzetten?'

'Ja, beslist.'

'Heeft u kinderen?'

'Nee.' Ze schudde haar hoofd, wilde niet uitleggen dat ze dat eerst lang hadden uitgesteld en dat er daarna alleen maar ruzies waren geweest, omdat met haar alles in orde bleek te zijn en hij niet naar een dokter wilde. Of dat ze daar nu, schandelijk genoeg, blij om was.

De advocate verspilde geen tijd aan filosofie of medeleven. 'Het verzoek tot echtscheiding wordt ingediend bij de rechtbank in Middelburg. Als de andere partij behoorlijk wordt opgeroepen, kan de procedure snel gaan. Maar de echtscheiding is pas formeel als de beschikking van de rechter is ingeschreven in de registers van de burgerlijke stand. Dat vergt normaal twee maanden, maar als uw man in hoger beroep gaat, moet die procedure worden afgewacht en dan gaat het langer duren. U bent in gemeenschap van goederen getrouwd... Verwacht u daar problemen?'

'Ik hoef niets van hem te hebben,' zei ze.

De advocate glimlachte. 'U bent niet de eerste van wie ik dat hoor. Maar me dunkt dat u geen reden heeft om uzelf tekort te doen. Laten we voorlopig maar de normale weg bewandelen. We dienen een rekest in bij de afdeling familierecht van de rechtbank, daar moeten wat stukken bij. In uw geval kan worden volstaan met de huwelijksakte en een uittreksel van het bevolkingsregister. Er zijn kosten, zoals griffierecht en kosten van aktes en natuurlijk mijn honorarium.'

Esperanza had zich zorgen gemaakt over die kosten. Nu kon ze erom glimlachen.

Een miljoen.

Menno vond het minder leuk. Hij raakte z'n serveerster kwijt nog voordat hij goed en wel aan haar gewend was. Hij had haar in z'n armen genomen en op beide wangen gekust. Ze had het afscheid moeilijk gevonden. Eerst Rik, nu Menno. Twee keer achter elkaar zo'n baas was een wonder. Ik kom je opzoeken, had ze gezegd, maar dat was wat iedereen zei. Hij lag op dit moment in z'n kajuit bij Suzy, zich waarschijnlijk te beklagen. Ze had hem niet kunnen vertellen dat ze ook zonder die erfenis ontslag zou hebben genomen. Hij kreeg een mooi cadeau van haar. En Irma. Ze moest iets bedenken. Een nieuwe auto bijvoorbeeld, luxueuzer dan Irma's oude Polo.

Ze had dood kunnen zijn, zonder Irma. Haar huisje was bezoedeld: ze kon er nauwelijks meer slapen. Als die detective een week later was gekomen, had hij haar niet meer aangetroffen, want ze zou de benen hebben genomen naar het enige adres dat ze had: dat van haar grootmoeder in Spanje, ook al kon Pieter dat ook bedenken omdat ze daar samen waren geweest, voor Afghanistan, toen alles nog normaal was. Hij was krankzinnig genoeg om erheen te rijden. Het straatverbod moest hem al razend hebben gemaakt, en daarbovenop kreeg hij vandaag of morgen de scheidingspapieren. Ze vroeg zich af of ze haar veiligheid kon afkopen met de helft. Een normaal

mens zou blij zijn met een half miljoen, maar bij Pieter kon je nergens op rekenen.

Om elf uur draaide ze de deur op slot achter Koos en Leo die aan de bar hadden zitten pokeren. Ze keek hen na door het glas, tot ze lichtelijk dronken om de hoek verdwenen. De laatste keer, dacht ze. Ze had niets gezegd. Ze kon niet van iedereen afscheid nemen en feest vieren. Morgen zou ze er gewoon niet meer zijn.

Ze kon zich het fortuin nog steeds niet voorstellen, haar hersens vertelden dat het geluk betekende, ontsnapping, een nieuw leven. Maar het was volkomen abstract vergeleken bij wat ze ging achterlaten. Dat was echt, dat waren dingen die ze kon aanraken, mensen met wie ze praatte en grappen maakte, de warmte van vriendschap en veiligheid, nou ja, zelfs de illusie daarvan leek op dit moment minder angstaanjagend dan dat onbekende.

Er waren geen sterren en geen maan, de nacht was net zo dichtbewolkt als haar gemoed: ze kon wel huilen. Ze tuurde door het glas naar de paar lichtjes in de haven en de weerschijn van de lantaarns aan het begin en einde van de kade. Ze was nooit erg goed geweest in beslissingen, terugvechten, vluchten, scheiden. Ditmaal viel er niks te beslissen, het kwam er gewoon aan. Morgen werd ze naar een notaris gebracht en de rest kwam daar vanzelf uit voort, onvermijdelijk. Ze had niets nodig.

Vooruit, dacht ze. Het glas was beslagen door haar adem. Ze veegde er werktuigelijk over en keerde terug, het stille café in. Ze zou Dinie niet meer zien, maar ze kon minstens de boel netjes voor haar achterlaten.

Ze zette de glazen en kopjes in de vaatwasser en boende de bar schoon. Ze ruimde alles op, zette flessen terug en poetste de keuken, controleerde de toiletten, schoof tafels en stoelen recht, sloot de kassa af. Ze dwaalde door het café en bekeek

alles. Ze was hier niet lang geweest, maar aan veilige plekken raakte je snel gehecht. De laatste keer. Vooruit, dacht ze weer. Ze trok haar jack aan, pakte haar tasje. Ze schakelde het alarm in en de hoofdverlichting uit en stond in het koude licht van de blauwe neonstreep die 's nachts bleef branden. Ze stapte naar buiten, draaide de voordeur op slot en stak de sleutel in haar zak.

Ze ging langs de haven, dat was het snelste. Halverwege het pad naar de kade hoorde ze een gerucht achter zich, voetstappen. Toen ze zich wilde omdraaien, leek het alsof de bliksem in haar schouder sloeg. Ze gaf een gil van schrik en pijn en tuimelde naar voren, op haar knieën. Haar schouder stond in brand, ze greep ernaar. Een gedaante maakte zich los uit het donker naast het café en kwam naar het pad. Ze zag een gestrekte arm, besefte wat dat was en schreeuwde weer, in paniek. Ze kwam wankelend overeind. Menno, dacht ze, en ze omklemde haar schouder en vluchtte de steiger op, langs de twee opgelegde BM's, naar Menno's boot. Ze hoorde het tweede schot, de kogel sloeg in haar rug en smeet haar van de steiger. Ze verdween onder water, daar werd alles stil.

Toen ik over de Kaaidijk liep dacht ik een jeep te zien. Hij kwam van de Havenweg en verdween tussen de flats in de Spuikom. Ik holde de dijk af en erachteraan. De wagen stopte voor het eerste flatgebouw en werd in het volle licht van een straatlantaarn tussen andere auto's geparkeerd. Ik bleef staan toen het licht het legergroen in vaalgrijs veranderde en de Wrangler in een minstens vijftien jaar oude Land Rover Defender. Twee mannen kwamen eruit en verdwenen pratend in de flat.

Loos alarm. Ik keerde terug en volgde de parkeerstrook langs de Havenweg om de auto's te controleren. Toen ik tegenover de watersportwinkel was, hoorde ik een klap. Het leek op het stukslaan van een opgeblazen papieren zak, kwam van de haven en de gebouwen hadden het gedempt. Ik sprint-

te de weg over. Ik was bij de watersportwinkel toen ik weer een knal hoorde, luider en ditmaal onmiskenbaar.

In het donker om het gebouw heen komen, kostte me twintig seconden. Een gedaante verdween aan de andere kant van Esperanza's café, een vluchtige schim. Ik aarzelde een seconde, maar in de haven schreeuwde een vrouw en er spartelde iemand in het water. Ik rende het pad af, de steiger op.

Een vrouw knielde op de rand van de steiger en reikte omlaag, met een bootshaak. Ze schrok heftig en maakte een afwerend gebaar toen ze me hoorde. Het was niet Esperanza: ze was blond en droeg een mannentrui, een spijkerbroek en gymschoenen. Ik zei dat ik haar kwam helpen, liet m'n jack op de steiger vallen en hurkte naast haar, klaar om erin te duiken. Ze hield me tegen.

'Menno heeft haar al.'

Het hoofd van een man brak door het wateroppervlak, een hand greep de bootshaak, de andere trok Esperanza boven water. Ze hing slap in zijn arm, dood of bewusteloos – het was te donker om veel te kunnen zien. Ik ging plat op mijn buik liggen, de vrouw hield de bootshaak vast en zette stevig haar ene knie op mijn kuiten terwijl ik omlaag reikte. Ik haakte mijn handen onder Esperanza's oksels en krabbelde als een kreeft achteruit, trok haar mee en sjorde haar omhoog. De vrouw liet de bootshaak los en met z'n tweeën trokken we Esperanza ruggelings over de rand.

'Menno, bel een ambulance!' riep de vrouw.

De man zwom naar het motorjacht en klom via het trapje aan boord. De blonde vrouw ritste Esperanza's windjack open en we draaiden haar op haar buik. Ik knielde naast haar, maar er was te weinig licht om kogelwonden of bloed te kunnen zien, alles droop van het water. Ik wilde beginnen met wat ik me van de EHBO herinnerde, maar de vrouw schoof me kordaat uit de weg: 'Laat mij maar, ik weet hoe het moet.'

Ze voelde Esperanza's hals, knielde schrijlings over haar

heen en drukte onder de schouderbladen om het water uit haar longen te krijgen. Ze werkte snel en behendig. Er kwam nauwelijks water. De vrouw knikte. 'Ze was meteen bewusteloos, dan krampt de stemspleet dicht. Omdraaien.'

We draaiden de drenkelinge voorzichtig op haar rug en de vrouw stak geroutineerd haar hand onder Esperanza's nek, legde de andere op haar voorhoofd, boog zich over haar heen en begon met mond-op-mondbeademing.

De man sprong van zijn boot en holde nog druipend van het water over de steiger naar ons toe. Hij richtte een zaklamp op de roerloze Esperanza. 'Ze komen eraan,' zei hij. 'Hoe is ze?'

De vrouw was druk bezig, en ik zei: 'Ze leeft nog, denk ik.'

Hij hurkte naast me. 'Ik ben Menno Faber, van het café.' Hij richtte de lamp op mijn gezicht. 'U bent die detective.'

'Max Winter. U was er snel bij.'

'Ik was in de boot, met Suzy.' Hij knikte naar de blonde vrouw. 'We hoorden schieten, Annie schreeuwde.'

Vier of vijf mensen verschenen op de kade en twee van hen stapten aarzelend op de steiger. 'Blijf daar!' riep Menno. 'Alles is in orde.'

'Heeft u de schutter gezien?' vroeg ik.

'Ik heb nergens naar gekeken, ik dook er meteen in...'

'Ze komt bij,' zei Suzy. 'Licht?'

Menno richtte zijn zaklamp.

Esperanza begon raspend te ademen, spuwde iets uit, bewoog een arm. Ze kreunde.

'Stil maar liefje,' zei Suzy. 'Niet bewegen. De ambulance komt eraan.'

Esperanza's ogen draaiden weg, gingen dicht. Licht bewoog naast het café, gevolgd door geluiden en beweging op het pad. Iemand riep: 'Uit de weg!' Twee mannen droegen hollend een brancard de steiger op.

'Ga maar opzij,' zei een van hen. Hij hurkte, richtte een

zaklamp en voelde in Esperanza's hals. Haar ogen bleven gesloten, in het lamplicht was haar gezicht klein en erg wit.

'Ze is in haar rug geschoten,' zei Suzy. 'Voorzichtig.'

'We zijn altijd voorzichtig.' De brancard lag al naast Esperanza, ze tilden haar erop en gespten haar vast. 'Ze gaat naar Goes. Ik moet haar gegevens hebben.'

'Ik kan meerijden,' zei ik.

'Bent u haar man?'

'Nee...'

'Wacht dan maar op de politie. Opschieten.' De ziekenbroeder bukte zich naar iets op de steiger. 'Is dat haar tas?'

'Geef maar hier.' Suzy nam de tas. 'Ik ben verpleegster, ik ga mee.' Ze knikte naar Menno. 'Ga droge kleren aantrekken. Ik bel je zodra ik iets weet.'

De ziekenbroeders tilden de brancard op en haastten zich ermee over de steiger, gevolgd door Suzy.

We keken hen na. Twee nieuwsgierige toeristen kwamen dichterbij. 'Was dat Annie? Wat is er gebeurd?'

'Niks aan de hand, een ongelukje,' zei Menno.

Ze bleven halverwege de steiger staan. 'Er is geschoten?'

'Ik weet van niks. Ga maar naar je boot. Als je niks te melden hebt en toch de hele nacht verhoord wil worden, wacht je maar op de politie, die komt eraan.'

Ze aarzelden niet lang, maar dropen af.

'Verdomme,' zei Menno. 'Heeft dit met die erfenis te maken?'

'Misschien. Ik kijk nog even rond.'

'Neem m'n lamp maar, ik kom zo.' Menno gaf me de lamp en holde terug naar z'n boot. De haven werd stil. Ik hurkte bij de plek waar Esperanza had gelegen. Een donkere ovaal van water, nu zag ik ook bloed, uit haar rug of schouder. Ik ging langzaam over de steiger, met de lamp. Ik zag niets bijzonders, ook niet langs de grasstrook. Als Esperanza om het gebouw heen en via die parkeerplaats naar de havenweg was ge-

gaan, zou het daar ergens gebeurd zijn. Misschien nam ze altijd het kadepad naar het begin van de haven en vandaar over de Kaaidijk.

Ik zocht langs het pad. Er stonden een paar struiken, te klein voor een volwassene om zich in te verbergen. Het enige wat ik vond, was een oude plastic winkeltas, die er al een tijd kon liggen. Ik streek hem vlak: dun, verweerd plastic, met een vage opdruk. Ik vouwde hem een paar keer dubbel, stak hem in m'n zak en liep naar het café, waar ik die beweging had gezien.

De schutter had waarschijnlijk naast het café staan wachten, dicht tegen de zijgevel aan, voorbij de blauwe neonweerschijn uit de hal. Het was er donker genoeg, maar hij was daar niet geweest tijdens mijn vorige ronde, anders zou ik hem hebben opgemerkt. Dat was ruim een uur geleden, ik had Esperanza bezig gezien met haar klanten en had koffie bij haar gedronken. Daarna was ik rond de haven gegaan, om de gebouwen heen en over de parkeerplaatsen en had hier en daar staan posten. Ik had nergens onraad gezien, geen verdachte auto's, niets dat me opviel. Hij was daarna gekomen en had het café waarschijnlijk eerst vanuit een andere positie geobserveerd, vanaf een steiger, verderop langs de kade, of aan de overkant, elke willekeurige plek vanwaar hij onopgemerkt door de ramen kon kijken. Hij zou daar hebben gewacht tot hij de laatste cafégangers zag vertrekken. Daarna had hij tijd genoeg gehad om z'n positie naast het café te bereiken, terwijl Esperanza de boel opruimde en de lichten uitschakelde, en ik tijd verknoeide in de Spuikom aan een onschuldige Land Rover.

Je hoopt op de sigarettenpeuk of de losgeraakte knoop. Ik snuffelde rond met de lamp. Ik hoorde een auto toen ik gehurkt bij de gevel vergeefs naar peuken of sporen van schoenen zocht, naar schuifsporen. Niemand kan lange tijd stilstaan zonder zijn voeten te verplaatsen, behalve misschien een commando-sergeant.

Licht uit een andere lamp dan de mijne viel over me heen, en ik richtte me op. Iemand zei: 'Blijft u maar even staan.'

'Oké.'

Ze waren met z'n tweeën, allebei in uniform. 'Wat bent u aan het doen?'

'Ik kijk een beetje rond,' zei ik. 'Dat is m'n vak. Ik zal mijn legitimatie uit mijn zak nemen, als u dat goed vindt?'

Ik verplaatste Menno's lamp naar mijn linkerhand en richtte hem omlaag, bracht mijn rechterhand voor mijn jack en wachtte, in het licht van hun lampen. Voordat de politieman me toestemming kon geven om mijn hand in m'n binnenzak te steken, klonken er luide voetstappen op het steigerhout. De andere agent bracht zijn pistool omhoog.

'Dat is Menno Faber,' zei ik. 'De cafébaas. Hij heeft haar uit het water gehaald en zich omgekleed.'

Menno holde het pad op en bleef naast de cafédeur staan, in het vage blauw uit de hal. 'Brigadier Sijbrand?'

'Dag Menno,' zei de brigadier. Zijn collega stak zijn pistool weg. Menno ontsloot het café en maakte licht. We gingen naar binnen, waar Menno vroeg of iemand iets wilde drinken. Hij kon ook koffie maken.

'Straks misschien.' De brigadier keek naar mij. 'Mag ik nu uw legitimatie?'

Ik gaf hem mijn Meulendijk-kaart.

'Annie van Beers werkt bij mij,' zei Menno. 'Ze sloot af en ging naar huis, neem ik aan. Ik was op mijn boot en hoorde schieten en Annie schreeuwen. Ze is in haar rug of schouder geraakt en in het water gevallen. We hebben haar eruit gehaald. Suzy heeft mond-op-mond gedaan en is meegereden met de ambulance, naar Goes.'

'Annie van Beers.' De brigadier had opgekeken bij het horen van de naam. 'Kijk es aan. En wie is Suzy?'

'Mijn vriendin, en daar hoef ik geen geouwehoer over.'

De brigadier trok een gezicht en gaf mij m'n kaart terug. 'En wat deed u hier?'

'Toeval,' zei ik. 'Ik zocht mevrouw Van Beers voor een notaris, in verband met een testament waarin ze wordt genoemd. Het toeval is dat ik haar pas vanmiddag heb gevonden. Ze zou morgen met me meerijden naar die notaris.'

'En u was vanavond toevallig hier?'

'Niet helemaal. Het leek me goed om een oogje in het zeil te houden, maar ik was jammer genoeg aan de andere kant van het gebouw toen ik de schoten hoorde. Ik heb de dader niet gezien, ik ben Menno gaan helpen.'

'Heeft u die sergeant Van Beers ontmoet?'

'Twee keer, bij hem thuis in Bergen op Zoom. De eerste keer beweerde hij dat zijn vrouw in Frankrijk was. Ik had geen idee hoe het zat.' Ik bedacht dat ik Sijbrands vertrouwen zou verliezen als ik het hem niet direct vertelde, ze zouden het hoe dan ook van Claire de buurvrouw horen. 'De tweede keer was vanmorgen. Hij was in een verkeerde bui en sloeg me buiten westen met een pistool en nam de benen. Hij rijdt in een legergroene Jeep Wrangler. Vandaar het oogje in het zeil.'

De brigadier staarde me aan. 'Wat voor pistool?'

'Het ging nogal snel, een Glock misschien.'

'En waarom sloeg hij u buiten westen?'

'Mijn auto had lekgestoken banden, hij wist in welk hotel ik zat, ik verdacht hem ervan. Ik betrapte hem op thuis zijn, in plaats van in de kazerne, zoals hij eerder per telefoon beweerde.'

'Dus nu begrijpt u het wel?'

'Ik begrijp dat hij onberekenbaar is en bij de psychiater loopt. Ik hoorde hier van zijn nachtelijke actie. Heeft u hem dat straatverbod gegeven?'

Hij negeerde mijn ironie. 'Soms helpt dat. Dit keer dus niet. De J.E. uit Goes zal het wel overnemen, maar ik ga vast een signalement doorbellen. Is het de Glock 17?'

'Of een Browning. Ik heb geen enkele zekerheid. Wat is de J.E.?'

'Justitiële Eenheid, de recherche.'

'Dat is nieuw voor mij.'

'Het is de nieuwe orde,' zei hij droog. 'Ik ben brigadier Erik Sijbrand, van Steunpunt Noord. U mag me zo dadelijk alles over die erfenis uitleggen.'

'Met plezier.'

De brigadier fronste. 'Als ik van een mede-erfgenaam af moest, zou het toch eerder op een mooi ongeluk lijken.' Hij knikte naar de jongere agent. 'Niemand wandelt weg.'

Hij haastte zich het café uit naar z'n patrouillewagen. De agent bleef met z'n armen over elkaar bij de deur staan.

16

SPECIALISTEN WAREN TOT DIEP IN DE NACHT IN DE WEER geweest om de kogels te verwijderen en de schade te herstellen. Daarna was ze naar een verkoeverkamer gebracht. De politie had met de internist gesproken en daarna met haar. Er bestond geen levensgevaar, maar niemand kon op dit moment met zekerheid iets zeggen over eventuele permanente schade en over hoe lang mevrouw Van Beers in het ziekenhuis zou moeten blijven. Ze kreeg pijnstillers en andere medicijnen, ze moest rusten en slapen.

'Komt het goed?' fluisterde Irma.

Ik knikte geruststellend en legde de hoorn op de haak van de bartelefoon. 'Absoluut,' zei ik. 'Als er vitale organen geraakt waren, zou ze aan machines op de intensive care liggen.'

Ik belde het nummer van het Steunpunt Noord dat brigadier Sijbrand me had gegeven. 'Ik ben net binnen,' zei hij. 'Wacht even, ik ga het na.'

Irma zette koffie voor me op de bar. De paniek van de vorige nacht was voorbij. Ze had om één uur het ziekenhuis gebeld en daarna nog een keer en telkens gehoord dat haar vriendin in de operatiekamer was. We hadden de hele nacht kunnen blijven zitten wachten en praten, maar we konden

niets doen. Esperanza was in veilige handen, de politie joeg op de hoofdverdachte en had daar geen hulp of bemoeienis van mij bij nodig.

We hadden met de ontbijtgasten naar de Zeeuwse tv gekeken, die vanuit de haven verslag deed van de nachtelijke aanslag op een serveerster van het havencafé. We zagen het café en een paar toeristen die met hun boot in de haven lagen en weinig te vertellen hadden, en Menno, die terughoudend en erg bescheiden was en zorgvuldig vermeed om het over Suzy te hebben. Ik was een meneer die hem had geholpen zijn serveerster uit het water te halen. Het woord erfenis kwam niet in het commentaar voor, wel dat de serveerster in zorgwekkende toestand naar het Oosterscheldeziekenhuis in Goes was gebracht en dat de politie haar echtgenoot wilde verhoren en hem probeerde op te sporen.

Om tien uur waren alle hotelgasten vertrokken, twee jonge wandelaars en zes Noren op hun racefietsen. Ik had Harry Brakveld gebeld om hem de zaak uit te leggen. Hij stelde vragen over de verdachte sergeant, hoopte dat ik Esperanza kon opzoeken en zei dat ik haar ook namens de notaris een spoedig herstel moest wensen en bloemen voor haar moest meenemen.

'Hier ben ik weer,' zei brigadier Sijbrand in mijn oor. 'Mevrouw Van Beers is buiten levensgevaar, ze hebben twee kogels uit haar schouder gehaald, negen millimeter, de inschotwonden dicht bij elkaar, daar heeft ze geluk mee gehad. Een in de *scapula*, het schouderblad, en de andere in de...' Hij moest dat kennelijk opzoeken in z'n notities of het rapport en sprak het zorgvuldig uit. 'De *processus coracoideus*, een haakvormig uitsteeksel van het schouderblad. Die coracowatook is geschampt, en het schouderblad is zacht been, of kraakbeen, daarom is de schade beperkt, maar het is pijnlijk en ze heeft veel bloed verloren.'

'Wordt ze bewaakt?'

'Voor zover ik weet heeft er vannacht iemand in de gang gezeten, er wordt gepatrouilleerd en de ziekenhuisbeveiliging heeft het signalement en kijkt naar hem uit.'

'Is Van Beers nog niet gevonden?'

'Hij heeft blijkbaar een week verlof gevraagd en gekregen, want sinds maandag hebben ze hem niet op de kazerne gezien. Volgende week dinsdag is hij er weer, zegt de wachtcommandant. Ze zijn vannacht op het adres in Bergen op Zoom geweest, daar was dus niemand. Ze hadden geen machtiging om erin te gaan, maar ze zouden hoe dan ook geen pistool hebben gevonden. De dames advocaten die naast hem wonen, hebben zijn huis in de gaten gehouden sinds de man jou gisterochtend neersloeg en er in zijn jeep vandoor ging. Hij is daar niet meer gezien.'

'Nog iets over het pistool?'

'Negen millimeter, dat kan dus van alles zijn, bijvoorbeeld die Glock. Volgens de kazerne neemt niemand dienstwapens mee naar huis en bezit hij ook geen privéwapen, maar dat zegt geen moer. Hij kan zelfs iets uit Afghanistan hebben gesmokkeld en dat hangt hij z'n bataljonscommandant niet aan de neus. De man wordt verdacht van poging tot moord of doodslag. Hij is spoorloos.'

'Ik zoek haar vanmiddag op,' zei ik. 'Misschien bel ik je daarna nog, als dat mag?'

'Geen probleem, vooral als ze zich nog iets meer herinnert, maar de recherche heeft haar uitvoerig gehoord. Ze heeft alleen een vage gedaante gezien. Ik denk dat ze de waarheid spreekt, als ze Van Beers herkend had, zou ze dat hebben gezegd. De vorige keer wilde ze hem nog beschermen en er geen werk van maken, maar dat zal nu wel over zijn. Hij probeerde haar te vermoorden, daar is geen twijfel over.'

Ik bedankte hem en ging naar mijn kamer om m'n weekendtas te pakken. Ik was minder zeker over de sergeant, maar het had geen zin om de brigadier lastig te vallen met vaaghe-

den. De klungeligheid van de aanslag, bijvoorbeeld. Waarom had hij gewacht tot ze dat pad zowat af was en naar de haven kon vluchten? Natuurlijk was het donker en het doelwit bewoog, maar een commando was door en door getraind in alle soorten vuurwapens, ook in pistolen.

Ik zat ook met die oude winkeltas, die er dus al langer kon hebben gelegen. Ik had hem 's nachts in mijn hotelkamer zitten bekijken en besnuffelen. Hij rook meer naar halfvergaan plastic en beschimmelde paprika's dan naar bijvoorbeeld kruit of wapenolie. Hij kon tien jaar lang door Nederland hebben gezworven, en wat ik dacht te ruiken, zou ook van oude spijkers, aardappels of vochtige andijvie afkomstig kunnen zijn. Het was zo'n massaproduct dat blanco uit de fabriek komt en waarvan kleinere hoeveelheden voor diverse afnemers of gelegenheden van opdruk worden voorzien, net als bij T-shirts. Die goedkope opdruk slijt er vaak gemakkelijk vanaf. Dit exemplaar was talloze malen gebruikt, voor de picknick, of om er aardappels of oude spijkers in te bewaren, hij was verfomfaaid en beschadigd en hier en daar doorgeprikt en gescheurd. Misschien bestonden er apparaten om de opdruk weer leesbaar te maken. Met het blote oog onderscheidde ik alleen wat vage letters of halve woorden *boeren* of *hoeren* en *oesbe*.

Irma legde me de route naar het ziekenhuis uit en hoopte dat ik terugkwam. Ze zou het liefst met me meerijden, maar de dame die vaker voor haar inviel, was in Rotterdam en kon pas de volgende dag. Ze wilde nauwelijks geld van me aannemen, maar ik verzekerde haar dat de notaris al m'n onkosten betaalde en dat ze een goede zakenvrouw was en zaken zijn zaken.

'Ze komt niet meer terug in dat huis,' zei ze toen. 'Ik zal haar spullen eruit halen en hier opslaan. Morgen breng ik kleren voor haar mee.' Haar ogen werden onverhoeds vochtig. 'Shit,' zei ze. 'Annie is een dappere schat, ik zal haar missen, weet je dat? Ik bedoel Esperanza.'

Het bezoekuur was net begonnen, en er gingen veel mensen met bloemen en sinaasappels en kruiswoordpuzzels het ziekenhuis in. Ik had geen bloemen, omdat ze die in verkoeverkamers niet toelaten. Ik maakte me bekend bij een van de dames van de receptie, die haar computer raadpleegde en zei dat ik me op de eerste verdieping kon melden bij de balie.

Ik nam de trap en kwam in een hoofdgang vol bezoekers en wandelende patiënten in kamerjas. Ik klampte een oudere verpleegster aan, die me vertelde dat Mevrouw Van Beers lag te rusten. 'Bent u familie?'

'Een vriend,' zei ik. 'Max Winter. Ik heb haar gisternacht uit het water helpen halen. Ik denk dat ze me verwacht. Hoe is het met haar?'

'Ze zijn lang met haar bezig geweest. We weten nog niet of er blijvend letsel is aan de schouder, maar ze zal in elk geval haar linkerarm voorlopig niet of nauwelijks kunnen gebruiken.' Ze had een kaartje op haar jas, met *Emma Verheul*. 'Komt u maar mee.'

Ze bracht me door klapdeuren in een stille zijgang. 'De verkoever werd nogal druk na dat ongeluk vanochtend op de A58, maar we hadden hier gelukkig nog een rustige kamer voor haar.'

'Wordt ze bewaakt?'

'In de verkoever heeft vannacht een agent op de gang gezeten. Vanochtend is ze hierheen verplaatst, en dat kan eigenlijk niemand weten. Bovendien letten we allemaal goed op, maakt u zich geen zorgen.' Zuster Verheul lachte en hield stil bij een genummerde deur, bijna aan het eind van de korte gang. 'Een ogenblik, ik kijk of u erbij kunt.'

Ze opende de deur en glipte naar binnen. Ik zag een leeg bed en een stuk wand, toen was de deur weer dicht.

Ik wachtte moederziel alleen in de gang. Ik vroeg me af wat ze onder goed opletten verstonden. De nachtagent was naar huis of naar dat ongeluk op de A58 geroepen, wat dat ook ge-

weest was. Misschien hield het personeel de klapdeuren in de gaten.

De deur ging weer open. 'U kunt bij haar,' zei de verpleegster. 'Maar maak het niet te lang.'

Esperanza glimlachte naar me. Ze lag bij het raam. Het was een lichte kamer, met zonlicht gefilterd door lamellen, het voorste bed was leeg. Ze lag onder een licht dek, haar hoofd en schouders hoog op kussens, in zo'n ziekenhuispyjama die haar linkerarm en schouder vrijliet. De schouder en haar bovenarm zaten in dik verband. Ze had een infuus aan haar linkerpols en er liep een drain voor het wondvocht vanonder het schouderverband naar iets naast haar bed. Ik liep naar haar gezonde kant en legde mijn hand op de hare.

'Dag Esperanza.'

'U was op de steiger,' zei ze.

'Het is Max,' zei ik. 'De redder was voornamelijk Menno, je baas.'

'Was u daar omdat u zoiets verwachtte?'

Ik glimlachte weer. 'Ik wilde je thuisbrengen, maar ik was net te laat, dat spijt me verschrikkelijk. Doet het pijn?'

'Nee.' Ze schudde haar hoofd. 'Ze geven me van alles, ik word er wel slaperig van. Het is erg stijf, ik kan m'n arm niet gebruiken.' Ze bewoog haar linkerarm een paar centimeter opzij en weer terug, het infuus bewoog mee. 'Mag ik een beetje water?'

Ik zag een fles bronwater en een glas en haar tas op het kastje. Het enige waar haar rechterhand bij kon, was de knop van de bel die naast het bed hing. Ik schonk water uit de fles en gaf haar het glas. Ze dronk gulzig. 'Ik krijg zo'n droge mond,' zei ze.

'Dat doen de medicijnen.'

Haar zwarte haar lag naast haar hoofd, bij elkaar gebonden met een bruin bandje. Haar gezicht was bleek, maar de

donkere ogen stonden goed. Ze keken aandachtig naar me.

'Heeft u hem gezien?'

'Het is Max,' zei ik weer. 'Morgen of overmorgen rijden we samen naar Limburg en dan blijf ik ook niet de hele tijd mevrouw Van Beers zeggen.'

Er kwam een schaduw op haar gezicht. 'Esperanza Magan,' zei ze. 'Ik ga van hem scheiden, hoe dan ook.'

Ik zette haar glas weg en bracht een stoel naar het bed. 'Ik heb niemand gezien,' zei ik. 'Ik weet niet wie er op je heeft geschoten.'

'Wie anders?'

'In mijn vak wachten we meestal tot er bewijzen zijn. We stellen vragen. Hoe en wat en waar, dat weten we, maar vooral ook waarom? Denk jij dat Pieter tot zoiets in staat is? Als je er liever niet over praat, is het ook goed. Het kan allemaal later.'

'Ik kan overal over praten.' Ze keek weg. 'Je kunt dat beter aan de psychiater vragen. Pieter weet dat ik van hem ga scheiden en dat ik een erfenis krijg.'

'Dat zou eerder een reden zijn om jou met rust te laten,' zei ik. 'Dat heeft Claire me uitgelegd, je buurvrouw.'

Ze fronste haar voorhoofd. 'Claire?'

'Jullie zijn toch in gemeenschap van goederen getrouwd?'

Ze knikte, haar gezicht vol wrevel. 'Ik heb al tegen mijn advocaat gezegd dat ik niets van hem hoef te hebben.'

'Ik zou daar niet te vlot mee zijn,' zei ik. 'Hij heeft waarschijnlijk recht op de helft.'

'Daarom wil ik snel scheiden. Hij mag alles hebben, maar met die erfenis heeft hij niks te maken, dat heb ik bedacht.'

Ik legde mijn hand op de hare. 'De meeste mensen denken dat ze geen recht meer hebben op een erfenis als die na de scheiding wordt uitgekeerd. Misschien denkt Pieter dat ook. Maar een erfenis komt in de gemeenschap op het moment van overlijden van de erflater. Jozef Weerman is in september gestorven.'

Esperanza keek naar het strakke wit van het plafond, met een rimpel in haar voorhoofd. Ze had hersens en ze kende haar echtgenoot beter dan ik, en het zou onvermijdelijk ook bij háár opkomen dat hij honderd procent beter af zou zijn als weduwnaar. Ze kon ook snappen dat haar eliminatie op een ongeluk zou moeten lijken en niet op de klungelige poging tot doodslag die het was geweest. Dat bleef in m'n kop zeuren. De man was gestoord en misschien ontoerekeningsvatbaar, maar die onprofessionele klungeligheid paste niet in het plaatje.

Ik klopte op haar hand. 'Als Pieter wordt veroordeeld voor poging tot moord of doodslag, verspeelt hij vrijwel zeker zijn rechten in de echtscheiding. Het gaat hoe dan ook naar je erfgenamen.'

Esperanza trok met haar mond en ik voelde haar hand onder de mijne een vuist worden.

'Ik wil je niet overstuur maken.'

'Ik ben niet overstuur,' zei ze. De vuist bleef. 'Misschien ben ik te moe om goed te kunnen denken.'

'Ik ben zo weg.'

Ze keek naar me. 'Ik ga heus niet dood.'

'Over vijftig jaar misschien, en dan nog. Je ziet er goed uit.'

'Ja.' Ze giechelde zachtjes. 'Mijn erfgenaam is mijn moeder,' zei ze toen. 'Mijn vader heeft haar in de steek gelaten toen ik acht was. Ze is van hem gescheiden.'

'Heb je contact met hem?'

'Nee.' Haar hoofd bewoog in het kussen. 'Hij is naar Thailand verhuisd, ik weet niet eens of hij nog leeft. Ik heb hem nooit meer gezien.' Ze zweeg even. 'Ik heb er geen trauma van, maar het is jammer.' Weer een pauze. 'Dat vind ik wel.'

'Weet je moeder wat er is gebeurd?'

'Nee,' zei ze, beslist. 'Dat is niet nodig. Ze zou zich maar zorgen maken en meteen willen komen. Ze is veilig bij grootmoeder, en ik mag toch al morgen of overmorgen uit dit zie-

kenhuis. Het verband vernieuwen en het gips eraf halen kan ook in een ander ziekenhuis gebeuren.' Ze sloot haar ogen. 'Had je nog meer vragen?'

'Heb je een paspoort?'

'Ja.' Ze opende haar ogen en knikte naar haar tas.

'Prima.' Ik glimlachte. 'Ik laat je alleen, anders krijg ik problemen met zuster Verheul. Morgen krijg je bezoek van Irma. Ze brengt kleren voor je mee.'

Haar gezicht klaarde op. 'Goed. Maar ik ben ook blij met jouw bezoek. Dank je wel. Ik bezorg je een boel extra werk.'

'Ik hou contact, zodra je eruit mag, sta ik voor de deur en rijden we naar Limburg. Oké?'

Esperanza lag stil, aarzelde. 'In het begin was het goed,' zei ze toen, bijna fluisterend. 'Ik heb van hem gehouden, en dat is weg. Ik weet niet wat ik moet doen.'

Ze zag er verdrietig uit. 'Ik breng je veilig onderdak tot die erfenis geregeld is. Dan sta je op eigen benen. Alles wordt beter, dat beloof ik je.'

Ze schudde haar hoofd. 'Weet je...' Ze kneep in mijn hand en keek me aan. 'Het maakt niet uit of ik een erfenis krijg, of waar ik ook ben. Hij laat me nooit met rust.'

17

'ik heb nieuws voor je,' zei bertus, toen josée de vrijdagse vis op de gedekte tafel zette. 'Je mede-erfgename is gisteren neergeschoten in een Zeeuwse haven.'

'Mooi zo.' Ze liep onverschillig naar de open deur en riep: 'Roos, Janine! Eten!'

Josée kwam terug en zette zich aan het andere hoofdeinde. Ze hoorde de tweeling met veel lawaai van de trap komen. 'Hoe weet jij dat?'

'Het was op de radio, misschien straks ook op het journaal.'

De meisjes kwamen binnen en namen hun stoelen tussen hen in, een aan elke kant. 'Mijn trui is mijn trui,' zei Janine.

'Krijgt oom Miel die auto?' vroeg Roos. 'Wat was het er voor een?'

Josée negeerde haar dochters. Ze keek ook niet naar Bertus. 'Ze kunnen op iedereen hebben geschoten,' zei ze.

'Als het iemand anders was, zou er geen meneer Winter bij zijn geweest,' zei Bertus. 'Hij heeft haar met de baas van het café waar ze werkt uit het water gehaald.'

Roos keek op. 'Meneer Winter? Hebben jullie het over Esperanza? Is ze gevonden?'

'Jullie weten niet wie dat is en het gaat je niet aan.' Josée schepte puree op het bord van Janine. Haar handen trilden niet. 'Eet nou maar.'

Bertus fronste naar zijn vrouw. 'Ze mogen het best weten, en bovendien horen ze het toch.'

Josée zat er strak bij, ze balde haar vuist. 'Ik heb er geen behoefte aan die naam te horen of erover te praten.'

Bertus haalde zijn schouders op en keek naar zijn dochters. 'Esperanza is in Zeeland,' zei hij. 'Ze werkte daar in een café aan de haven, maar ze heeft een ongeluk gehad en ze ligt in het ziekenhuis, misschien gaat ze dood.'

'Dat zien we dan wel weer,' zei Josée. Ze schoof de schotel met vis naar Bertus. 'Je eten wordt koud.'

'Je zou een bloemetje moeten sturen,' zei Bertus.

Josée keek hem giftig aan. 'Welja. Een grafkrans is het enige waar ik geld aan wil besteden.'

'Hou maar op.' Bertus bediende zich. 'Ze proberen haar echtgenoot te vinden,' zei hij. 'Hij is militair. Ze verdenken hem er blijkbaar van.'

Josée perste haar lippen op elkaar.

'Was het dan geen ongeluk?' vroeg Roos.

'Je moeder is er niet kapot van,' zei Bertus.

Josée snoof. 'Moet dat dan? Ik heb niks met het mens, ze kost ons een miljoen.'

Bertus fronste naar zijn vrouw. 'Is dat echt het enige waar je aan kunt denken?'

'Zonder haar krijgen we ieder acht of negen ton, misschien wel een miljoen.'

Roos at niet, ze keek verwonderd naar haar moeder.

'Het méns zal zelf ook wel erfgenamen hebben,' zei Bertus.

'Wat bedoel je?'

'Tenzij ze alleen op de wereld is, maar dat komt nogal zelden voor. Ze heeft een echtgenoot, net zoals jij, en als die niks krijgt omdat hij de bak indraait, is er misschien nog een leuke zus?'

'Ik word niet goed van jou,' zei Josée. 'Je probeert het altijd te verzieken, zoals met je ontbijtkoek.' Ze imiteerde hem. 'Nee, ik heb niks tegen de man, hoor.'

'Mama,' zei Roos.

Bertus grinnikte. 'Mag ze geen zus hebben?'

Josée verstrakte en vernauwde haar ogen, alsof er iets tot haar doordrong. Toen stond ze abrupt op. 'Zoek het maar uit. Ik ga Miel bellen, misschien heeft die meer verstand.'

Ze nam de telefoon van de basis op het dressoir en liep ermee de kamer uit.

Onkruid woekerde in de tuin, en het enige levende in het huis aan de dijk waren twee berichten op het antwoordapparaat, een van Meulendijk, een van mijn ex-partner Bart Simons, die onlangs afscheid had genomen van de Amsterdamse recherche en nu net als ik freelance werkte voor Meulendijk. Volgens de klok zou Meulendijk allang naar huis zijn. Ik belde Bart.

'Kerel,' zei Bart. 'Hoe het is nu? Heb je die erfgename al gevonden?'

'Natuurlijk.'

'In dat geval heb ik een tweemansklus.'

'Dat zou leuk zijn,' zei ik. 'Misschien. Wat is het?'

'Een groot elektronicabedrijf in Amersfoort waar gegevens verdwijnen, het is nogal ingewikkeld en er komt veel observatie bij en ik neem het alleen aan als ik er een verstandig iemand bij krijg. Meulendijk snapt dat ik jou bedoel.'

'Hij probeerde me te bereiken.'

'Dat bedoel ik. Zeg maar vast ja.'

'Niet in het wilde weg.'

'Oké. We hebben morgen een afspraak met de directeur, in zijn kantoor.'

'Op zondag?'

'Ja, dat is op zijn uitdrukkelijke verzoek. Zijn halve familie werkt in dat bedrijf. Ik heb het idee dat hij verdenkingen in die

richting heeft en ze in het duister wil houden. Jij bent goed in familierotzooi, dus voilà. Zondags ligt het bedrijf praktisch stil en kunnen we er ongestoord rondkijken.'

'Oké, maar ik kan er morgen nog niet zijn. Mijn erfgename ligt in het ziekenhuis.'

Ik legde hem de zaak uit, compleet met de haken en ogen. Bart snapte me prima, maar hij was teleurgesteld en een beetje nijdig. 'Ik kan je zo een goeie lijfwacht/chauffeur bezorgen.'

'Bart, ik kom zo snel mogelijk, maar je moet het morgen in je eentje doen. Ik bel je maandag.'

Ik hing mijn jack weg en ging naar de keuken om te zien of er iets te eten in huis was. Ik had geen zin om de deur uit te gaan en ook niet aan boodschappen gedacht. In het diepvries-vak lagen nog een paar karbonades, die in bevroren toestand gebakken kunnen worden als je langzaam op een laag pitje begint. Het brood was oud en beschimmeld, maar ik had toast, en wijn is er altijd in huis. Ik zette de koekenpan op het laagste vlammetje en ging terug naar m'n bureau om de post door te nemen. Er was niets van belang.

Ik dacht aan Esperanza, in haar ziekenhuisbed. Ik had Sijbrand beloofd te bellen en ik wilde hem ook spreken.

De brigadier had zijn telefoon kennelijk uitstaan. Ik legde m'n mobiel op het buffet en flanste een diner in elkaar. De karbonade begon er in een bruinige laag vetstolsel en water-zweet zonderling uit te zien. Ik keerde hem om in de pan en draaide het gas hoger. Peper en zout, toast uit de kast, een bord en een wijnglas. Ik draaide de kurkentrekker in de fles bordeaux toen m'n mobiel ging.

'Sijbrand. Ik stond onder de douche.'

'Ik heb haar vanmiddag opgezocht, maar ik heb geen nieuws. Ze heeft die man beslist niet gezien.'

'Dat was mijn indruk al.'

'Wat me opviel, was het gebrek aan bewaking. Ik kon er zonder probleem in.'

'Dat lijkt me sterk.'

Ik liep naar het raam. Boven het buurhuis begon de avond te vallen. 'Ik zei wie ik was en kon zo naar boven. De dader zal intussen wel gehoord hebben in welk ziekenhuis ze ligt. Het enige positieve is dat hij haar waarschijnlijk in de verkoever verwacht, en dat ze daar niet ligt. Ze heeft een kamer voor zichzelf op de eerste verdieping. Volgens de hoofdverpleeg-kundige houdt iedereen die gang in de gaten, maar dat leek me nogal mager.'

'Oh.' De brigadier zweeg even. 'Ik heb daar helaas niks in de pap te brokkelen,' zei hij. 'Steunpunt Noord is Schouwen-Duiveland en Noord-Beveland. Goes is recherche Goes. Ze hadden toch een mannetje op de gang?'

'Gisternacht, ja.' Achter me begon de karbonade stinkende rookwolken af te geven. Ik stapte snel naar het fornuis en draaide het gas uit.

'Oké,' zei Sijbrand. 'Ik zal Goes bellen.'

'Ik hoop dat ze er maandag uit kan, dan haal ik haar op, als dat kan wat jullie betreft?'

'Dat lijkt me wel. Ik informeer en als er een probleem is, hoor je van me. Prettige avond.'

Ik bedankte hem en keek naar de droevige karbonade. Ik nam de pan, liep ermee naar buiten en kiepte hem om in de vuilnisemmer. Misschien kon ik nog een paar eieren vinden, daar een blik paddestoelen doorheen roeren en een soort omelet maken. Ik schonk een glas wijn in. Het paradijs van de vrijgezel.

Corrie kwam met haar zus terwijl ik zat te ontbijten. Ze roken de brandlucht. Corrie keek afkeurend naar de koekenpan, die schuin en voor minder dan de helft onder water in de goot-steen stond, omdat die dingen daar niet in passen. Ze vroeg hoe het met me ging en of ze naar boven konden. Ik zei dat

met mij alles in orde was en dat ze hun gang konden gaan. Vroeger zou ik haar hebben betaald of geld voor haar hebben neergelegd, maar dat kon niet meer omdat haar moeder het aannemen van zwart geld als zondig of misdadig beschouwde. Het ging nu dus automatisch van mijn bank naar Corries rekening.

Ik at toast en keek door het raam naar de oude peer die het meeste van zijn blad al kwijt was en er nogal droevig uitzag, terwijl de gezusters boven me tekeer gingen met meubels en beddengoed en de stofzuiger. Ik dronk mijn theekop leeg en verhuisde naar de verbouwde hooiberg, waar ik CyberNels systemen inschakelde en haar wonderbaarlijke HackMack losliet op halve woorden en lettercombinaties. De HackMack vond twintig mogelijkheden, de twaalfde had een plaatsnaam die me bekend voorkwam. Ik staarde ernaar en sloeg de kaart van Nederland open. Informatielijnen.

Er woonden drie mensen met de achternaam die ik zocht, één ervan had de voorletters O.M.C.. De computer bezorgde me de bijbehorende adressen. Ik noteerde ze alle drie, schakelde de boel uit en reed naar Limburg.

In Limburg scheen de zon. Het O.M.C.-adres lag aan een landweg buiten het dorp: een kleine verbouwde boerderij met een gebroken kap van rode pannen. Ik zette mijn auto in de berm. Het boerderijtje zag er vriendelijk uit, met nog volop bloeiende dahlia's in de voortuin en een moestuin ernaast; aan de andere kant was een oprit naar een schuur of garage, langs een omheind grasveldje met een houten hok en een soort stellage voor de twee dwerggeiten.

Een vrouw richtte zich op tussen de rijen tomaten in de moestuin toen het hekje piepte. Ze had een hand om het hengsel van een mand en wreef met de rug van de andere over haar voorhoofd. Ik bleef op het pad staan.

'Morgen,' zei ik. 'Is meneer Greshof thuis?'

'Ja, hoor.' Ze kwam naar me toe. 'Oscar is achter, ze zijn aan het beitsen. Ik ben Lottie.' Ze was een jaar of veertig, nogal mollig of gewoon een kilo of wat te dik zoals half Nederland, maar ze had een vriendelijk en open gezicht, ondanks de eigenaardige stand van haar ogen. Ze loenste een beetje. 'Ik pluk de laatste tomaten, die worden niet meer rijp. Ik maak er maar weer chutney van, met rozijnen en een paar appels erdoor.' Ze liet me haar mand zien, groene tomaten met hier en daar een rozerode blos. 'Het is jammer om ze te laten rotten. Loopt u maar door, hoor.'

De notarisklerk en een omstreeks achttienjarige jongeman die zijn zoon kon zijn, stonden een paar meter uit elkaar de verschoten gepotdekselde planken van een schuurwand donkerbruin te beitsen. Popmuziek uit een kleine radio die aan een spijker tussen hen in hing, maakte dat ze me niet hoorden naderen. Oscar was in blauwe overall en hij had plastic handschoenen aan, de spijkerbroek en het groene T-shirt van de jongen zaten onder de beitsvlekken.

De jongen zag me het eerst. Hij had het donkerblonde haar van zijn moeder en de smalle neus en de diepliggende ogen van zijn vader. 'Pa?' zei hij, en toen nog een keer, luider.

Oscar keek om. Hij liet z'n beitsblik zowat uit zijn hand vallen van schrik. 'Oh,' zei hij.

'Morgen,' zei ik. 'Mag dat wat zachter?'

'Wat is er aan de hand?' Oscar schuifelde zenuwachtig naar de radio, maar zijn zoon was hem voor. Het was plotseling erg stil. De jongen fronste verwonderd naar zijn vader. Hij had een rij oorknopjes met steentjes in z'n linkeroor. 'Pa?'

'Ja, dat is meneer Winter.' Oscar zette z'n blik op het gras en de kwast er schuin tegenaan en begon nogal stuntelig zijn handschoenen uit te trekken. 'Waar is het voor?'

'Een vriendelijk praatje,' zei ik. 'Het is zo gepiept.'

'Ga maar verder,' zei Oscar tegen de jongen. 'Ik kom zo terug.' Hij had de handschoenen uit, liet ze naast het verfblik

vallen en keek schuw naar mij. 'M'n zoon. We zijn aan het beitsen.'

'Dat zie ik.'

'Het is zaterdag.'

'Dat ook.' Ik wenkte hem mee. 'Een wandelingetje dan maar.' Ik knikte naar de jongen, en Oscar hobbelde op blauwe Birkenstocks achter me aan.'

'Waar staan de O.M.C. voor?' vroeg ik.

'Oscar Maria Carolus.'

Goed katholiek. Het karrenspoor liep tien meter voorbij de schuur dood op een stalen hek, erachter sluimerde de Limburgse vredigheid van weilanden en bospercelen. Lichtbruine koeien graasden onder grote eiken.

'Is dat allemaal van jou?'

'Nee, dat is van een boer,' zei hij, nogal onnauwkeurig voor een notarisklerk. 'Van ons gaat tot het hek.'

Ik bleef voor het hek staan. 'Als je in de stad woonde, had ik je in de auto gezet en naar een stille plek gereden,' zei ik.

Hij zei niks, kwam naast me tegen het hek aan, keek recht voor zich uit, niet naar mij.

'In mijn beroep brengen we soms een zaak tot klaarheid door het geld te volgen,' zei ik. 'Hier is het de informatielijn.'

'Geld?' Hij keek snel opzij en weer weg. 'Ik weet niet wat u bedoelt.'

'Kom op, Oscar. Heb je nog meer kinderen?'

'Een dochter, ze...' Verwarring. 'Hoezo?'

'Er is een verschil in het geluid als iemand een gesprek doorschakelt en zelf de hoorn discreet neerlegt of dat niet doet en blijft meeluisteren. Je hoort dat verschil als je gewend bent om naar die dingen te luisteren, een ruimer geluid, een klikje, géén klikje, dat soort dingen.'

'Ik heb niks verkeerds gedaan.'

'Nee, dat dacht ik eerst ook. Oscar is de rechterhand, hij luistert mee en noteert vast gegevens, dat is handig als hij

straks dat huwelijkscontract of testament moet opstellen en de baas dingen vergeet. Maar ik heb intussen begrepen dat je dikke vrienden bent met Emiel Weerman.'

Ik zag z'n kaken bewegen, maar hij zei niets. De zonnige dag was vol aangename oktoberkoelte, misschien was zijn voorhoofd nog klam van het beitsen.

'Wat was Miel van plan?' vroeg ik.

'Van plan?' Oscar keek nogal hulpeloos naar me. Zijn ogen begonnen te tranen.

'Je hebt hem donderdagavond toch gesproken?'

'Emiel?'

'Op de biljartclub, zoals elke donderdag.'

'Hij was er niet.' Het drong misschien tot hem door dat het niet zomaar een vraag was, want hij haastte zich met een ver-klaring: 'Hij moest een auto ophalen. Zijn vader had blijk-baar een auto ergens in een gehuurde garage, daar wist nie-mand van.'

'Maar je hield hem toch keurig op de hoogte?'

'Hij wilde graag weten hoe het ermee stond, of er al een spoor was van die andere erfgename, dat is toch heel gewoon? Ik hield hem een beetje op de hoogte.'

'Met al die bijzonderheden erbij? Het adres van Esperanza in Kortgene, en waar ze werkte?'

Oscar trok met zijn schouders en hield zijn mond.

Ik legde stevig mijn hand op zijn schouder en greep zijn overall. 'Je vrouw maakt chutney en je zoon staat braaf te schilderen en het stuit me tegen de borst om hier je benen te breken. Wat we wel kunnen doen, is samen naar je baas rij-den, die kan ons uitleggen hoe notarissen denken over lekken, over schending van vertrouwen, cliëntgeheimen, wat al niet. Hij kent de wet beter, maar volgens mij gaat dit je méér kos-ten dan alleen je baan en je onbesproken reputatie.'

Oscar verbleekte en deed een halfslachtige poging om zich los te rukken.

'Blijf staan,' zei ik. 'Kijk me aan.'

Hij stond te trillen op zijn benen en keek me eindelijk aan. 'Je bedoelde er niks verkeerds mee,' zei ik.

Oscar schudde heftig zijn hoofd, alsof hij niet wist of het ja of nee moest zijn of iets ertussenin.

Ik liet hem los. 'De erfgename is eergisternacht neergeschoten in de haven van Kortgene en op een haar na verdronken,' zei ik. 'Dat heb je vast ook gehoord.'

'Dat was haar echtgenoot,' fluisterde Oscar.

'Daar twijfel ik aan. Ik vermoed dat het je biljartvriend was en dat een handige officier van justitie er wat jou betreft wel iets moois van kan maken. Samenspanning tot misdrijf of doodslag? Erger als ze overlijdt? Wees maar blij dat ze nog leeft.' Ik moest hem weer bij z'n overall grijpen. 'Niet flauwvallen!'

Oscar omklemde het hek, zijn knokkels werden wit. 'Lieve God,' fluisterde hij.

'Dat zei Erasmus ook, zijn laatste woorden op zijn sterfbed. Niemand weet wat hij bedoelde. Lieve God, is dat alles? Of Lieve God, u bestaat echt, en wat ziet het hiernamaals er toch prachtig uit? Miel speelt graag de debiel, maar volgens mij is hij behoorlijk slim. Hij heeft al een keer gezeten. Het verbaast me een beetje dat hij zijn pistool in een plastic tas van de boerenbond in Groesbeek had. Maar misschien heeft hij die tas moeten laten vallen om te kunnen schieten en had hij geen tijd meer om hem op te rapen toen hij de benen moest nemen.'

Ik wist niet of Oscar me nog kon volgen. Hij stond als in trance dat ja-nee met z'n hoofd te schudden en zweet af te scheiden.

'Je had hem wel mogen vertellen dat hij er weinig mee op zou schieten, omdat bij ontstentenis van Esperanza er nog altijd haar erfgenamen zijn. Jij als notarisklerk zal dat toch wel weten?'

Het was niet erg leuk. Het onderuithalen van de doorsnee

gluiperige crimineel heeft me soms een soort sadistische voldoening bezorgd, maar Oscar was geen Amsterdamse pooier
of dealer, hij was een brave provinciaal die een foutje had gemaakt en al gevloerd was toen ik zijn erf op wandelde. Het
enige wat ik van hem kreeg was een hekel aan mezelf.

'Oscar,' zei ik. 'Kom op. Ik wil best aannemen dat je niet
wist wat Miel van plan was. Het gaat me niet om jou. Het enige wat ik wil, is voorkomen dat de verkeerde man ervoor op-
draait.'

'Ik kan het niet geloven,' stamelde hij.

'Natuurlijk niet. Anders had je Miel vast niet verteld in
welk havencafé ze tot 's avonds laat moest werken en dat ze
de volgende ochtend door mij naar de notaris zou worden gebracht.'

Oscar bleef zijn hoofd schudden, doodsbleek. 'Dat kan ze
niet hebben gedaan,' stamelde hij, zo binnensmonds dat ik
hem nauwelijks verstond en aan meervoud dacht.

'Ze?' Ik werd ongeduldig. 'Wie, ze?'

'Josée.'

Ik staarde terug. 'Josée?'

Hij keek schichtig naar het huis en de schuur. 'Ze belt me
elke dag,' zei hij toen. 'Ze wil alles weten. Toen ik het hoorde… Ik heb geen seconde gedacht… Ik dacht dat het die militair was, wie anders, de politie zoekt toch naar hem?'

*Alles gaat naar die snol. Ik hoop dat ze onder een steen ligt
op het kerkhof.* Josée, van de frustraties en de haat en de
moordlust.

Iedereen kent mekaar. 'Je geeft haar al die informatie, is ze
zo'n goeie vriendin van je?'

'Vroeger. Van school.' Oscar keek weer achterom. 'Toen
ze nog… voordat ze getrouwd was.' Hij stond erbij als een
hulpeloos kind. Doktertje spelen in het hooi. Het zou me een
zorg zijn.

'Heeft ze een pistool?'

Hij schrok weer en schudde zijn hoofd. 'Natuurlijk niet, hoe zou ze.' Zijn mond hing open, alles kwam fluisterend. 'Alstublieft, ik weet niks. Wat moet ik doen?'

Ik had geen zin om zijn leven te verzieken. 'Niks,' zei ik. 'Een beetje discreter worden misschien. Ga die schuur maar weer verven.'

Roos deed open. Ik wist zeker dat het Roos was, omdat Janine anders naar me zou kijken.

'Dag Roos,' zei ik. 'Is je moeder er?'

'U heeft haar gevonden, hè? Mijn vader zei dat er op haar is geschoten en dat u haar heeft gered.'

'Je krijgt haar wel te zien,' zei ik. 'Ik ga haar maandag ophalen. Ik denk dat je haar aardig zult vinden. Toen ze net zo oud was als jij heeft ze je grootvader het leven gered.'

Roos zette grote ogen op. 'Krijgt ze daarom dat geld?'

'Je hoort dat allemaal nog wel.' De gedachte kwam bij me op om haar te vragen waar haar moeder donderdag was geweest en hoe laat ze 's nachts thuis was gekomen, maar ik kon het niet over mijn hart verkrijgen. Ik glimlachte. 'Is je moeder thuis?'

Roos betrok. 'Ze is net weggegaan,' zei ze. 'In de auto.'

'Weet je waarheen?'

Ze schudde haar hoofd. 'Ze belde iemand op en toen ging ze meteen weg, ze zei niet waarheen.'

'Weet je naar wie ze belde?'

'Nee.' Ze aarzelde. 'Ze schrok nogal,' zei ze toen, en ze klaarde weer op: 'Ze zal straks wel weer thuiskomen.'

'Oké, ik probeer het later wel.'

'Moet ik een boodschap doorgeven?'

'Nee, het heeft geen haast. Dank je wel.'

Ik liep terug naar m'n auto, niet alarmerend haastig, want ik wist dat Roos me stond na te kijken. Oscar had zijn mond kunnen houden, maar ik hoefde hem niet in elkaar te timmeren. Josée had hém gebeld.

CyberNel zou het weten hoe dat verdomde zesde of achtste zintuig van vrouwen werkte. Ik kon alleen maar redeneren. Ze ging niet naar Oscar en niet naar Miel en zéker niet naar de kapelaan. Er bleven weinig plaatsen over.

De blauwe Kia stond met z'n neus tegen de voordeur op het erf. Josée zat onder de loods ertegenover, op de grond, met haar rug tegen het grote achterwiel van de tractor. Ze hield een pistool tegen haar slaap en zag eruit als een verdoolde non. Misschien had ze al een tijdje zo gezeten, ik kon zien dat haar arm moe werd van het gewicht. Misschien had ze mijn auto niet gehoord, want ze schrok toen ze me voor de loods zag verschijnen. Haar elleboog schokte omhoog. 'Blijf staan!' snauwde ze.

'Oké,' zei ik.

Ze keek naar mij en ik keek naar haar. Ze was doodsbleek, haar mond een strakke streep, ze huilde niet, haar ogen straalden iets desperaats uit. Maar ze werd zich er blijkbaar ook van bewust dat haar jurk tot ver boven haar blote knieën was geschoven, want ze trok er snel en met een ongeduldige beweging van haar vrije hand de grijze stof overheen. Kleine signalen.

'Het was een beetje dom,' zei ik, vrij naar Máxima. 'Wees blij dat ze nog leeft.'

Josée sloeg haar vrije hand tegen haar linkeroor, de andere drukte het pistool harder in haar slaap. Ze wilde me niet horen. Misschien moest ik iets zeggen over haar dochters, of over haar brave bouwvakker, maar ik had ooit naast iemand gestaan die van de veerboot naar Ibiza wilde springen en ik hield mijn mond en wachtte.

Het duurde een volle minuut. Toen slaakte ze een diepe zucht en liet het pistool zakken.

'Ik kan het niet.' Ze begon te huilen. '*Ik kan het niet.*'

Het pistool lag op haar knie. Ik hield het in de gaten. Zelf-

moord is niet gemakkelijk. Ze had te lang gewacht, de impuls vertroebeld door nadenken. Nu huilde ze, haar wangen werden nat van de tranen, en ze verroerde zich niet toen ik voorzichtig een stap deed, en nog een. Ik boog me naar haar toe, reikte naar het pistool en nam het uit haar hand.

Ik moest haar ruimte geven en deed een stap terug. Het pistool was een Duitse Heckler & Koch, de negen millimeter P9S uit de jaren zeventig. 'Hoe kom je hieraan?' vroeg ik.

Ze staarde naar haar bedekte knieën. Toen ze eindelijk opkeek, zag ik totale hulpeloosheid.

'Ik kon het niet,' fluisterde ze weer.

'Nee.' Ik wist niet wat ze bedoelde, dit, of dát, misschien allebei. Ik stak het pistool weg. Ik hoefde me niet druk te maken over vingerafdrukken. Ik kon hem in de Boerenbondtas wikkelen, die ook in mijn zak zat, nog meer overtollig bewijs. 'Je hebt twee prachtige dochters.'

Josée liet haar hoofd hangen en begon weer te huilen. Ik vroeg me af in wat voor toestand ze donderdagnacht was thuisgekomen en hoe ze de vrijdag erna was doorgekomen. Misschien had haar besluit geleken op een optelsom van haar jeugd en haar leven, met de vanzelfsprekende uitkomst van leegte en wanhoop, dingen waarvan ik te weinig wist, een donker interieur dat ik me niet voor kon stellen.

Ik had vragen, waarom ze niet van de weg was geraakt en verongelukt, in dat rode waas waarin ze naar Zeeland moest zijn gereden, waarom ik die verdomde Kia nergens had gezien, waar het pistool vandaan kwam, welke smoes ze had gebruikt om een avond en halve nacht weg te zijn. Ik had het hotel in geen enkel telefoontje met de notaris genoemd en Josée kon niet in Bergen op Zoom zijn geweest, tenzij ze me dagenlang door half Nederland was gevolgd. Dat was ondenkbaar. De banden waren het werk van de sergeant, die me om welke kronkel in zijn dolgedraaide brein dan ook wilde blokkeren of vertragen.

Ze kon pas donderdagmiddag van Oscar over Kortgene hebben gehoord. Had Emiel geweten wat ze ging doen? Hij kwam niet biljarten omdat hij zijn vaders auto moest ophalen in Arcen. Móést?

Het snikken bedaarde, ik gaf haar mijn zakdoek en ze begon ermee over haar ogen te wrijven. 'Het lag in z'n slaapkamer,' zei ze. 'Ik heb het meegenomen.'

Jozef had een pistool, dat kon er nog wel bij, ik verbaasde me nergens meer over.

'Was je broer erbij betrokken? Emiel?'

Ze schudde haar hoofd. 'Nee. Miel heeft er niks mee te maken. Hij...' Ze zweeg, er kwam een soort koppigheid.

'Heb je hem naar Arcen gebracht?'

Ze haalde haar schouders op. Misschien had ze dat als smoes gebruikt, Miel naar Arcen gebracht, hem daar afgezet om op eigen houtje door te rijden naar Zeeland. Het deed er niet toe, het was roeren in de modder.

Het enige wat ik nog voor haar had was een verhaaltje.

'Er lag een stapeltje twintig jaar oude kranten onder in het bureau van je vader,' zei ik. 'Misschien had je die moeten bekijken. Dan had je geweten wie Esperanza was. Haar foto stond erin, omdat ze jeugdkampioen was geworden van de zwemclub in Venlo. Ze was geen hoer en geen maîtresse, ze was veertien jaar oud, net als Roos en Janine nu. Een leuke meid, ook net als Roos en Janine.'

Josée snoot haar neus, hield de zakdoek in een prop op haar knieën. Ze zat met gebogen schouders, gaf geen kik.

'Een paar dagen eerder, in diezelfde week, had Esperanza een schoolfeest. Dat liep uit en ze miste de laatste bus. Ze moest naar huis, in Arcen, en ze ging liften. Je vader pikte haar op. Hij was halfdronken, hij beweerde dat hij niet aangehouden wilde worden door de politie en dat hij daarom over de Maasdijk zou rijden. Hij begon aan haar te zitten. Ze wilde eruit maar hij had de portieren vergrendeld en sloeg af naar een loskade om haar

aan te randen. Ze verzette zich en in de worsteling reden ze van de kade de rivier in. Je vader kon niet uit de auto komen, Esperanza wel, door het portierraam. Ze dacht erover om hem te laten barsten, maar dat kon ze niet, ik denk dat Roos dat ook niet zou hebben gedaan. Ze dook terug onder water en haalde hem eruit. Je vader was bewusteloos. Ze moest hem vijftig meter zwemmend meeslepen naar het eind van de kade, waar ze hem op de oever kon krijgen. Ze dacht dat hij dood was, maar ze gaf hem mond-op mondbeademing, ze wist hoe dat moest. Toen hij wonder boven wonder begon te ademen en zijn hart weer klopte, is ze naar een boerderij gerend om hulp te halen. Daarna heeft hij haar nooit meer gezien.'

Josée staarde me aan.

'Jij denkt misschien dat je hem zonder wroeging en mét plezier had laten verzuipen en dat Esperanza dat ook had moeten doen,' zei ik. 'Maar weet je, Roos zou dat niet hebben gekund, en jij zelf misschien ook niet. Dat hoop ik tenminste voor je. Het is makkelijk praten, maar minder makkelijk als je ervoor staat. Jij kon haar ook niet doden, anders had je haar wel meteen en pal voor de deur van het café door het hoofd geschoten toen ze naar buiten kwam en het niet zo klungelig aangepakt. Dat wil ik wel denken.'

Ze zat in elkaar gezakt, een zielig hoopje mens.

'Je vader heeft dat testament gemaakt omdat hij spijt had en iets probeerde goed te maken, vraag maar aan je kapelaan. Esperanza heeft je vader het leven gered en volgens mij heeft ze haar stuk erfenis beslist verdiend.'

Josée zat een tijdje stil. Ik wist niet of ze me begreep, maar toen keek ze opzij en knikte schuw. Ik zag dat het besef tot haar doordrong en haar benauwde.

'Wat moet ik doen?' fluisterde ze.

Ik was geen god en ook geen rechter. Als ze hulp of vergeving of boetedoening zocht, ging ze maar biechten bij de kapelaan. Ik dacht aan Roos.

'Hopen dat de sergeant een alibi heeft waaruit blijkt dat hij donderdagnacht niet in Kortgene kan zijn geweest en dat hij niet ten onrechte wordt veroordeeld voor poging tot doodslag,' zei ik. 'Dat is het enige waar ik niet werkloos bij kan staan toekijken.'

'Oh, nee,' fluisterde ze.

Ik wist dat ze in een soort hel keek.

'Kun je in de boerderij?'

Josée knikte.

'Dan zou ik m'n gezicht gaan wassen en naar huis gaan.'

Ik liet de stilte even hangen. Ik zou niet weten wat ik nog moest zeggen. Wees een lieve moeder voor je dochters was meer een uitspraak voor de kapelaan. Ik kon mijn hand uitsteken en haar overeind helpen, maar ik bedacht dat ze zichzelf maar moest zien te redden. De zwaarste straf is spijt hebben van dingen die je niet ongedaan kunt maken. Voor haar kwam er nog die helse onzekerheid bij, wachten op de voordeurbel.

Ik zei: 'Dag Josée,' en liet haar alleen.

18

IRMA HAD ESPERANZA'S KLEINE KOFFER MEEGEBRACHT
en op het ziekenhuisbed opengemaakt om haar te laten zien
wat ze aan kleren en schoenen en make-up had uitgezocht. Ze
vond dat haar vriendin er chic moest uitzien als ze naar de notaris ging om haar miljoen op te eisen.

Ze had een spiegel bij zich, en ze probeerden van alles en
giechelden veel. Irma moest ten slotte toegeven dat de strakke
bloesjes en truitjes met geen mogelijkheid over het dikke verband om Esperanza's schouder en bovenarm konden en dat
ze er erg ridicuul uit zou zien als ze probeerde om bijvoorbeeld toch dat wijnrode hesje over haar oude, maar erg ruime,
blauwe trui te krijgen.

'Dan moet je het met je leuke kop en je mooie ziel doen,' zei
Irma. Ze maakte foto's van de leuke kop en van hun twee
koppen dicht bij elkaar, met de camera op armlengte, en van
hoe ze er bij lag in het ziekenhuisbed.

Het bezoek was nogal vermoeiend. Esperanza sliep al half
toen Irma haar op de wangen kuste en de kamer uit ging. Een
verpleegkundige kwam het infuus controleren en kijken of ze
iets nodig had. Morgen mocht ze naar huis, na de ochtend-
ronde van de dokter. Meneer Winter wist ervan, hij zou haar

om een uur of elf komen halen.

Nu slapen.

Ze droomde dat ze voor een spiegel stond en dat ze geen gezicht had, alleen losse fragmenten die niet bij elkaar leken te
horen. Ze veegde met haar zakdoek over de spiegel, het weer
was erin gekomen en haar moeder had hem niet schoongemaakt. Ze zag de ogen van een veertienjarige en de mond van
een volwassen vrouw, alles was wazig en scheef, het was een
gezicht om verdrietig van te worden: het hoorde geluiden die
er niet waren en het zag spoken, een oude man in een auto, die
wilde ze ook wegwrijven, maar haar arm zat klem en ze kon
hem niet bewegen, de man droeg een uniform en het was haar
vader. Ze wilde niet meer in de spiegel kijken, maar ze kreeg
haar ogen niet dicht, alsof er iets tussen stak, ze zat met haar
moeder aan de rivier en ze wilde de dotters plukken maar ze
kon er niet bij, en haar moeder wilde haar niet helpen, dat
maakte haar nog verdrietiger.

Iemand legde een hand op haar voorhoofd.

Hij droeg een schipperspet en een bril met een dik, hoornen
montuur, maar ze herkende het bruine jasje en de zwarte col-
trui eronder.

'Pieter,' fluisterde ze.

'Arme schat,' zei hij. 'Ik kon niet eerder komen. Het spijt
me zo verschrikkelijk.'

Hij trok zijn hand terug. Haar paniek ebde weg.

Hij zat naast haar bed, in de stoel waar Irma had gezeten.
'Ik heb lang met de psychiater gepraat,' zei hij. Zijn stem
klonk nogal hulpbehoevend, een beetje smekend. 'Ik besef nu
pas goed wat ik je heb aangedaan, hoe moeilijk het voor je geweest is.'

De tranen waren er nog, van de droom, niet van hem. Ze
voelde zich ijskoud vanbinnen, maar haar gezicht kon naar
hem glimlachen.

'Het is goed,' zei ze.

Het maakte niet uit. Ze wist wat ze ging doen. 'Mag ik m'n tas even...'

Pieter reikte naar het kastje en gaf haar de tas. Ze legde hem plat naast zich, klikte hem open. 'En een beetje water alsjeblieft, ik heb zo'n droge mond.'

Hij kwam uit de stoel en wendde zich naar het kastje om water in het glas te schenken. Ze hield zijn rug in de gaten terwijl haar hand de rode zakdoek met Irma's pistool erin uit de tas nam en onder het laken schoof. Ze trok de zakdoek van het pistool en bracht die tegelijk met de tas omhoog, trok met een vinger het laken mee. Twee seconden. Toen Pieter zich omdraaide en haar het glas voorhield, was ze haar ogen aan het betten met de zakdoek.

Ze liet de zakdoek op haar borst vallen en nam het glas. 'Dank je wel,' zei ze, en ze knikte naar de tas. 'Zet maar weer weg.'

Ze dronk van het water en gaf hem het glas terug. Hij zette het weg en kwam weer naast haar zitten. Hij keek naar haar, als een hond. 'Kom eens hier,' zei ze.

Zijn gezicht kwam tot vlak bij het hare. Ze giechelde. 'Doe die rare bril maar af en die pet.'

Hij grinnikte terug. 'Staat het niet goed?'

'Ik heb je liever zoals je bent.'

Hij wierp de bril op het bed, de pet erachteraan. Zijn gezicht kwam terug, zijn mond wilde haar kussen. Ze liet het toe, even, haar hand op zijn hoofd. 'Voorzichtig,' zei ze.

'Ja, sorry,' fluisterde hij terug. 'Heb je pijn?'

'Niet praten,' zei ze, terwijl ze haar linkerarm een stukje omhoogbracht, tot op haar dijbeen. De beweging deed pijn, maar daar was niets aan te doen. Zijn ogen keken, het blauw onschuldig, alsof hij medelijden met haar had. Ze wist waar hij voor kwam, wist van het berouw en de bloemen, maar dit keer was er méér. Haar gezonde hand kwam op zijn hoofd en

trok het op haar borst. 'Kom hier,' zei ze. 'Net als vroeger.'

'Ik ben zo moe.'

'Stil.' Ze duwde zacht tegen zijn hoofd en drukte zijn wang op haar borsten, reikte over hem heen naar haar halfverlamde linkerhand, tilde die bij de pols omhoog en legde hem op zijn rug, spreidde de vingers. 'Ogen dicht,' zei ze. 'Je moet rusten.'

Hij mompelde haar naam. 'Annie.'

'Ik zal je helpen.'

Ze streelde zijn wang. Hij sloot zijn ogen en hield ze dicht. Ze luisterde, de gang was stil. Ze werd duizelig van de pijn toen ze haar linkerhand omhoogbracht en ze kon hem niet op zijn wang krijgen zonder hulp van haar rechterhand. Ze begon zijn wang te strelen, eerst met twee handen, toen alleen met de vingers van de linker, terwijl de andere onder het laken naar het pistool reikte. Het zat een beetje klem, omdat zijn heup ertegenaan drukte, maar het kwam los en hij merkte er niets van. Ze bracht het omhoog en opzij, tot pal voor zijn gesloten rechteroog.

'Pieter.'

Toen hij zijn oog opende, haalde ze de trekker over.

Het was geen harde knal. Pieter gaf een afschuwelijk geluid en schokte omhoog. Zijn oog spuwde bloed en smurrie. Ze legde haar hand met het pistool op zijn hoofd, trok het samen met de linker met al haar kracht omlaag en smoorde zijn geschreeuw in haar borsten. Pieter schokte, zijn handen klauwden in haar zij. Ze zette het pistool onder zijn oor, drukte de loop in de zachte plek onder de hoek van de kaak, waar ze een Spaanse boer in één keer zijn mes door de slagader en de luchtpijp van een lam had zien steken. Ze schoot er een lading hagel in, en nóg een, en direct erna een vierde lading in zijn rechterslaap.

Ze zat onder het bloed, alles stonk. Pieter lag te stuiptrekken en ze had al haar kracht van beide armen nodig om hem in bedwang te houden en te voorkomen dat hij van haar af op

de vloer gleed, hij moest half over haar heen blijven. Ze vocht tegen de pijn in haar linkerarm, beet op haar tanden en hield hem waar hij was. Pieter spartelde en braakte gesmoorde geluiden uit, een been of knie raakte de stoel, die met te veel lawaai ergens tegenaan sloeg en op de vloer kantelde. Een seconde, vijf seconden, acht jaar huwelijk, tien seconden. Ze hield hem vast en voelde niets, het was gedaan, niets kon terug.

Opschieten.

Er was weinig tijd, ze moest snel zijn, en het moest omgekeerd lijken. Ze legde het pistool naast haar heup op het bed, waar het terecht zou komen als het uit haar hand zou vallen. Ze greep het bovenste kussen en trok het onder haar hoofd uit. Ze zette haar tanden in de kussenrand om het vast te houden terwijl ze Pieters hoofd optilde en het kussen er een stukje onder werkte. Ze veegde de rand van het kussen heen en weer door de smurrie en het bloed, liet Pieter los en drapeerde het kussen half over haar gezicht, alsof het er in de worsteling vanaf was gegleden. Daarna zwaaide ze haar rechterhand eroverheen, naar de infuusbuis en de drain, kreeg ze allebei te pakken en trok ze in één ruk los. Het infuus scheurde van haar linkerpols. Ze werd duizelig van de pijn, alles kleefde.

Ze hoorde geluiden op de gang. Haar hand viel op het pistool, de andere gleed van Pieters hoofd. Ze deed haar ogen dicht omdat alles begon te draaien.

19

IK NAM EEN BESCHEIDEN WHISKY MET VEEL IJS en zat achter m'n bureau. De enige voldoening die ik voelde, was dat ik wist hoe het zat, wat eraan kwam was een ander dilemma, iets voor het geweten om mee te worstelen. Ik probeerde mezelf voor te houden dat ik me nergens mee hoefde te bemoeien, mijn opdracht was voltooid, de erfgename opgespoord, ik kon mijn handen gaan wassen. Een getroebleerde vrouw zat in de rats. Wat ze had was een aardige man, en dochters: Janine en die schat van een Roos. Huisje, boompje, beestje.

De sergeant kon doodvallen.

Buiten begon het grijs te worden, wolken kropen aan vanuit het westen. De dagen werden korter, de winterklok. Ik belde het mobiele nummer van brigadier Sijbrand.

Niemand nam op, zijn mobiel stond uit, ik kon niet inspreken. De brigadier zat thuis, hij had een vrij weekend, daar doet men niks aan. Hij woonde waarschijnlijk ergens in het gebied van Steunpunt Noord, maar ik was eigenlijk te moe om naar de hooiberg te lopen en het aan Nels computer te vragen.

Ik was op weg naar de deur toen m'n mobiel jingelde. Ik had hem op mijn bureau laten liggen en keerde terug.

'Max Winter.'

'Eric Sijbrand. Ik kon daarbinnen niet bellen.'

'Waarbinnen?'

'Het ziekenhuis. Ik sta onder de luifel, het regent hier een beetje. De recherche uit Goes doet het onderzoek, ik ben alleen opgetrommeld om die man te identificeren.'

'Welke man?'

Sijbrand zweeg even. 'Van Beers probeerde je erfgename te vermoorden en ze heeft hem doodgeschoten.'

'Wacht even.' Ik zakte op m'n draaistoel omdat mijn hoofd begon te gonzen. De whisky stond er nog. Mijn hand trilde. 'Hoe is ze eraan toe?'

'Ze was bewusteloos. Ze heeft haar linkerarm geforceerd, maar het komt wel goed. De recherche heeft haar kunnen horen.'

'Hoe is hij binnengekomen?' Onzinvraag. Het ontbreken van bewaking was maar één van de gepasseerde stations.

'Ja. Met een bril en een pet, hij zei dat hij haar huisarts was, dokter Vreeman. Zo heet hun dokter, trouwens. De receptie gaf hem het kamernummer en hij is er gewoon heen gewandeld. Het was nog bezoekuur, ze vragen geen legitimatie aan de honderden mensen die in en uit gaan, en zeker niet aan een huisarts die zo aardig is om op z'n vrije zaterdag naar een van z'n patiënten te komen kijken.'

En niemand let op de klapdeuren. Ik wist wat ze gebruikt had, maar het zou vreemd zijn als ik er niet naar vroeg.

'Een hagelpistool, nota bene,' zei Sijbrand. 'Dat had ze in haar tas. Die was meegekomen met de ambulance en niemand kijkt daarin. Negen millimeter en illegaal. Ze had het onder handbereik in het bed. Hij probeerde haar onder een kussen te smoren en ze heeft vier keer geschoten, in z'n oog, in de slaap en in z'n hals. Het was een enorme rotzooi.'

Contactschoten, vier stuks, in razernij of doodsnood terwijl ze lag te stikken. 'Hoe kwam ze aan het pistool?'

'Dat is ironie. Van haar man gekregen, voor haar verjaardag.'

Ze gebruikte haar hersens, ze beschermde Irma en de sergeant kon haar niet meer tegenspreken. Ze had kennelijk ook haar hersens weten te gebruiken terwijl ze onder een kussen lag te stikken. Vier gerichte schoten op praktisch de enige plaatsen waar een hagelpistool dodelijk is. Een rechercheur moordzaken zou raadsels zien en vragen stellen, maar het was de tweede aanslag, en wie anders dan de sergeant. Alles werkte in haar voordeel, en ik zag spoken. *Hij laat me nooit met rust.*

'Is de technische dienst erbij?'

'Die zullen snel klaar zijn. Ze vinden niks anders dan ik zelf heb gezien. Ze lag half onder dat kussen, pistool onder haar hand, hij er bovenop.'

'Krijgt ze problemen?'

De brigadier hinnikte. 'Een boete voor het illegale wapen? Volgens de recherche is het pure zelfverdediging, ik denk dat de TD dat alleen maar kan bevestigen. Ze hebben haar paspoort tijdelijk ingenomen, maar *so what*? Haar schouder heeft een knauw gehad en daar moet ze voorlopig niet nog meer gymnastiek mee doen. Ze hebben haar naar een andere kamer gebracht. Ik kon daar even bij haar. Ze was erg kalm en goed bij, dat heb ik wel anders gezien. Misschien komt de reactie nog, maar ze vroeg of ik jou alsjeblieft wilde vragen om haar maandag gewoon te komen ophalen.'

'Is dat niet erg snel?'

'De dokter komt straks naar haar kijken, ze hoopt dat hij het goedvindt.'

'En de politie?'

'Ze staat niet onder arrest of zo.'

'Heeft ze het over de erfenis gehad?'

'Voor zover ik weet niet.' De brigadier aarzelde even. 'Ik heb er ook niet over gesproken,' zei hij toen.

'Waarom niet?'

'Ik zou niet weten hoe ze ervan zouden moeten horen. Jij hebt je in Kortgene toch ook op de vlakte gehouden?'

'Dat was de vraag niet.'

'Oké.' Ik hoorde hem in de telefoon blazen, of zuchten. 'Ik ben ervan overtuigd dat het hier niks mee te maken heeft. Als het Van Beers om de erfenis ging, had hij het niet nu gedaan en niet hier, maar veel later, en zo dat het op een ongeluk leek. Ik heb daar heus over nagedacht. De erfenis zit allang in de gemeenschap, hij had hoe dan ook recht op de helft. Zijn vrouw vermoorden was de zekerste manier om zijn rechten te verspelen. Hij zou eerder zoete broodjes bakken, aanbieden om haar naar de notaris te brengen en afwachten.' Hij zweeg even. 'Het maakt alleen maar troebel water. Denk jij er anders over?'

Ik zou me opgelucht moeten voelen. Voor de politie was de zaak praktisch rond. Een tweede mislukte moordaanslag door Van Beers en dus pure zelfverdediging. Een erfenis als bijkomend element of mogelijk motief zou de zaak compliceren en vertroebelen. Ik zou erbij betrokken raken en gehoord worden, bijvoorbeeld door de rechter-commissaris. Als de erfenis ooit ter sprake kwam, was het vooronderzoek waarschijnlijk al achter de rug en Van Beers afgeschreven als krankzinnig of ontoerekeningsvatbaar. De rest waren spoken.

'Het is een redelijke redenering,' zei ik. 'Dat ben ik met je eens. Ik betwijfel alleen of de man zelf nog in staat was tot redelijk denken.'

'Precies,' zei de brigadier. 'Hij kwam haar gewoon afmaken. Haat, krankzinnigheid, ze krijgen dat nog wel van z'n psychiater te horen. Als hij niet was doodgeschoten, hadden ze hem levenslang tbs gegeven en opgesloten in de Mesdagkliniek.'

Esperanza had haar echtscheidingsprobleem eigenhandig uit de wereld geholpen door zichzelf weduwe te maken en haar erfenis doeltreffend veiliggesteld.

Het motregende in Zeeland. Ik nam m'n grote paraplu mee het ziekenhuis in. Ik drentelde door de receptie, mensen liepen daar in en uit. Ik kocht een doos bonbons in het winkeltje. Een verpleegkundige reed een oude dame in een rolstoel via de open deuren naar binnen. Een man stond uit zijn stoel op en haastte zich ernaartoe. Ik keek toe terwijl hij de oude dame kuste en met de verpleegkundige praatte.

'Max!'

Zuster Verheul reed Esperanza de receptie in. Ze zag er stralend uit, in een te grote trui, haar linkerarm in een draagband, een jack los over haar schouders. Ze omklemde mijn hand. 'Ik ben zo blij je te zien,' zei ze.

Zuster Verheul zei dat de patiënte voorzichtig aan moest doen en woensdag naar een kliniek moest voor de nazorg. Ze was blij met de bonbons, of verbaasd, iets ertussenin.

Bij de deur stapte Esperanza uit de rolstoel. Ze nam afscheid van de verpleegster, ik klapte mijn paraplu open, mijn auto stond vlakbij. Ik installeerde haar op de voorstoel.

'Dat was aardig van je,' zei ze toen we wegreden.

We reden naar de snelweg. 'Moet je bereikbaar blijven?' vroeg ik. 'Voor de politie?'

'Ze weten waar ik woon.' Ze zweeg even. 'Ik zie wel.'

We zwegen weer een tijdje. Er was veel verkeer, vrachtwagens joegen waterwolken op, de wissers zwoegden heen en weer.

'Was het moeilijk?' vroeg ik toen.

Ze keek opzij, ze begreep de vraag niet.

'Hem doodschieten.'

Haar glimlach verdween. 'Ik kon niet anders,' zei ze. 'Ik kom daar nooit overheen. Het is… onomkeerbaar.'

Ze staarde door de voorruit en was lange tijd stil.

We waren een kwartier te laat. Oscar liet ons binnen. Hij keek schuw naar me, en ik glimlachte neutraal terug. 'De anderen

zijn er al,' zei hij. 'Ik zal zeggen dat u er bent.' Hij haastte zich naar het notariskantoor.

Brakveld was er in een oogwenk. 'Mevrouw Esperanza Spruyt,' zei hij, en hij nam haar hand. 'Ik ben Harry Brakveld. Ik ben blij dat u er bent, het was niet eenvoudig om u te vinden.'

'Ik had andere namen,' zei Esperanza. 'Het is Esperanza Magan, ik heb alleen even geen paspoort.'

'Dat is voorlopig geen probleem. Zal ik uw jas nemen?' Hij keek naar de trui en het jack. 'U heeft een moeilijke tijd gehad, dat moet zwaar voor u geweest zijn. We leven hier met u mee.' Hij nam het jack van haar schouders en gaf het aan Oscar. 'Doet het nog veel pijn?'

Esperanza schudde haar hoofd en glimlachte. 'Het is voorbij.'

'Ik zal hier wachten,' zei ik.

'Oh...' Ze keek naar me, met onrust in haar donkere ogen. 'Kun je er niet bij blijven?'

Ik keek naar Brakveld.

'Natuurlijk.' De notaris knikte geruststellend naar haar. 'Dat is wat mij betreft geen enkel probleem.' Hij opende de deur van zijn kantoor en liet haar voorgaan.

De Weerman-kinderen stonden haar op te wachten, Thomas in net pak en blauwe stropdas, Emiel in spijkerbroek en ribfluwelen jasje, Josée in haar grijze kloosterjurk, met een kruisje aan een ketting boven haar dunne borsten.

Thomas stak beleefd een hand uit. 'Hallo,' zei hij. 'Ik ben Thomas.' Esperanza stapte naar hem toe, liet haar mitella los en gaf hem haar hand. Ze glimlachte nerveus naar Miel, die zijn handen op zijn rug hield en gemelijk knikte.

Josée kwam voor haar staan. Ze leek onnatuurlijk kalm. 'Ik ben Josée,' zei ze. 'Het spijt me wat er allemaal is gebeurd.'

Ik lette op Miel, maar ik was waarschijnlijk de enige die begreep wat ze bedoelde. Esperanza drukte Josées hand en gaf

haar een glimlach die er oprecht uitzag. 'Dank u,' zei ze. 'Ik ben niet erg goed in die dingen, maar ik wil u nog condoleren met uw vader. U ook, natuurlijk.' Ze knikte ernstig naar Thomas en Emiel.

'Dank u,' zei Thomas.

Josée liep stijf naar haar plaats tegenover Brakvelds bureau, links van haar broers. Haar lippen trilden, en ze vouwde haar handen zo strak in haar schoot dat de knokkels wit werden. De notaris zette Esperanza rechts van Thomas. Ik nam de bescheiden stoel van de notarisklerk tegen de wand naast Brakvelds bureau, vanwaar ik het hele gezelschap kon overzien.

'Nogmaals welkom,' zei de notaris. 'Mevrouw Spruyt, ik bedoel mevrouw Magan, u bent hier in verband met het testament van wijlen Jozef Weerman, waarin aan u een aandelenportefeuille wordt nagelaten. De reden is inmiddeld bekend, maar u begrijpt dat uw naam in het testament voor de drie andere erfgenamen nogal een verrassing was, want niemand had ooit van u gehoord.'

'Het was voor mij ook een verrassing,' zei Esperanza. 'Ik wist niet eens hoe de man heette.'

'Ze is in elk geval geen kind van hem,' mompelde Emiel.

Thomas kuchte. Hij boog zich voorover om naar Esperanza te kunnen kijken. Ik zag dat de gespannen sfeer haar niet ontging, ze fronste haar voorhoofd en haar ogen gingen vragend naar mij. Ik knikte terug. Ik had haar niets verteld over de reacties van de kinderen Weerman op het testament, of over hun verzet.

Brakveld zette z'n ellebogen op zijn bureau en maakte een tent van zijn vingers, de pen die eruit stak wees onbedoeld naar Thomas, die in het midden zat. 'Het lijkt mij het beste om hier openlijk met elkaar over te praten,' zei hij. 'Als niemand daar bezwaar tegen heeft?'

'Geen probleem.' Thomas keek met strak gezicht naar

Brakveld. 'U kent ons standpunt. Ik denk alleen dat we weinig behoefte hebben aan speciale advocaten en langdurige procedures.'

'Advocaten?' Esperanza omklemde haar mitella. 'Wat is er aan de hand?' vroeg ze.

'Nou,' zei Miel. 'Dat die mevrouw Spruyt...'

'Wacht even, Emiel.' De notaris hief een hand op.

'Magan.' Esperanza keek koppig naar Emiel. 'Mijn naam is Esperanza Magan.'

Miel snoof.

'Mevrouw Magan,' zei de notaris. 'Ik zal het u uitleggen.' Hij vouwde zijn vingers weer in elkaar. 'Uw drie mede-erfgenamen zijn de kinderen van de erflater. De nalatenschap van hun vader omvat behalve de aandelenportefeuille alleen hun ouderlijke boerderij. Volgens het testament krijgen de kinderen alleen de boerderij. Die zal na aftrek van de belasting twee of drie ton opbrengen. Ik heb met de makelaars in Maastricht gesproken, ze zijn optimistisch over de portefeuille. Ik verwacht na belasting minstens één komma zeven miljoen euro. Alles bij elkaar gaat het dus om ongeveer twee miljoen euro.'

'Oh,' zei Esperanza. 'Ik dacht...'

'Een ogenblik,' zei Brakveld. 'Volgens de wet hebben kinderen zekere rechten. Ze kunnen het testament aanvechten, dat is de procedure waar Thomas het over had. Wat kinderen in elk geval kunnen doen als ze zich onderbedeeld voelen, is aanspraak maken op de zogenaamde legitieme portie. In de verdeling die dan volgt, zou u de helft van het totaal krijgen en zij ieder eenzesde deel.'

'We kunnen ook doen zoals het er staat,' zei Josée.

Miel keek met een nijdige ruk opzij. 'Ben je niet goed bij je hoofd?'

'Pardon,' zei Esperanza. 'Mag ik iets zeggen?'

Ik keek naar Josées verbeten gezicht. Ze keek niet naar mij.

'Natuurlijk,' zei de notaris. 'Daarvoor zijn we hier.'

Esperanza hield haar mitella vast en kuchte iets uit haar keel. Ze was nerveus. 'Ik wist niets van die erfenis,' zei ze. 'Ik kon het niet geloven. Ik dacht dat die man... uw vader, ik dacht iemand die zoiets aan mij nalaat moet wel erg rijk zijn en zal ook wel voor zijn kinderen zorgen.' Ze zweeg even, alsof ze naar woorden moest zoeken. 'Nou ja, ik dacht dat het niet uitmaakte. Ik wil niemand benadelen. Als het zoveel problemen geeft, dan zie ik er net zo lief van af. Hou het maar. Ik heb al problemen genoeg.'

Ze stond op. Ik had het rare gevoel dat ze het meende. Miel grijnsde voldaan, Thomas leek een beetje gegeneerd. De enige die reageerde was Josée. Ze leek uit een soort verdoving wakker te schrikken.

'Wacht!' zei ze, misschien luider dan ze bedoelde. 'Ik ben het daar absoluut niet mee eens.'

Esperanza bleef halverwege de deur staan. Ik kon nauwelijks geloven dat ze écht dacht zomaar te kunnen wegwandelen, zonder legale rompslomp of minstens een of andere officiële verklaring van afstand.

Josée was ook opgestaan, ze wendde zich naar Thomas. 'Ik ben het daar niet mee eens,' zei ze weer.

'Ik anders wel.' Emiel applaudisseerde, naar Esperanza kijkend.

Thomas bleef zitten. 'Wat wou je dan?'

'Voor mij mag het zoals het in het testament staat,' zei Josée. 'Het is wat hij wilde.'

'Doe niet zo idioot,' zei Miel. 'Alsof jij ooit een moer zou geven om wat hij wilde.'

De notaris keek verbaasd naar Josée, die koppig haar hoofd schudde. 'Het is niet eerlijk,' zei ze. 'Thomas, zeg wat.' Haar blik ging heel even naar mij, toen weer naar Thomas. 'Hij heeft dat niet voor niks gedaan. Ze heeft zijn leven gered.'

Esperanza wachtte af, met strak gezicht.

'Ja,' zei Thomas. 'Nou ja.'

'Vorige week dacht je er nogal anders over,' zei Miel. 'Toen je me kwam opzoeken. Moet ik dat even toelichten?'

'Ik wist van niks!' Josée kreeg tranen in haar ogen. Ze keek naar Esperanza. 'Het spijt me. Je hebt er recht op.'

'Jezus,' zei Miel.

'Hou je mond maar even,' zei Thomas.

'Misschien moeten we dit uitstellen,' zei de notaris.

'Nee.' Josée wreef over haar ogen. 'We moeten dit niet uitstellen.' En toen, kalmer: 'Ik doe niet mee aan advocaten en procedures. Ik weet heus alles, van vroeger, en wat hij had móéten doen en niet heeft gedaan, maar dit is wat hij nu wil.' Ze keek naar Esperanza. 'Ga alsjeblieft niet weg.'

'Oké,' zei Esperanza. 'Het is alleen...' Ze gebaarde losjes met haar gezonde hand. 'Ik kom zomaar uit de lucht vallen.'

'Shit,' zei Miel. 'Ik dacht dat we het met z'n drieën eens waren en dat we hadden besloten...'

'Nou ja,' zei Thomas weer. Hij keek naar Brakveld. 'Ik vind eigenlijk dat het legitieme deel toch wel het minste is...'

'Je moet niet naar mij kijken,' zei de notaris. 'Ik kan dit niet voor je oplossen. Jullie zullen het samen eens moeten worden.' Hij kwam uit zijn draaistoel. 'Neem maar even de tijd om te overleggen. Meneer Winter en ik gaan wel naar hiernaast, mevrouw Magan misschien ook?'

'Het lijkt me handiger als ze erbij blijft,' zei Thomas.

Esperanza trok een wenkbrauw op, maar ze keerde zonder commentaar terug naar haar stoel.

'Dan neem ik vast afscheid,' zei ik. 'Mijn werk is gedaan en ik ben hier van geen nut meer.'

Thomas stond op en gaf me een hand. Emiel deed zijn best. Josée omklemde mijn hand, als een drenkeling, haar ogen waren nog nat. Ze kon geen woord uitbrengen.

'Dag Josée,' zei ik. 'Doe mijn groeten aan Roos. Het komt allemaal wel goed.'

Ze liet me los en zakte op haar stoel.

Esperanza liep mee naar de deur. 'Ik wil je nog bedanken,' zei ze op fluistertoon. Haar hand kwam op mijn arm. 'Kun je niet even wachten?'

'Dat is goed.' Ik knikte en volgde Brakveld door de gang, langs Oscar die strak naar z'n computer bleef staren. Buiten nam Harry een dun sigaartje, en ik stak een sigaret op. Een grijze straat onder de oktoberwolken.

'Het religieuze poldermodel in werking,' zei ik.

De notaris trok aan zijn sigaar. 'Ik snap er niks van. Josée was de felste van de drie. Geen cent voor dat mens.'

Ik keek naar de kerk aan het eind van de straat. 'Soms zien ze het licht.'

'Of wat ook.' Hij grinnikte. 'Thomas is een keurige ambtenaar. Hij is de oudste broer. Miel zal hem volgen. Ik denk dat ze het in vieren gaan delen.'

Ik blies rook uit. 'Kan dat?'

'Alles kan.' Harry grinnikte zachtjes. 'Met in vieren delen krijgen ze elk zowat een half miljoen, dat is meer dan de legitieme portie en het scheelt veel gemier. De enige die erop verliest, is Esperanza. Ze kan het aanvechten, maar ze beweerde dat ze niks hoefde.' Hij zwaaide werktuiglijk naar een passerende fietser. 'Denk je dat ze dat meende?'

Ik grinnikte. 'Ze is een intelligente tante.'

Een minuut later kwam Esperanza naar buiten, met haar jack slordig om de schouders en haar tas aan de mitellapols. Ze glimlachte naar Brakveld. 'De anderen willen even met u praten. U heeft mij daarna waarschijnlijk nog nodig?'

'Bent u het onderling eens geworden?'

'Ja, dank u wel. U vindt me straks in de wachtkamer.'

De notaris knikte en wendde zich tot mij. 'Bedankt voor het werk,' zei hij. 'Stuur me de rekening. Je hoort nog van me.'

Ik drukte zijn hand. 'Oké.'

Brakveld verdween, en Esperanza liep met me mee naar mijn auto, die halverwege de kerk stond.

'Ik zoek je een keer op,' zei ze. 'In Rumpt. Als dit ding eraf is, om je behoorlijk te bedanken. Je hebt mijn leven gered.'

Ik grinnikte. 'Het enige wat ik heb gedaan, is je opsporen. Al het andere heb je eigenhandig opgelost, daar had je mij niet bij nodig.'

Ze fronste, met een glimp van argwaan op haar gezicht. 'Hoe dan ook.' Ze klaarde weer op. 'Je hebt me gevonden.'

Ik klikte mijn auto open. Ik had toch die vraag. 'Dacht je dat het Pieter was, in de haven?'

Ze trok aan haar jack. 'Je wilde bewijzen. Het bewijs is dat ik dood zou zijn als het Pieter was geweest.'

'Dat leek me ook.'

Ze veegde een zwarte haarlok van haar voorhoofd. 'Bovendien was het meteen duidelijk,' zei ze. 'Ik dacht aan de dikke broer, maar het was Josée.' Ze zweeg een seconde en keek me aan. 'Jij wist dat al eerder en je hebt met haar gepraat. Daarom doet ze dit.'

'Ze heeft een moeilijke jeugd gehad.'

Waarschijnlijk kon ze m'n gezicht lezen. 'Ik ga er heus niks van zeggen,' zei ze. 'Ik bedoel… ik doe er niks mee. En ik hoefde niks, dat meende ik.'

'Je hebt veel geluk gehad.' Het hagelpistool op precies de goeie plekken, haar gezicht onder een kussen. We wisten allebei wat ik bedoelde. Ik deed er ook niks mee, ik hoefde niets in balans te brengen, dat zou ze zelf moeten doen. De onomkeerbare dingen. Ze had gekozen. Geheugen en geweten maakten daar een soort levenslang van. 'Je bent overal vanaf,' zei ik. 'Wat hebben jullie afgesproken?'

Ze bleef mooi, beheerste zich. Er was een tikje onrust misschien, in die donkere vijvers onder de Spaanse wenkbrauwen. Ze stapte opzij omdat ik het portier opende. 'Ik krijg een half miljoen.'

Ze leek zonderling gegeneerd.

'Josée wilde het testament volgen,' zei ze toen. 'Emiel was tegen. Ik had er genoeg van, ik wilde naar Spanje verdwijnen. Toen kwam Thomas met dat compromis, iedereen evenveel.' Ze fronste, argwanend. 'Wat sta je te denken?'

Ik aarzelde. 'Dat is wat je zou krijgen als je met een levende Pieter had moeten delen.'

Haar kaken bewogen. 'Je kent Pieter niet.'

Ik kende haar ook niet. Ze was de knappe serveerster met de gekneusde ribben en de opgetogen verbazing, het charmante uiterlijk en de diamant eronder die misschien minder hard was dan ik gisteren nog had gedacht. Ik glimlachte en zei: 'Weet je wat? Mijn werk is gedaan, ik ga ervandoor.'

'Alsjeblieft,' zei ze. 'Ik wil geen ruzie met jou.'

'Geen ruzie.' Ik schudde mijn hoofd. 'Ik wens je een goede reis, waar dan ook heen. Ik zal nu en dan aan je denken.'

'Dank je.'

Esperanza boog zich naar me toe om mijn wang te kussen. De mitella zat in de weg, en ik voelde haar lippen niet, zelfs geen adem, alleen de koele oktoberlucht tussen haar wang en de mijne.

'Ik kom je een keer opzoeken,' fluisterde ze.

Ik knikte. 'Dat wordt een zonnige dag.'

Ze keek onzeker naar me. Ik dacht even dat ze ging huilen. Toen trok ze haar jack dicht, over de mitella heen, en liep met snelle passen terug over het trottoir.

Ik zag haar verdwijnen. Ik twijfelde aan die zonnige dag.

ESPERANZA